JN364057

대성
臺城

江雨霏霏江草齊
六朝如夢鳥空啼
無情最是臺城柳
依舊煙籠十里堤

강 위에 비 흩뿌리고 강가의 풀은 가지런한데
육조의 영화는 꿈과 같고 새만 부질없이 울고 있다
무정한 것은 궁성에 늘어진 버드나무이건만
변함없이 연기처럼 십리 제방을 감싸고 있다

사자후
獅子吼

사자후 6
설봉 新무협 판타지 소설

초판 1쇄 찍은 날 § 2005년 7월 21일
초판 1쇄 펴낸 날 § 2005년 8월 1일

지은이 § 설봉
펴낸이 § 서경석

편집장 § 문혜영
편집책임 § 김민정

펴낸곳 § 도서출판 청어람
등록번호 § 제1081-1-89호
등록일자 § 1999. 5. 31
어람번호 § 제2-0652호

주소 § 경기도 부천시 원미구 심곡1동 350-1 남성B/D 3F (우) 420-011
전화 § 032-656-4452 팩스 § 032-656-4453
http://www.chungeoram.com
E-mail § eoram99@chollian.net

ⓒ 설봉, 2004

ISBN 89-5831-640-3 04810
ISBN 89-5831-331-5 (SET)

※ 파본은 본사나 구입하신 서점에서 교환하여 드립니다.
※ 저자와 협의하여 인자를 붙이지 않습니다.

Fantastic Oriental Heroes

설봉 新무협 판타지 소설

사자후

獅　子　吼

남룡소뢰(藍龍燒雷)

목차

第三十六章 조강지처불하당(糟糠之妻不下堂)   7

第三十七章 지자천려(智者千慮) 필유일실(必有一失)   51

第三十八章 천애하처무방초(天涯何處無芳草)   97

第三十九章 괴사전천리(壞事傳千里)   139

第四十章 호독불식자(虎毒不食子)   183

第四十一章 흘연불흘경(吃軟不吃硬)   225

第四十二章 타향우고지(他鄉遇故知)   257

第三十六章
조강지처불하당(糟糠之妻不下堂)
어려울 때의 아내를 잊어서는 안 된다

조강지처불하당(糟糠之妻不下堂)
…어려울 때의 아내를 잊어서는 안 된다

해안진(海安鎭)은 해구와 운명을 같이한다.

해구가 발달하면 해안진도 발달하고, 해안진이 시들해지면 해구도 시들해진다.

배는 해안진을 멀리서 바라봤을 뿐, 동쪽으로 조금 더 나아가 백수당(白水塘)이라는 조그만 어촌으로 들어섰다.

해안진과는 오 리 정도밖에 떨어져 있지 않지만 초저녁인데도 사람 모습을 발견할 수 없을 만큼 썰렁했다.

"한적한 곳에 거처를 마련했습니다."

뱃길을 책임진 남해검문도가 말했다.

"잘하셨어요."

"하선하시면 등비(騰飛)가 마중 나와 있을 겁니다. 기억하실지 모르겠습니다만 얼굴에 큰 점이 있는……."

"아! 기억해요. 여기 계셨군요. 그런데 같이 안 내리세요?"

"저희는 이 길로 돌아갑니다. 가급적 행적을 감추라는 분부가 계셔서요."

남해검문도는 금하명 일행이 내리자 땅에 발을 디뎌보지도 않고 곧바로 배를 돌려 떠나갔다.

"남해검문이 왜 강한지 알겠군요. 문도 한 사람 한 사람이 명령에 절대적으로 복종하고 있으니 강할 수밖에요."

하 부인이 말했다.

"크크크! 명령하는 새끼…… 가 아니라 놈만 재미있지, 복종하는 놈은 무슨 낙으로 사나. 사람 할 짓이 못 돼."

일섬단혼이 촌각의 여유도 없이 말을 받다가 욕이 튀어나오자 금하명을 힐끔 쳐다봤다.

금하명은 마흔쯤 되어 보이는 사내를 쳐다보고 있었다.

그물을 어깨에 멘 사내가 태연히 다가와 조그만 배에 올랐다.

"타시죠."

사내는 쳐다보지도 않고 말했다.

"이건 무슨 귀신놀음도 아니고……."

성격 괄괄한 벽파해왕이 못내 마음에 들지 않는다는 듯 투덜거렸다.

얼굴 반쪽이 점으로 뒤덮인 사내는 빙사음에게만 가볍게 고개를 끄덕였을 뿐, 다른 사람들을 일절 모른 척했다. 하다못해 해남 제일문주였던 천소사굉에게만은 인사를 할 법한데 전혀 모르는 사람처럼 행동했다.

무려 열 명에 이르는 사람이 배에 오르자 조그만 배는 금방이라도 뒤집힐 듯 뒤뚱거렸다.

"떡을 칠. 이거 나가기나 하겠나."

사내는 일섬단혼의 불평을 무색케 하려는 듯 힘차게 노를 저었다.

스윽! 스으윽……!

노를 한 번 저을 때마다 배가 일 장씩 미끄러져 나간다. 그야말로 쏜살같은 빠르기였다.

사내는 동쪽으로 한참을 더 나아갔다.

강 하구가 나온다. 조그만 강인 듯 강폭도 좁고 물살도 완만하다.

사내는 주위를 한 번 두리번거린 후, 강을 거슬러 올랐다.

"야 임마! 아직 멀었냐! 배가 등짝에 달라붙었어. 뭐라도 처먹어야 될 것 아냐!"

"조용히 해주십시오."

사내는 일섬단혼의 말을 단칼에 잘라 버렸다.

한 시진, 두 시진…… 밤이 깊어져 자정을 훨씬 넘긴 것 같은데 사내는 계속 배를 저었다.

어둠 속에서 큰 도읍이 보인다.

촛불 하나 켜져 있지 않지만 어림잡아도 족히 수백 가구는 되어 보이는 마을이다.

"황정(黃定)이군."

사내가 곱지 않은 눈길로 일섬단혼을 쏘아봤다.

"눈깔을 확 파내 버릴까 보다. 어딜 어린 놈의 자식이 눈에 쌍심지를 돋우고 있어!"

"한 번만 더 떠드시면 이놈, 입에 칼을 물고 엎어져 버리겠습니다."

일섬단혼이 발작을 하려고 입을 벙긋거렸지만 아무 소리도 못하고 말았다.

사내의 눈에는 한 점의 감정도 깃들어 있지 않다. 공갈 협박이 아니라 진짜 자진을 하고도 남을 자다.

"빌어먹을! 이제는 어린 놈에게까지 능멸을 당하고······."

툭 투덜거렸지만 그것으로는 분이 풀리지 않는지 아예 뱃전에 드러누워 버렸다.

이제야 조용해졌다.

배가 물살을 헤치는 소리, 어디선가 들려오는 밤 부엉이 소리만 어둠을 일깨웠다.

목적지가 어딘지는 점박이 중년인밖에 모른다.

빙사음도 점박이 중년인이 구령각 소속의 무인이라는 것밖에는 알지 못한다.

뇌주반도에서 일어나는 잡다한 일들을 수집하여 남해검문으로 보내는 임무를 수행하고 있을 터인데, 어느 날부터인가 모습이 보이지 않더니 오늘에서야 느닷없이 만난 것이다.

황정을 지나 얼마간 더 나아가자 좁던 강이 갑자기 호수라도 된 듯 드넓게 펼쳐졌다.

점박이 사내는 강안을 따라 천천히 배를 저었다.

사위는 칠흑처럼 어두웠다. 강물만 은빛 비늘처럼 반짝였다.

밤이 무척 깊었다. 아니, 새벽이 가까워졌다. 온 밤을 강 위에서 지새운 것이다.

금하명 일행은 대부분 잠이 들었다. 워낙 좁은 공간이라서 일섬단혼처럼 작은 체구가 아니면 발을 뻗지도 못한 채, 앉은 자리에서 혼곤한 잠에 빠졌다.

삐걱! 삐걱······!

노 젓는 소리가 달라졌다. 지금까지는 긴 노를 저었는데 짧은 노를 젓기 시작한다.

그제야 잠든 사람들이 부스스 눈을 떴다.

"다 왔습니다. 오늘 하루는 편히 쉴 수 있을 겁니다."

점박이 사내가 강가에 배를 댔다.

강가에는 다른 사내가 마중 나와 있었다.

"빌어먹을 놈! 다 왔다더니!"

일섬단혼이 또 투덜거렸다.

그도 그럴 것이 꼬박 하루 밤낮을 이동해 왔다. 편한 여행을 해도 모자랄 판에 이목을 숨겨가며 몰래 움직였다.

배를 댄 강가만 해도 은밀하기 이를 데 없다. 한데, 마중 나온 사내는 무려 이십여 리 길이나 끌고 갔다.

"여깁니다."

사내가 안내한 곳은 사냥꾼들이 임시로 쉬어가는 움막이었다.

"이게 은밀한 곳이야?"

"연중 한두 번밖에 사용하지 않는 곳이니 이목을 가리기에는 더없이 적합합니다. 안에 간단히 요기할 것을 준비해 놨으니 허기를 달래시고, 푹 쉬시기 바랍니다. 그럼 저는 이따 저녁에."

사내가 포권지례를 취한 후 사라져 갔다.

허기를 달랠 수 있다는 말에 제일 먼저 안으로 들어선 일섬단혼은 기가 막힌 듯 입을 쩍 벌렸다.

벽곡단(辟穀丹), 요기할 것이 이것이었단 말인가.

뇌주부(雷州府) 육죽현(六竹縣), 사냥꾼 움막이 있는 곳이다.

아직도 뇌주반도 최남단에서 벗어나지 못하고 있다. 빨리 가는 것보다 은밀히 이동하는 데 주안을 뒀기 때문에 어쩔 수 없다고 하더라도 이동 속도가 너무 느리다.

금하명은 자신도 모르는 사정에 이끌려 은밀히 이동하고 있지만 마음이 썩 내키는 것은 아니었다.

어렴풋이 추측되는 것은 있다.

금하명은 유람을 하기 위해서 중원으로 들어서는 게 아니다.

많은 문파와 싸움을 하게 될 것이다. 특히 백납도와의 일전은 피할 수 없는 부분이다.

남해검문은 그 싸움을 우려하고 있다.

해남파는 청화장과는 비교도 할 수 없는 큰 문파다. 중원에서 가장 큰 대방파(大幫派) 구파일방(九派一幫)중 하나다. 감히 넘볼 수 없는 거산(巨山)이다.

그럼에도 불구하고 해남파는 중원의 무림사에 간여한 적이 없다.

대륙에서 전쟁이 벌어져도 해남도에만 영향을 미치지 않는다면 강 건너 불구경하듯 했다.

남해십이문으로 갈라져 치열하게 싸워야 하는 내부 사정 때문에 해남도 밖으로 눈길을 돌릴 여력이 없었다. 또 단애지투를 만들어낼 만큼 해남무공에 대한 자부심이 커서 도전은 받아줄지언정 먼저 도전하는 일은 자존심이 허락하지 않았다.

이러한 이유들은 얽히고설켜서 외인에 대한 폐쇄성으로 나타났다.

은밀히 이동하는 것은 금하명과 해남무림과의 연관성을 지우려는 목적 때문이 아닐까?

금하명은 묵묵히 따랐다.
그는 혼자 몸이 아니다. 많은 사람들이 곁에 있다. 그들 모두를 해남파와 상관없는 사람들로 만들려면 이만한 수고쯤은 감수해야 되지 않는가.
"언니, 천천히요. 천천히 공기가 들어오고 나가는 것을 느껴봐요. 들어오는 공기는 단전까지 밀어 넣고 내쉴 때는 내 몸에 탁기가 빠져나간다 생각하고 완전히 뱉어내요."
움막 한쪽에서는 빙사음이 하 부인에게 운기토납법(運氣吐納法)을 가르치고 있었다.
무공 전수를 운기토납부터 시작하는 것도 시행착오를 여러 번이나 거친 끝에 결정된 것이다.
처음에는 검법부터 가르쳤다. 하지만 하 부인은 검을 몇 번 휘두르지 않아서 거친 숨을 몰아쉬었다. 기본적인 체력조차 구비되지 않아서 검의 무게조차 감당해 내지 못했다.
한 칸 아래로 내려가 기본공(基本功)을 가르쳤다.
이것 역시 시도로만 끝나고 말았다. 권각술을 배운다고 해도 금하명이 상대하는 자들과 만난다면 수련을 하지 않은 백면서생과 다름없으리라.
결국 몸이나 건강하라고 운기토납부터 가르치게 되었다.
"잘 안 되네. 숨을 들이쉬면서 배에다 힘을 주면 공기가 배까지 들어가는 것 같기도 하고……."
"느껴야지 돼요. 생각을 오로지 단전에 두고 공기가 머무는 것을 지켜봐요. 이건 아주 기본이에요. 이걸 느끼고 경락을 볼 줄 알아야 내공심법을 수련할 수 있어요."

하 부인은 참 힘들어했다.
남해검문에 있을 때부터 수련하기 시작했으니 근 보름은 몰두했는데, 아직 운기토납조차 제대로 못하고 있다.
"휴우! 언니 의술이 정말 뛰어나긴 한 거예요? 난 정말 언니처럼 둔한 사람은 처음 봐요."
빙사음이 반농담까지 던졌다.
하 부인은 힘들어하면서도 포기하지 않았다. 무공을 먼저 가르쳐 달라고 조른 사람도 하 부인이었다.
금하명이 가는 길…… 무인의 길이다. 반려자로서 부지런히 좇아가려면 무공이라는 것을 알아야 하지 않는가. 도움은 못 되더라도 짐이 되어서는 안 되지 않는가.
무공에 있어서만은 천하의 둔재(鈍才)가 나이 서른이 넘어서 시작하는 수련.
빙사음도 어처구니없어했지만 그녀의 말을 듣고는 적극적으로 가르치기 시작했다.
빙사음과 하 부인은 오늘도 같은 말을 반복하고 있다.
"자, 제가 손으로 짚어볼게요. 숨을 크게 들이셔요. 그래요, 자, 여기, 여기. 여기…… 느껴져요?"
"아니, 숨이 들어오는 건 알겠는데……."
하루 이틀에 느껴지는 게 아니다. 빙사음이 워낙 서둘고 있는 것뿐이다. 하루라도 빨리 해무천기를 전수하고 싶은 모양이다.
음양쌍검이 따라나선 이유도 명백해졌다.
해구를 떠날 때만 해도 빙사음을 호위하는 줄 알았다. 칠보단명까지 물러서게 만든 여걸이니 필요없는 짓이라고 생각했는데…… 아니었다. 그들이 호법을 서는 사람은 하 부인이었다.

그들은 배에서부터 줄곧 하 부인을 그림자처럼 쫓았다. 소선에서도 하 부인 곁에 자리를 잡고 앉았다. 움막에 도착한 지금도 그들은 보이지 않는 그늘 속에 숨어서 하 부인을 호위하고 있다.

누군가 하 부인을 공격하려면 음양쌍검의 검부터 물리쳐야 되리라.

장인, 남해검문주의 마음 씀씀이가 느껴진다.

그때 야괴가 다가와 옆에 앉았다.

"복건 삼명으로 간다고?"

"고향이니까."

"이 속도로는 한 달은 족히 걸릴 텐데?"

"조만간 빨라지지 않을까 싶은데."

"후후! 살수(殺手)의 직감을 말해도 될까?"

"……"

금하명은 야괴를 쳐다봤다.

"살수들은 정보가 생명이야. 이번 해남도행에서 다시 한 번 뼈저리게 절감했지. 중원과 완전히 격리된 섬 구석이라서 아는 게 있었어야지. 다른 문파하고 대동소이하겠지 하고 들어왔다가 큰코다쳤어."

백팔겁을 이야기하고 있다. 백팔 명이 들어왔다가 모두 죽고 혼자만 살아남은 심정도 편치는 않으리라.

"백납도…… 그놈은 이상한 놈이야. 나 같으면 당장 복건무림을 장악하고 구파일방과 버금하는 문파를 만들겠는데, 놈은 이상하게 조용해. 뭔지는 몰라도 께름칙해. 내 말, 너무 깊게는 새겨듣지 마. 단지 살수의 느낌일 뿐이니까."

"그러지. 그런데 그 살수의 느낌이란 것, 참 독특하네. 난 아무 느낌도 없는데."

"무인은 삶을 구하지만 살수는 죽을 자리를 찾아. 그 차이라고 생각하면 될 거야. 백납도라는 자가 왠지 께름칙하게 느껴졌을 뿐이야. 뭐라고 할까? 꼭 죽을 자리를 만들어줄 위인이라고나 할까? 그건 그렇고…… 난 잠시 헤어져야겠어. 들를 데가 있어서 말이야."

"사람 참 고지식하네. 청부자가 청부를 취하했으면 그만 아닌가? 언제까지 날 쫓아다닐 생각인데?"

"후후! 귀제갈에게서 널 보호하라는 청부를 받은 순간, 귀제갈과는 인연이 끝난 거야. 그때 귀제갈에게도 분명히 말했지. 다음에는 몸조심하라고. 죽일지도 모르니까. 살수의 청부란 그런 거지. 언제까지라고 말했나? 분명히 말해 줄 테니 두 번 다시 묻지 마. 죽기 직전까지."

야괴의 대답은 간단했다.

"그럼 평생 쫓아다니겠다는 말이잖아? 난 늙어 죽을 건데?"

"내가 들어본 말 중에 가장 방자한 말이야. 무인이 늙어 죽겠다니. 후후후!"

"들를 데 있다며? 급하지 않아? 조금 있으면 날이 어두워지는데."

"그러잖아도 지금 일어설 참이었어. 한 달 후에 삼명에서 보자."

번쩍 하는 순간 야괴의 모습이 사라졌다.

'은형술이 날로 발전하는군.'

금하명은 야괴가 떠나는 모습을 지켜본 후 자리에서 일어나 엉덩이에 묻은 흙을 툭툭 털어냈다.

그런데 이번에는 두 노인이 다가왔다.

천소사굉, 벽파해왕.

"글글…… 이 늙은이도…… 가볼 데가…… 글글…… 있어서 이만…… 작별해야겠어."
 "해남도는 좁은 곳, 대륙은 넓은 곳이다. 해남무인들은 우물 안 개구리처럼 자기들이 제일 잘난 줄 알지만 대륙은 상상 이상인 곳이야. 항상 두 번, 세 번 생각한 후에 행동하도록 해."
 천소사굉과 벽파해왕은 친손자를 대하는 듯 친근하게 말했다.
 하 부인과 빙사음 덕이 크다. 그녀들과 혼인을 치른 뒤부터 해남무림은 금하명을 달리 봤다. 외인이 아니라 한집안 식구를 대하는 듯 따뜻함이 넘쳐 났다.
 "정말 가실 데가 있으신 겁니까?"
 금하명이 의아해서 물었다.
 한 사람은 제일문주라는 허명을 뒤집어쓴 덕에, 또 한 사람은 언제 청홍마차를 몰 자가 나타날지 모르기 때문에 평생 해남도에서 벗어나지 않은 사람들이다.
 중원무림은 이들에게도 낯선 곳일 텐데.
 "하하! 이 늙은이들을 뒷방 송장으로 여기는구나. 에끼! 아무렴 가볼 데 한 군데 없을까. 밥 세 끼 굶지 않을 테니 걱정 마라."
 "그거야 저도 제 앞가림을 못하는 처지이니 드릴 말씀이 없네요."
 "그럼 간다. 이제 지아비가 됐으니 제 식솔들은 건사하겠지?"
 "염려 마십시오."
 천소사굉과 벽파해왕도 지체없이 신형을 날려 사라져 갔다.

 낯선 사내는 벽곡단으로 허기진 배를 달래고도 한참이 지난 다음에야 나타났다.
 "임홍제(林鴻弟)라고 합니다. 갈 길이 머니 바로 떠나야겠습니다."

일섬단혼이 벌컥 성을 냈다.

"갈 길이 멀다는 놈이 이제야 나타나! 야, 임마! 너도 눈깔이 있으면 봐라. 너 같으면 이따위 고린내 나는 단약 몇 개 처먹고 힘이 나냐! 엎고 가든 지고 가든 마음대로 해라, 이놈아. 난 다리 힘이 부쳐서 한 걸음도 못 움직이겠다."

일섬단혼의 억지는 단 한 마디에 무너졌다.

"양하대곡(洋河大曲)을 준비해 놨습니다."

"뭐야!"

일섬단혼이 언제 투정을 부렸냐는 듯 벌떡 일어서다가 새우 눈을 뜨며 다시 주저앉았다.

"야 이 새끼…… 놈아. 양하대곡이면 다 양하대곡이냐!"

"강소성(江蘇省) 사양현(泗陽縣) 진품(眞品)이죠."

"몇 년?"

"오랜만에 중원에 나오셨으니 특별히 대접해 드리라는 말씀이 있으셔서 팔십 년짜리로 구했습니다."

"파, 팔십 년! 그, 그런 게 있어?"

일섬단혼이 꿀꺽 마른침을 삼키며 말을 더듬었다.

금하명도 놀랐다.

강소성의 양하대곡(洋河大曲)과 쌍구대곡(雙溝大曲)은 중원 전역에 널리 알려진 명주(名酒)다.

첨면연정향(䑛綿軟淨香) 다섯 자로 대변되며, 풀이하면 입구첨(入口䑛:입에 들어갈 때는 달고) 낙구면(落口綿:목구멍에 넘어갈 때는 부드럽다) 주성연(酒性軟:술의 성질은 연하며) 미상정(尾爽淨:뒤가 상쾌하고 깨끗하다) 회미향(回味香:술을 마신 후에는 향을 회상하게 한다)이 된다.

고관대작(高官大爵)이 즐겨 찾는 술이며, 주로 십 년 정도 숙성시킨 것을 마신다.

십 년만 숙성시켜도 수위주지혈(水爲酒之血:물이 술의 피), 곡위주지골(曲爲酒之骨:노래가 술의 뼈)이라는 풍류를 즐기고도 남는데, 팔십 년이라니!

황금을 싸 짊어지고 가도 사지 못할 술이다.

"어서 가자, 이놈아. 아, 뭐 해! 빨리 떠나지 않고!"

일섬단혼이 한달음에 앞서 나갔다.

❷

양하대곡은 상원촌(上元村)에 준비되어 있었다.

육죽에서부터는 한 시진 거리이나 두 시진에 걸쳐서 도착했다.

일섬단혼은 팔십 년 숙성된 양하대곡 한 단지를 마파람에 게 눈 감추듯 해치우고 입맛만 쩍쩍 다셨다. 술은 다섯 단지나 있었지만 아까워서 차마 마시지 못하는 것이다.

"술이 없어도 못 마시지만 너무 좋아도 못 마시겠네. 빌어먹을!"

"하하! 다 드세요."

"이놈아, 난 애주가(愛酒家)지 술꾼이 아냐. 네놈도 한 모금 맛은 봐야 할 것 아니냐."

일섬단혼이 조그만 술잔으로 한 잔 내밀었다.

"형님은 그걸 다 드시고, 전 요거 한 잔입니까?"

"이놈이! 요게 형 동생 한다고 아주 대놓고 덤비네. 이놈아, 내가 나이를 처먹었어도 네놈보다 다섯 배는 더 처먹었어. 앞으로 살면 얼마나 더 산다고 겨우 이까짓 술 가지고 타박하냐, 타박하길."

"형님, 말은 바로 해야죠. 세 배지 어떻게 다섯 배입니까?"

"형님이 그렇다면 그런 거야, 이놈아!"

"다 드시라고 하세요. 그래도 가가(可可)는 맛이라도 볼 수 있죠, 저흰 냄새밖에 못 맡잖아요."

빙사음이 툭 끼어들었다.

"꿍! 이제 계집들까지. 참 좋은 집구석이다. 좋아. 내 한 잔씩 돌리겠는데, 더 달라고 하기 없기다."

일섬단혼이 크게 인심을 썼다.

그들이 말을 나누는 가운데도 마차는 쏜살같이 치달렸다. 야밤에 큰 마차가 질주하면 사람들의 이목을 단숨에 끌어당길 텐데, 개의치 않는다는 듯 힘차게 내달렸다.

"휘장을 걷지 마십시오. 그것만 지켜주시면 됩니다."

여덟 명이 앉아도 넉넉한 팔두마차는 료주도주(磵州島主)의 깃발을 꽂고 있었다.

예상했던 대로 사내는 하양진(下洋鎭)에서 마차를 멈췄다.

"료주도로 건너가는 배인가요?"

"네. 수십 로(路)를 뒤져 봤지만 이 길이 복건으로 들어가는 가장 빠르고 은밀한 길입니다."

뇌주부를 거치지 않는 정도로 생각했는데 아예 광동성(廣東省)을 밟지 않겠다는 투다.

"료주도에서 고주부(高州府)로 넘어갑니까?"

금하명은 궁금한 점을 물었다.

사내는 이번에도 간단하게 대답했다.
"제가 알고 있는 건 여기까지입니다."

남해검문의 영향력은 어디까지 뻗치고 있는가.
료주도에서 해륙도(海陸島)로, 다시 하천도(下川島), 하포도(荷包島), 대만산도(大萬山島)까지 섬에서 섬으로 연결된 뱃길을 통해 광동성을 절반이나 지나왔지만 낯선 자는 단 한 명도 보지 못했다.
편한 여행이었다.
낮에 쉬고 밤에만 이동했다.
쉴 때는 운공도 하고, 술도 마시고, 책도 읽고, 그림도 그리고······ 무림과는 전혀 상관없는 한가한 한낮을 즐겼으며, 이동할 때는 선실에서 깊은 잠을 잤다.
금하명은 자신에게 식솔이 딸렸다는 것을 조금씩 실감해 갔다.
그가 움직이면 하 부인과 빙사음도 움직인다. 잠을 잘 때도 옆에는 늘 한 여인이 있다. 먹는 것, 입는 것, 생활하는 모든 것에 여인들의 입김이 묻어 있다.
설아와 노노는 한자매처럼 가까운 사이가 되었다.
그녀들의 성품은 주인들처럼 극과 극의 양상을 띤다. 노노는 피를 흘리고 있는 사람이 있으면 그가 누구인지 왜 피를 흘리고 있는지부터 파악한다. 치료는 그 다음이다. 설아는 우선 상처부터 치료한다. 나쁜 사람이나 좋은 사람을 따지지 않는다.
그것이 바로 그녀들이 살아온 환경이다. 어떻게 보면 작은 빙사음과 하 부인이라고 해도 과언이 아니다.
또 그녀들은 언제부터인가 하 부인은 하후(夏后), 빙사음은 빙후(馮

后)라고 부르기 시작했다.

일섬단혼은 이런 호칭을 무척 재미있어했다.

"낄낄! 고놈들 참 재미있네. 후(后)는 황제의 부인에게 바치는 호칭이니, 그럼 네놈은 황제가 되는 거냐? 넌 뭐로 할래? 무황(武皇)? 아냐. 그런 호칭을 주면 내가 한 수 끌리고 들어가는 셈이잖아. 네 병기가 곤이니 그냥 곤제(棍帝)나 해먹어라."

"형님, 농담도 좀 가려서 하세요. 어떻게 이런 일에 농담을 하십니까. 후라니 이거야 원……"

"왜? 그게 어때서? 냅둬라. 옛날부터 처첩지전(妻妾之戰)에 석불(石佛)도 돌아앉는다고 했어. 자기들끼리 서열을 만든 듯한데 네놈이 끼어들어서 뭘 어떻게 하겠다고? 더 마음에 드는 애라도 있냐? 그래서 대부인, 소부인으로 나눌래?"

"그래도 후라는 명칭은……"

"네놈이 황제가 되면 될 것 아냐. 널 믿고 몸을 의탁한 애들한테 그만한 낯도 안 세워줄래? 잔말 말고 모른 척해. 넌 이 악물고 황제가 될 생각이나 하고. 무황은 내가 있으니 어림없고, 곤제나 되도록 해."

어머님의 말과 일맥상통하는 말이다.

아니다. 조금 약하다. 비무를 신청하겠다는 마음조차 품지 못할 거목이 되는 것에 비하면 곤제가 되는 것은 한 수 아래다.

"그리고 이놈아, 너도 머리가 있으면 생각 좀 하고 살아라. 남해검문주, 그 여우 같은 작자가 괜히 네게 잘해주는 것 같냐? 꿈 깨, 이놈아. 빙후, 저놈이 사내자식을 낳으면 냉큼 가로채 갈걸? 그놈 집안은 다 좋은데 손이 귀해. 그놈도 평생 저것 하나밖에 보지 못했으니 자식 한이 쌓였을 거야. 남해검문을 이끌 자식 하나 달라고 하면 거절할래?"

"……."

금하명은 대답하지 못했다.

혼인이라는 것을 했지만 자식까지 생각하고 있는 건 아니다. 앞날이 어떻게 펼쳐질지도 모르는데. 자식…… 자식은 먼먼 후일에, 목적한 바를 이루고 나서 편안한 세월이 오면…… 그때서나 생각하고 싶은데.

"왜 뒤통수 맞은 표정이냐? 낄낄! 성도 금가가 아니라 빙가가 될 게야. 낄낄낄! 그러니 네놈은 하후에게서 첫 자식을 봐야 돼. 그래야 장남을 뺏기는 봉변은 면할 테니까. 알아서 아랫도리 잘 휘둘러."

"정말 같이 말 못하겠네."

"왜? 정곡을 콕콕 찔러서? 다 살이 되고 뼈가 되는 말이야, 이놈아. 떡을 칠 놈. 전생에 무슨 복이 그리 많아서 저런 여자를 한 명도 아니고 두 명이나 꿰차. 복인 줄 알아, 임마!"

금하명은 일섬단혼의 충고를 받아들여 호칭 문제에 대해서는 일체 간여하지 않았다.

후라는 말 대신 다른 말로 바꿨으면 했지만…… 왜 생각해 보면 다른 좋은 말도 많이 있지 않나. 하필이면 황제를 떠올리게 만드는 후라는 말을 쓸 것은 무엇인가.

그래도 쓰겠다니 쓰게 하련다.

그만한 문제쯤은 해결해 줘야 사내 아닌가.

배는 대만산도에서 이틀을 머물렀다.

하후, 빙후라는 말이 아직도 귀를 간지럽게 한다. 익숙해지려면 앞으로도 한 달쯤은 지나야 될 것 같다.

금하명은 무료한 시간도 보낼 겸, 하후와 함께 의술에 대해서 이야기를 주고받았다.

그때 노노가 들어와 허리를 굽혔다.

왠지 모르지만…… 금하명을 쳐다보는 눈길에 독기가 어렸다.

"하후님, 빙후님께서 오시래요."

"왜? 운기토납하자고? 아무리 해도 난 의념인가 뭔가 하는 것 느껴지지 않는데……."

"아뇨. 태호(太湖) 동정산(洞庭山) 산(産) 벽라춘(碧螺春)이 계시다고 차 한잔 하시재요. 오늘같이 비가 퍼부을 때는 벽라춘이 그만이라고요."

"그래? 가가, 같이 가…… 요."

하후가 일어섰다.

노노가 급히 말했다.

"참! 공자님은 떼놓고 혼자 오시래요."

하후가 금하명을 쳐다봤다.

"동생에게 뭐 잘못한 것 있어…… 요?"

"아니, 난 그냥…… 고향에 정인(情人)이 있냐고 물어서……."

하후가 웃었다.

"있다고 했어?"

그때 알았어야 했다. 존대를 하려고 애쓰던 하후의 말투가 스스럼없이 반말로 나올 때.

"능완아 이야기를 조금 했는데……."

"능완아? 이름이 예쁘네. 보지는 않았지만 이름만 들어도 예쁠 것 같아. 가가의 마음을 빼앗았으면 무척 예쁘겠네?"

"천하절색이지. 땀을 흘리며 무공을 수련할 때도, 그냥 걷기만 해도…… 봄바람 향기가 물씬 풍겼어."

하후가 조용히 일어섰다.

"난 가서 동생하고 벽라춘이나 마실게. 아무래도 후라는 명칭은 떼는 게 좋겠어. 기껏해야 첩밖에 안 되잖아."

금하명은 당황했다. 한순간 앗차! 싶었지만 이미 말을 쏟아내고 난 후이니 어쩔 도리가 없다. 언제나 포근하고 상냥하기만 하던 하 부인까지 빙사음과 같은 행동을 보일 줄이야.

"하, 하후! 하후까지 왜……?"

하후는 더 이상 말을 섞기도 귀찮다는 듯 횡하니 찬바람을 일으키며 걸어갔다.

사박사박 걷는 발걸음 소리가 얼음이 되어 돌아왔다.

그날 밤, 그의 곁에는 아무도 오지 않았다. 다음날도, 그 다음날도…… 선상에서 얼굴을 마주쳐도 서리가 깔린 냉대밖에 돌아오지 않았다.

"미친놈! 여자 앞에서 다른 여자 이야기를 해? 네놈이 제정신이냐? 한심한 놈. 그 나이 먹도록 뭘 배웠는지 몰라. 이놈아, 저리 가라. 나도 너같이 무지한 놈하고는 말하기 싫다."

일섬단혼도 배반했다.

"언니, 언니도 질투했어요?"

"난 여자 아니니?"

"정말?"

"풋! 그래. 정말이야."

"저 사람…… 에라, 잘됐다 하고 그냥 가버리면 어쩌지?"

"동생도 참. 아직도 가가를 몰라? 죽었다가 깨어나도 그럴 사람은 아니니까 안심해."

"그렇죠? 호호! 저 사람, 자기가 뭘 잘못했는지 뼈저리게 반성해야 돼. 오늘은 아예 밥도 주지 말까 보다."

부부는 일심동체, 하지만 마음속에만 간직해야 할 비밀은 있었다.

배가 대만산도에 정박한 것은 해남도에서 날아올 전서를 기다리기 위해서였다.

남해검문은 대만산도에 무인 세 명을 배치해 두었고, 그들 중 여공원(黎鞏元)이라는 무인이 맏형 노릇을 했다.

여공원은 전서를 꺼내보지도 않고 전통째 들고 왔다.

"본 문에서 기별이 왔습니다."

빙사음이 전서를 받아 깨알 같은 글씨를 읽어 내려갔다.

그녀의 안색은 점점 납덩이처럼 무거워졌다. 전서를 다 읽은 후에는 미간을 찡그리며 혼잣말을 하기까지 했다.

"믿을 수 없어."

금하명은 그녀가 내민 전서를 받았다.

서신을 읽는 그의 표정도 가볍지는 않았다. 눈살을 찌푸리면서 나름대로 사태를 정리해 보려는 기색이 역력했다.

전서에는 백납도에 대해서 조사한 내용이 비교적 상세하게 기재되어 있었다.

남해검문주의 큰 배려다.

원하지도 않았던 일을 알려온 것이고, 무인 한 명에 대해서 수소문한 것에 불과하니 큰일이라고는 할 수 없다. 하지만 중원무림에 간여한 적이 없었던 해남파의 입장에서 볼 때, 이는 삼명 백가의 일에 직접 간여한 것이 되니 상당히 큰 배려를 해준 셈이다.

복건무림에 들어가기 전에 적에 대해서 알 것은 알고 들어가라는 뜻으로 조사해 준 것이다.

그런데 그 결과가 뜻밖으로 나왔다.

백납도는 금하명이 알고 있는 것보다 훨씬 무서운 자다.

중원에는 오로지 실전을 통해서만 무공을 닦는 자들이 있다.

그들은 무리를 짓지 않는다. 오직 혼자다. 일정한 문파도 없고, 정식으로 무공을 전수받지도 못했다. 오로지 한 명, 한 명 죽이며 터득한 살인 무예만 존재한다.

그들을 일컬어 낭인(浪人)이라고 한다.

백납도는 낭인 중에서도 가장 강한 자다.

중원무림은 낭인들을 무인으로 취급하지도 않는다. 하지만 백납도만큼은 인정한다. 청화장 청화신군을 꺾은 순간부터 그는 낭인에서 정통 무인으로 탈바꿈했다.

그는 강하다. 단신으로 군소문파 한두 개쯤은 하룻밤 사이에 멸문시킬 수 있다. 또한 그는 싸움을 하지 않는다. 항상 비무만 한다. 시간과 장소를 만천하에 알리고 공명정대하게 겨룬다.

그 점이 그의 무서운 점이기도 하다.

그는 무림에 패악을 끼친 적이 없다. 싸움은 항상 중인을 공증인으로 세워놓고 싸운다. 그러니 누가 죽었다고 해서 문파의 전력을 동원해 복수할 수도 없는 노릇이다.

청화장주가 그에게 패배하여 죽은 것처럼.

현재, 그는 복건무림에서 제일 강한 자가 되었다.

하지만 단지 강한 무인 정도였다면 해남도로 돌아오라는 소리까지는 하지 않았을 게다.

백납도가 변했듯, 금하명도 변했다.

지금 금하명의 성취는 청화신군을 뛰어넘는다.

백납도…… 과거에는 영원히 뛰어넘지 못할 큰 강으로 보였지만 지금은 아니다. 좀 더 솔직하게 말하면 백납도 정도는 눈에 들어오지 않는다.

해남파 전 문도로부터 필사적인 공격을 받은 것은 아니지만 웬만큼 강하다는 무인과는 거의 겨뤄봤다. 반드시 죽을 수밖에 없는 전엽초나 몽환십살진도 견뎌냈다.

몸은 하나이나 몸속에 들어 있는 무공은 일문을 능가한다.

구파일방이라면 모를까 군소방파들은 병기를 들지 못하리라.

그는 곧 일인문파(一人門派)다. 그것도 구파일방과 버금가는 대문파다. 중원에서 거론하는 초절정고수 반열에 들 자격이 있다.

'금하명'이라는 이름 석 자를 무림에서 지우려면 일문의 모든 것을 걸어야 한다.

하물며 절대무가가 존재치 않는 복건무림에서 '복건제일무인' 자리를 놓고 백납도와 겨루는 것쯤이야.

문제는 백납도의 뒤를 캐려던 무인이 모두 죽었다는 데 있다.

그를 조사하기 위해 금하명보다 한 발 앞서 떠났던 구령각 무인 열두 명이 싸늘한 시신이 되었다. 적엽은막공을 수련한 살각 무인도 다섯 명이나 목숨을 잃었다.

간단히 볼 문제가 아니다.

누가 죽였는지 언제 죽었는지도 모를 만큼 감쪽같은 죽음이었다.

멀쩡하던 사람이 한 시진 뒤에는 으슥한 곳에서 시신으로 발견되었다는 종류의 그런 죽음이었다.

시신을 회수하여 사인을 살펴봤다.

그 결과도 놀라웠다.

검도창편(劍刀槍鞭)…… 중원에 모습을 선보인 온갖 병기에 당했다. 검에 베인 자도 있고, 창에 찔려 죽은 자도 있다. 채찍에 목이 휘감긴 후, 목뼈가 부러져 죽은 자도 있다.

백납도와의 연관성은 찾아볼 수 없었다.

더욱이 그들이 죽을 무렵, 백납도는 전혀 엉뚱한 곳에서 확실한 행동을 했다.

삼명 백가가 움직였다고 볼 수도 없다. 그들은 오직 검만 쓰는 검사들이기 때문이다.

뭔가 조직적이고 체계적인 냄새가 난다.

전서 말미에는 남해검문주의 당부가 적혀 있었다.

백납도에 대해서 확실한 조사를 마칠 때까지 복건으로 들어가지 말고 해남도로 돌아와 무공 수련에 전념하라는 충고였다.

금하명이 읽은 서신은 일섬단혼에게 넘어갔다. 그리고 하후에게, 또 음양쌍검에게, 마지막으로 노노와 설아도 읽었다.

굳이 비밀로 할 부분은 아니다. 또한 운명을 같이하는 사람들이니 읽을 권리가 있다.

그러나 아무도 말을 꺼내지 못했다.

배에 승선해 있는 사람들 중에는 복건무림의 정세에 밝은 사람이 없었다. 일섬단혼의 배분은 중원에서도 최고를 달리지만 인생의 대부분을 산속에서 보낸 탓에 무림 정세나 인물 동정에 관한 부분은 오히려 금하명보다도 못했다.

그나마 일행 중 정세에 밝은 사람은 빙사음이다.
아니다. 전서를 가져온 여공원이 그녀보다 많은 부분을 알고 있다. 그가 다른 무인 두 명과 함께 대만산도에 머물고 있는 이유가 바로 중원 정세를 관찰하기 위함이 아니던가.
맨 마지막으로 전서를 읽은 여공원이 말했다.
"계속 뒤는 캐보겠지만 쉽지 않을 겁니다. 이런 자들은 여간해서는 꼬리를 드러내지 않기 때문에. 일단은 문주님이 생각하신 대로 해남도로 돌아가는 것이."
그는 조심스럽게 자신의 의견을 말했다.

여공원은 뒤를 캐본다고 했다.
'어려울 거야. 그들은 은밀하니까.'
금하명은 백포인을 떠올렸다. 느닷없이 나타나 능 총관을 죽인 자. 자신의 이마에 석부 자국을 찍어낸 자.
그자와 백납도가 모종의 관계가 있다는 것만은 확실한데.
백포인은 누구며, 백납도와는 어떤 관계인가?
구령각 무인, 살각 무인들을 암암리에 죽여 버린 자도 백포인 그자가 아닐까?
'백포인이 누군지 알아내면 되는데…….'
현재로서는 백포인과 백납도가 연관있는지조차 알지 못한다.
장인 말을 좇아서 해남도로 돌아가면 어떻게 될까?
남해검문은 끊임없이 백납도에게 누군가를 붙일 게다. 그리고 지금처럼 영문도 모른 채 죽어갈 것이다. 죽이는 사람이 누구인지도 파악하지 못한 채.

남해검문의 유일한 단점은 신중함에 있다. 구령각에 전폭적인 지원을 보내는 것도 같은 맥락이다. 적을 낱낱이 파악한 다음에야 상대를 하려고 하는 것.

가장 유효한 방법이기는 하지만 무림이란 그런 식으로만 싸울 수는 없는 곳이다. 때로는 전혀 알지 못하는 자와도 검을 섞어야 한다.

금하명은 항상 그래 왔다. 일섬단혼이 누구인지, 어떤 검을 쓰는지도 모른 채 싸웠다. 벽파해왕도 그랬다. 조검이란 말은 들었지만 실질적인 검공은 부딪쳐 본 다음에야 알았다. 천소사굉도, 단애지투에서 만난 많은 무인들도…….

적을 알고 나를 알면 백전불태(百戰不殆)라고 하지만 그건 병가(兵家)에서나 통용되는 말. 무인은 나밖에 모르는 상태에서 싸워야 한다. 언제, 어느 때, 어떤 자와 싸우게 될지는 하늘밖에 모른다.

이길 때도 있다. 질 때도 있으리라. 그것 역시 하늘의 소관이다. 자신은 최선만 다하면 그뿐.

그럴 바에는 정면으로 부딪치는 것이 낫다. 백포인이 또 나타난다면…… 그것이야말로 이쪽에서 바라는 바다. 능 총관의 복수를 할 수 있는 확실한 기회다. 이쪽에서 찾아내도 모자랄 판인데 스스로 나와준다면 더없이 좋다.

도전해 오는 자, 모두 꺾어준다.

금하명은 생각을 정리했다.

'장인의 마음은 마음으로만 받는 게 좋겠지.'

"배를 언제 띄울 수 있소?"

뇌주에서부터 뱃길을 맡고 있는 은충문(銀忠文)에게 물었다.

"지금이라도 띄울 수 있습니다."

"띄워주시죠."

"해남도로 돌아갈 생각은 없습니까?"

한 번도 자신의 의견을 피력한 적이 없던 은충문이 이번만은 재고를 요청했다. 복건으로 들어가는 게 썩 내키지 않는다는 투였다.

"어머님은 나보고 누가 도전할 생각도 품지 못할 거목이 되라고 하셨어."

빙사음을 쳐다보며 한 말이다.

"형님은 곤제가 되라고 하셨지. 내 부인들이 후라는 명칭을 사용하게 만들어주라고."

하후에게 눈길을 주며 말했다.

"빌어먹을 놈! 꼭 날 끌고 들어가야 직성이 풀리냐! 저런 놈을 동생이라고 끌고 다니니. 아이구, 내 팔자야."

일섬단혼의 말은 무시했다. 이번에는 재고를 말한 은충문을 보며 말했다.

"그래서 난 중원에 들어가야 해. 곤제가 되려면. 무황이 되려면."

"무황? 이놈아, 곤제까지야!"

"백납도…… 내 앞을 가로막은 바위라면 치워야지. 지금이 아니라 언제라도 해야 할 일이야. 일단 나 혼자 복건에 들어가야겠어. 싸움을 하자는 게 아냐. 청화장주의 자식으로서 백납도와 비무를 해보겠다는 거야."

백납도가 목표는 아니었다.

복건에 도착하면 해남무림에서 겪어보지 못한 복건무공을 두루 섭렵해 볼 생각이었다. 두루두루 겪어보다가 우연히 기회가 닿으면 백납도와도 병기를 맞대볼 뿐이다.

그런데 이제는 생각이 바뀌었다.

백납도는 복건제일무인, 당연히 싸워야 한다.

그전에 할 일이 있다. 복건무인들을 꺾으면서 자신의 목표가 백납도라는 사실을 알리는 거다. 구령각 무인들, 살각 무인들이 그랬던 것처럼 백납도의 뒤도 조사해 본다.

남해검문 문도를 죽인 자가 백포인이라면 백납도와 싸우기 전에 그 자와 먼저 싸우게 될 것이다. 아니, 기필코 싸우게 되기를 갈망한다.

"그래서 난 장인의 뜻을 받들 수 없어. 해봐야겠어. 세상에 내 앞을 가로막을 장애물은…… 단호하게 말하지. 없어. 있다면 날 죽이면 되는 거야. 복건에는 나 혼자 들어갈 테니 해남도로 돌아가 있어."

진정한 강자는 넘지 못할 산이 없다.

금하명은 조용하게 말했다. 하지만 내면에서 우러나온 패력(覇力)은 금방 모두를 전염시켰다.

"히히! 미친놈. 너 혼자 보낼 것 같았으면 괜히 따라왔겠냐? 네 여편네들이나 보내. 난 내 몸 하나는 지킬 힘이 있으니까 따라가마. 왜? 고마워서 그런 눈깔로 쳐다보는 거야?"

비무는 아니리라. 단애지투처럼 수단과 방법을 가리지 않고 죽고 죽이는 싸움이 될 것이다. 그나마 단애지투는 무인의 양식을 지켰지만 백포인과의 싸움은 오로지 삶과 죽음밖에 없을 게다.

무공이 절정에 이르지 않은 사람은 위험에 노출될 가능성이 높다. 일섬단혼은 초절정무인이라서 도움이 됐으면 됐지 방해는 되지 않을 사람이다. 무엇보다 어떤 설득도 통용되지 않을 고집인 바에야.

"휴우! 그럼 형님만……."

"키키! 잘 생각했다."
일섬단혼의 눈길이 빙사음에게 향했다.
"홍! 거봐라. 이년…… 아니, 이것아! 기연으로 얻은 벼락 무공하고 수십 년 세월을 비바람 맞아가며 갈고닦은 무공하고 같은 줄 아냐? 쯧! 요즘 철없는 것들이란."
"그 말씀 기다렸어요. 한 수 부탁드려요. 노선배께서 돌아가시고 가가 곁에는 제가 있어야겠어요."
스르릉!
빙사음이 기다렸다는 듯이 검을 뽑았다.
금하명은 일섬단혼에게 매서운 눈길을 보냈다.
그가 의도적으로 도발한 덕분에 말 한마디 못하게 되고 말았다. 같이 가지 않겠다는 말을 고집하면 빙사음은 기어이 한판 승부를 벌이려고 할 게다.
승부? 보나마나 뻔하다. 빙사음의 승리다. 그녀의 무공이 강한 탓도 있지만 한쪽이 작심하고 질 생각인데 승부는 가려서 뭐 하나.
'빙후의 무공이라면 자신은 지킬 수 있겠지.'
금하명의 표정을 본 빙사음이 활짝 웃었다. 그 웃음…… 금하명에게는 불안의 씨앗이었다.
"언니, 언니는 무공을 모르니 돌아가야겠네요."
"돌아가야지."
하후는 순순히 승낙했다.
'휴우! 다행이네. 따라온다고 고집 부리면 어쩌나 걱정했는데.'
안심하기는 일렀다. 금하명은 평생 걱정하며 살 팔자였다.
"하지만 여기까지 와서 그냥 갈 수는 없잖아. 어머님께 인사는 드려야지. 성격이 강직하시다는데 늦게 인사드렸다가 혼나면 어떡해. 그리고 가가도 말했잖아. 싸우는 게 목적이 아니라 비무를 하는 거라고. 그럼 피할 이유가 없잖아."
 '그럼 그렇지.'
 이제는 놀랍지도 않다. 이 사람들에게는 말꼬투리 하나라도 잡히면 헤어 나올 수가 없다.
 '모두가 한통속이니. 안 되겠어. 다음부터는 각개격파해야지. 한데 뭉쳐 놓으면 도저히 힘을 쓰지 못하겠어.'

❸

 배는 닷새를 항해하여 복건성(福建省)으로 들어섰다.
 "저건 무슨 섬이에요?"
 "동정도(東椗島)."
 빙사음은 조금 멀리 있는 섬을 가리켰다.
 "저기가 뭍인가요?"
 "아니. 그것도 섬이야. 남정도(南椗島)라고."
 "그럼 저 섬은요?"
 남정도 옆에 작은 섬이 꽈리를 틀고 있다.
 "무인도."
 배는 동정도를 돌아서 금문도(金門島)로 향했다.
 "저희는 여기까지입니다. 뭍에 오르시면 공자님께서 알아서 하셔야 합니다."

은충문이 말했다.
"다행히 지금까지는 유령처럼 이동해 왔습니다. 공자님은 하늘에서 뚝 떨어진 것처럼 나타나는 겁니다."
"거참…… 사람들은 왜 말을 빙빙 돌리는지 몰라. 그냥 툭 까놓고 말하면 어디 덧나나? 그러니까 가급적이면 해남도를 끌어들이지 말란 소리잖아. 싸우는 건 말리지 않지만 죽든 살든 너 혼자서 알아서 해라 이거지?"
은충문이 겸연쩍어하며 말했다.
"그런 말씀은 드리지 않았습니다."
"괜찮아. 그 정도로 삐칠 사람 같아? 흠! 바다 공기 한번 시원하네. 속이 뻥 뚫리는 것 같아."
금하명의 행동이나 말투는 모두에게 낯설었다.
뭐랄까? 버릇없게 자란 부잣집 공자 같다고나 할까? 툭툭 내뱉는 말투가 한층 심해졌다. 하지만 음성 속에 마음을 담고 있어서 거부감을 느끼기 전에 친근감이 우러나게 만든다.
은충문에게도 윗사람이나 쓰는 말투를 사용했지만 마치 허물없이 지내는 옆집 형에게 하는 말처럼 들렸다.
금하명도 자신의 말투를 의식했다.
자신이 태어나고 자란 땅이라서일까? 복건에 들어섰다는 생각만으로도 말투가 옛날처럼 바뀌었다. 일행이 옛날 청화장 식솔들이나 다름없이 여겨졌다.
"빙후가 문제야. 형님은 해남무림에서 쫓겨났으니 상관없고, 하후는 무림과 연관없으니 상관없지만 빙후는 어떡하지? 해남 말투는 고칠 수 없을 테니 해남 사람인 게 단박 드러날 테고, 무공은 남해검문의 검공이니…….”
"난 안 돌아가요."
빙사음이 아랫입술을 잘근 깨물며 말했다.
"누가 돌아가래? 간다고 해도 이제는 못 가. 내가 안 보내."
"정말이죠?"
빙사음의 얼굴이 화사하게 밝아졌다.
"장인께 추적대를 보내달라고 요청해."
"추적대요? 왜요?"
"많이는 필요없고…… 장로 한두 명이면 되겠어. 추적자는 나. 날 추적하는 거야. 남해검문의 무남독녀를 겁탈하고 납치해 간 자라면 추적대를 보낼 만하지. 물론 날 보면 싸워야 할 테니, 적당한 선에서 추적하라고 해. 남해검문 위명에 먹칠을 하는 게 되나? 무남독녀가 혈살괴마에게 겁탈, 납치되었다면. 하지만 중원무림에 간여하지 않는다는 해남무림의 근본 취지를 살리려면 어쩔 수 없잖아."
금하명은 하후와의 첫 만남을 생각했다. 납치는 대해문을 떠올렸다. 두 사건을 하나로 묶으니 한 가지 계책이 완성되었다.
"가가께서 비명횡사하면 동생은 영원히 오명을 벗지 못하겠네. 겁탈, 납치당한 여자로."
"괜찮아요."
빙사음은 오히려 재미있다는 표정이다.
"그게 무슨 소린지 알아? 해남도로 다시 돌아갈 수 없다는 뜻이야. 최악의 경우에는 남해검문도의 손에 죽을 수도 있다는 뜻이고."
"전 가가를 믿어요."
조금도 불안한 표정이 보이지 않는다.

"쯧! 계집들이란…… 남해검문이 받는 타격은 별로 없어. 다 큰 년 치맛자락 펄럭이는 것까지 어떻게 감시하나. 하지만 감히 남해검문을 건드렸으니 네놈은 죽은 목숨이고…… 네놈이 죽으면 원한도 종식돼. 모든 게 끝나는 거지. 불쌍한 건 저것들인데…… 저것들 가슴에 못 박지 않으려면 일찍 뒈지지 마라."

배를 타고 오는 닷새 동안 일섬단혼은 백납도에 대한 모든 자료를 섭렵했다. 그런 후 표출한 행동이 무거움이다. 뭍을 바라보는 눈길도 무거웠고, 금하명을 대하는 태도도 음울했다.

일섬단혼도 남해검문주와 비슷한 생각을 하게 된 게다. 싸우면 상당히 고단해진다는.

배는 금문도를 끼고 돌아 뭍으로 다가갔다.

멀리…… 끝없이 펼쳐진 광활한 대륙이 보인다.

금문도에서 가장 가까우면서 해구를 능가할 만큼 큰 항구는 하문항(厦門港)이다. 하문항은 복건성에서 가장 큰 항구 네 개 중 하나다.

배는 하문항으로 들어서지 않고 계속 나아가 안해(安海)에 닿았다. 조그만 어촌에 불과한 곳이다.

"무운을 빕니다."

은충문이 정중하게 포권지례를 취했다.

"그렇게 죽는 사람 보듯 하지 마. 곧 다시 만날 텐데 뭘."

금하명은 배를 갈아타며 말했다.

그들이 타고 온 범선은 안해로 들어설 수 없다. 안해 같은 조그만 어촌에 큰 범선이 들어온 적도 없거니와 바닥이 낮아서 들어갈 수도 없다.

안해로 들어가기 위해서는 소선으로 갈아타야 한다.

"히히! 양하대곡 너무 축내서 미안해. 어! 이 새끼, 정말 미안한 줄 아는 모양이네? 너 그 표정이 뭐야? 그까짓 술 몇 독 축내서 아깝다는 거야, 뭐야!"

"그럴 리가 있습니까. 다시 제 배로 모실 기회가 생기면 반드시 양하대곡을 준비해 놓겠습니다."

"모가지 비틀리지 않으려면 그 말 항상 새겨둬야 할 거야. 낄낄."

"여부가 있습니까."

은충문은 금하명 일행이 모두 소선에 옮겨 타자마자 배를 움직여 빠져나갔다.

"썩을 놈…… 가는 거나 보고 가지."

"형님, 여기 남자 넷. 노 네 자루. 앉아만 계실 겁니까?"

"난 마누라 무(無). 넌 둘. 네가 두 배로 해. 너 힘 좋잖아. 흐흐흐!"

"언제나 도움이 될까. 휴우! 참아야지. 그나저나 복건 관 값은 비싼데 해남에서 사올 걸 그랬나. 형님 몸 치수로 봐서는 들고 다녀도 충분할 것 같은데."

"큭! 큭큭!"

웃음이 터져 나왔다.

뭍으로 들어간다면 당연히 기대감에 들떠 있어야 옳다. 하지만 금하명 일행의 심정은 납덩이처럼 무거웠다. 뭍에 발을 딛는 순간부터 그들은 해남무림과는 전혀 상관없는 사람이 된다. 이 세상에 그들 열 명만이 모든 것이 된다. 심정이 무겁지 않을 수 없다. 그러나 그런 무거움도 농담 몇 마디에 사르르 풀려 버렸다.

안해에서 삼명까지는 오백칠십 리 길이다.

이제부터 그 길을 어떻게 걸어가느냐는 전적으로 금하명의 결단에 달려 있다.

눈에 띄는 무인마다 닥치는 대로 꺾으면서 가는 패로(覇路)가 될 수도 있고, 피가 내를 이루는 혈로(血路)를 만들 수도 있다. 아니면 쥐 죽은 듯이 조용히 가는 은로(隱路)도 될 수 있다.

모든 건 마음에 달려 있다.

'여기서 한 이틀 머물라고 하고 나는…….'

머리 속에 한 사람이 떠올랐다. 아버님과 친분이 두터웠던 분이 진강현(晉江縣)에 계시다. 그분이라면 현재 무림이 어떻게 돌아가고 있는지 소상히 말해 주실 게다.

"한바탕 전쟁이라도 치른 것 같네요."

하후가 어촌을 쓸어보며 말했다.

폭풍은 해남도에만 몰아친 게 아니었다.

해남도는 작년 폭풍에 몸살을 앓았지만 복건은 올 폭풍에 있는 것 없는 것 다 빼앗기고 말았다.

어촌은 말 그대로 쑥대밭이었다.

집은 날아가고 배는 깨지고, 그물은 모래 속에 파묻혔다. 마을 곳곳에 폭풍의 잔해인 해초들이 바짝 말라서 아무렇게나 뒹굴었다.

곳곳에 이제 막 지은 듯한 새 집도 보였다.

고름을 짜낸 곳에 새 살이 돋듯 폐허가 된 집을 허물고 새 집을 지었다.

마을 사람들도 찾았다.

쿵! 쾅! 우지직……!

요란한 소리가 들려오는 곳, 먼지나 풀썩여 하늘 높이 솟아오르는 곳. 그곳에 어린아이, 노인 할 것 없이 마을 사람들이 전부 모여 있다.

"집을 새로 짓는 모양이에요. 그런데 사람들 표정이 참 밝아요. 대륙 사람들이라서 그런가? 해남 사람들 같았으면 멍하니 바다만 쳐다보고 있을 텐데."

설아가 종알거렸다.

설아 말마따나 사람들 표정이 재난을 당한 사람들 같지 않게 밝다. 얼굴 표정뿐만이 아니다. 반쯤 허물어진 집을 완전히 뜯어내는 모습에서도 활기를 읽을 수 있다.

마치 돈 많은 부자가 헌 집을 허물고 새 집을 지을 때처럼 앞날에 대한 희망과 기대감에 부풀어 있다.

"마을이 아예 쑥대밭이 됐네. 다친 사람은 없는지 몰라."

금하명은 힘이 없어 일을 거들지 못하고 있는 노인에게 혼잣말처럼 말을 걸었다.

노인이 힐끔 쳐다보았다. 그러다 금하명의 손에 들린 목곤을 보곤 밝은 표정을 지으며 말했다.

"마을이 이 지경이 되었는데 다친 사람이 왜 없겠소. 저기 저 왕(王)가는 아들 둘을 잃었지. 바닷물이 덮쳤는데 피하질 못했어."

노인은 한쪽 구석에서 대패질을 하고 있는 사내를 가리켰다.

"저기 송(宋)가도 딸내미 하나가 행방불명이고."

허물어진 집에서 쓸 만한 목재를 건져 내고 있는 사내다.

금하명은 이틀쯤 묵어갈 수 있냐는 말을 꺼내지 못했다. 폭풍 피해를 당하면 하루 양식 거리도 남지 않는다. 당장 몸을 뉠 공간은 물론이고 하루하루 먹고살기도 빠듯해진다.

"참 대단하군요. 그런데도 표정이 밝습니다."

"그게 다 백(白) 대인(大人) 덕분 아니겠나. 그분 아니었으면 언감생심 일어설 생각이나 했겠나."

신경에 거슬린다. 백 대인이라는 말에 백납도가 떠오른 것은 무엇 때문일까.

"백 대인이라시면……?"

"백납도 대인 말일세. 왜? 모르나?"

둔기로 머리를 얻어맞은 것 같다.

"자세히 알지는 못하고…… 이름자는 들어봤습니다."

"백 대인이 아니었으면 꼼짝없이 굶어 죽었을 게야. 휴우! 어쩌겠나. 잃은 사람은 잃은 사람이고 산 사람이나 살아야지. 백 대인이 무인들을 보내주셔서 인근 삼십 리를 꼬박 뒤졌는데도 발견해 내지 못했으니 바다로 쓸려 들어간 게지."

백납도는 아버님보다 한술 더 뜬다. 아버님도 무인들을 보낼 생각은 하지 못하셨다. 청화장 문도라고 해봐야 얼마 되지도 않는데 각종 재해 때마다 그들을 보낼 수는 없는 노릇이다.

"외지에서 와서 잘 모릅니다만 백 대인이라는 분, 대단한 것 같습니다. 제가 알기로는 삼명에 계시다는데."

"허허! 계시기야 삼명에 계시지. 하지만 복건에서 그분 손이 미치지 않는 곳이 어디 있나. 성인(聖人)이시지."

노인의 음성에는 존경의 염(念)이 넘쳐 난다.

백납도를 얼마만큼 존경하는지 알 수 있다.

"흠……! 그렇군요. 전 활불(活佛) 소리를 들으셨던 청화장주를 죽인 사람 정도로만 알고 있었는데…… 구세안민(救世安民)을 생각하는 대인이셨습니다."

"그랬지. 청화장주가 돌아가셨지. 하지만 그거야 무인들의 비무에서 종종 일어나는 일이지 않나. 참 좋은 분이셨는데 운이 없으셨어."

청화장주는 참 좋은 분, 백납도는 성인이다.
존경하는 의미가 다르다.

안해에서 오 리 떨어진 석촌(石村).
금하명 일행은 비교적 깨끗해 보이는 농가에다 여장을 풀었다.
"이곳은 그래도 괜찮아 보입니다."
"웬걸. 엄청났지. 내 살다 살다 그런 놈의 비바람은 처음 보았네. 바람에 날려갈까 봐 무서워서 방구석에서 나오질 못했다니까."
"네에. 그런데 마을이 깨끗하네요. 피해는 얼마 없으셨나 봐요?"
"저기 보이나?"
기꺼이 방을 내준 농가의 주인은 뒷산 한 자락을 가리켰다.
산사태 흔적이 뚜렷한 곳이다. 나무나 바위 같은 것은 보이지 않고 오직 붉은 흙만 보인다. 산 흙이 쓸려 내려와 강물처럼 흘렀다.
"산사태가 일어나 두 집이 파묻혔어. 백 대인께서 보내준 무인들이 아니었다면 꼼짝없이 매몰돼 죽었을 거야."
'여기도 백 대인인가.'
이제 사람들은 누구도 청화장을 말하지 않는다. 청화장주의 호생지덕(好生之德)은 복건 곳곳에 미치지 않은 곳이 없었지만, 지금은 기억 저편에 묻어둔 과거의 단편에 지나지 않는다. 대신 사람들은 삼명 백가를 말했다.

"나이는 젊지만 대인 소리를 들어도 마땅한 사람이네. 아니지, 모자라지. 매해마다 곳간을 박박 긁어내며 우리 같은 사람을 도와주시니 그런 분이 세상에 어디 있겠나."

농가 주인은 백납도 칭찬에 입에서 침이 마르지 않는다.

"자기 곳간만 긁어냈나? 돈만 벌 줄 알았지 쓸 줄은 모르는 수전노(守錢奴)들의 곳간까지 박박 긁어냈다네. 덕분에 우리야 살맛나지만 부자라는 작자들은 죽을 맛일 거야."

농가 주인과 함께 있던 석촌 주민이 말했다.

"그놈들이야 죽을 맛이면 어때. 그렇게 내놓고도 삼시 세끼 기름진 음식만 처먹을걸! 그런 놈들한테는 더 긁어내야 돼. 아주 속이 다 시원하다니까."

다른 사람이 말했다.

"백납도란 자…… 대단하네요. 민심을 잡을 줄 아는 자예요. 진정한 영웅이거나 무서운 효웅(梟雄)이겠죠."

빙사음이 말했다.

그는 아무 조건 없이 구휼미(救恤米)를 풀었다. 무인들을 동원하여 집을 잃은 사람에게는 집을 지어주었고, 끊어진 다리는 새로 놔주었다. 폭풍에 황폐해진 전답도 다시 일궈주었다.

삼명 백가의 재력이나 무인만으로는 턱없이 부족하다.

복건무림을 움직였다.

무림문파가 있는 곳에 굶어 죽는 사람이 생겨서는 안 된다는 질타가 이어졌다며 박수를 치는 상황이다.

구휼을 생각하지 않는 무림 문파는 없다. 아버님이 복건제일무가로

군림하셨을 적에도 능력이 닿는 한 최대한 도우려고 애썼다. 복건 곳곳에 산재한 문파들도 적극 협력했다.
 가뭄이 들거나 홍수가 일어났을 때, 혹은 이번처럼 태풍에 재난을 당했을 때 복건무림은 너나 할 것 없이 발 벗고 나섰다.
 그래도 지금처럼 사람들 마음을 흡족하게 만들지는 못했다.
 도와주는 것에는 한계가 있기 때문이다.
 백납도는 재난을 당하기 전보다 훨씬 살기 좋은 곳으로, 최소한 예전에 비해서 손색이 없도록 만들어주고 있다. 덕분에 망신창이가 된 복건은 빠른 시간에 제 모습을 찾아가고 있다.
 그러나 여기에는 인위적인, 강압적인 냄새가 풍긴다.
 이 정도로 도우려면 곳간을 긁어내는 정도로는 어림도 없다. 있는 자들이 전답을 팔고 알거지가 되어도 부족할 듯싶다.
 '백납도는 무공밖에 모르는 위인. 능완아의 솜씨겠지. 그녀라면 충분히 이런 일을 벌일 수 있어.'
 분명한 것은 청화장주를 죽인 악적 백납도는 사라졌다는 점이다. 현재는 세상을 구하는 영웅, 백납도만 존재한다.
 "흐흐! 복건무림을 장악한 게지."
 일섬단혼이 낄낄 웃으며 말했다.
 일섬단혼의 검은 쾌검이다. 단 일 검에 목숨을 빼앗는 검이다. 검의 부딪침도 없다. 검이 부딪치면 일 검이 아니라 이 검이 되니까.
 복건에도 그런 무인이 있다. 백납도다. 그의 별호는 일검추혼. 일섬단혼과 맥을 같이한다.
 일섬단혼은 일검추혼에게 강한 호기심을 느낀 것 같다.
 "아! 오랜만에 땅을 밟았더니 이상하게 더 속이 울렁거리는 것 같네.

이게 뱃사람들이 말하는 흙냄새라는 건가? 흙냄새에 취하면 독주에 취한 것보다 더하다더니 그 말이 맞나 봐. 난 바람 좀 쐬어야겠어. 하후에게도 다녀올 겸."

금하명이 일어섰다.

"같이 가요. 나도 언니에게……."

빙사음이 일어서려다 일섬단혼의 눈총을 받고는 다시 앉아버렸다.

하후는 석촌에서도 제 성품을 버리지 못했다.

물이 오염되어 설사를 하는 사람을 보고는 팔을 걷어붙였다. 그러자 신경통에 시달린 노인들, 눈이 침침한 사람들…… 온갖 사람들이 모여들었다.

석촌 같은 촌마을에 의원이 나타났으니 반갑지 않을 리 없다. 그것도 서시(西施) 뺨치는 미인이니…….

금하명의 마음은 납덩이에 눌린 것처럼 무거웠다.

하후가 힘들어하는 줄 알면서도 발길이 돌려지지 않았다. 같이 있고 싶어하는 빙후의 마음도 읽었지만…… 지금은 혼자 있고 싶었다.

그의 머리 속에는 농가 주인에게서 들은 말이 떠나지를 않았다.

"그런 분께 천하제일미녀가 곁에 있으니 얼마나 큰 홍복인지 모르지. 혼례만 치르지 않았지 부부나 다름없다던데…… 하루라도 빨리 혼례를 치르시고 떡두꺼비 같은 아들을 얻으셔야 하는데. 남자는 뭐니 뭐니 해도 가정을 가져야 안정이 되는 법이거든. 허허! 한때는 천미(天美) 소저에게 욕도 많이 했지. 청화장 장주하고 죽네 사네 하더니 어떻게 사람이 청화장이 망하자마자 등을 싹 돌리냐면서 말일세. 한데 우리 같은 놈들 눈에는 보이지 않는 게 천미 소저한테는 보였던 게야. 성인을 알아본 게지. 하기야 무가의 여식이 그림쟁이하고 어울린다는 게 가당키나 한 소린가."

능완아는 자신에게 말했던 대로 삼명 백가를 청화장을 대신할 가문으로 굳혀놓았다. 그리고 그녀는 삼명 백가에서 총관 자리를 차지했다. 소문대로라면 쌀이 익어 밥이 되었으니 능완아는 백납도의 안사람, 백가를 움켜쥔 것과 다름없다.

그녀 바람대로 복건제일무가의 안주인이 된 것인가.

백납도를 꺾기 위해 한 걸음, 한 걸음 내딛고 있다. 그리고 반드시 꺾을 생각이며 자신도 있다.

만약 그렇게 되면…… 삼명 백가는 청화장과 마찬가지로 무너지게 될 텐데…… 결국 능완아와는 적이 되고야 마는 것인가. 사랑했던 여인인데, 그녀의 가슴에 아련한 추억은 고사하고 증오의 대상이 되고 마는가.

그래도 가야 한다.

아버지의 진혼제도 올려 드려야 하고, 능 총관의 죽음도 파헤쳐야 한다. 자신들을 급습하여 능 총관을 죽인 자가 누군지는 반드시 밝혀내야 한다.

'내게는 아내가 있는데 무슨 생각을…….'

하후가 떠올랐다. 빙후의 방긋 웃는 모습도.

옛 여인이 가슴 한편을 적시지만 현재의 부인들에게 최선을 다하는 것이 사람의 도리이리라.

그는 하후에게 발길을 돌렸다.

"엄살 부리지 마요. 장침(長針)이지만 전혀 아프지 않아요."

설아의 카랑카랑한 음성이 들렸다.
하후는 사람 마음을 포근하게 만들어주는 미소를 띤 채 침을 놓고 있으리라.

第三十七章

지자천려(智者千慮) 필유일실(必有一失)

똑똑한 사람이 천 번을 고려하지만
필히 생각하지 못한 점이 있다

지자천려(智者千慮) 필유일실(必有一失)
…똑똑한 사람이 천 번을 고려하지만 필히 생각하지 못한 점이 있다

천주부(泉州府) 사람치고 진강 사가를 모르는 사람은 없다.

복건제일이라고는 할 수 없어도 천주제일이라고는 할 수 있는 무가(武家)이기 때문에 자연스럽게 천주부 사람들의 이목이 쏠릴 수밖에 없다.

"진천보(震天堡)? 무공도 변변치 못한 놈들이 이름은 거창하게 지어요. 이놈도 이거 껍데기만 무인 아냐?"

일섬단혼이 진천보 현판을 보며 말했다.

진천보라는 장원 이름이 버젓이 있는데도 진강 사가로 더 많이 알려질 만큼 사씨 일맥의 무위는 두드러진다.

"형님, 부탁 하나 합시다."

"부탁? 웬일이냐? 네놈이 부탁씩이나 다 하고. 뭔데?"

"제발 입 좀 다무쇼."

"뭐야? 이런 빌어먹을 놈이! 이놈아, 내 나이가 네놈보다…….."
"세 배."
"뭐야?"
"방금 다섯 배라고 말하려고 했잖아. 입은 삐뚤어졌어도 말은 바로 하랬다고 셈은 정확히 합시다."
"이놈아, 세 배라고 할라 그랬다. 알지도 못하면서 아는 척하기는."
"하하! 죄송합니다. 무지한 놈이 아는 척해서."
금하명은 웃었다.
일섬단혼의 겉모습이 갓 스물 정도로밖에 보이지 않아서 친한 친구처럼 여겨진다. 일섬단혼의 치기 섞인 성격도 그를 부담없이 대하게 만드는 주요 요인이었지만.
"무슨 일로 본 보를 방문하셨습니까?"
수문(守門) 무인은 명가의 문도답게 정중한 기태를 보였다.
금하명도 정중히 청했다.
"가주님을 뵈러 왔습니다. 삼명에서 조카가 찾아왔다고 전해주시겠습니까?"
순간, 수문 무인 두 명의 눈가에 이채가 번뜩였다.
"말씀을 다시 한 번 해주시겠습니까? 방금 조카라고 하셨는지……?"
"삼명에서 조카가 왔다고 하시면 아실 겁니다."
"미안하군요. 보주님께 조카 분은 여럿 있지만 삼명에 조카가 산다는 말은 들은 적이 없습니다. 본 보 무공을 엿보시겠다면 정식으로 비무 신청을 해주시길."
그때였다.

"낄낄! 이보시게, 무인님네들."

입을 꾹 다물고 있기로 약조한 일섬단혼이 불쑥 끼어들었다. 그의 첫 마디는 점잖은 편이었다. 하지만 어쩐지 조금 비틀렸다.

"진천보 무공 따위가 뭐 그리 대수롭다고 엿보고 자시고 하겠는가. 몇 마디 물어볼 게 있어서 찾아온 것뿐이니 냉큼 들어가서 사가주인지 사병신인지 데려오게나."

금하명이 미처 말릴 틈도 없이 내뱉어진 말이었다. 그것도 모자라서 일섬단혼은 금하명을 보며 싱긋 웃었다. 이만하면 곱게 말한 게 아니냐는 투였다.

'기어이 사단을 벌이는군.'

"말이 과하군. 진천보가 개나 소나 짖어대도 되는 곳인 줄 아는 모양인데……."

수문 무인들의 말투가 곱지 않았다. 여차하면 검을 쓰겠다는 듯 검병(劍柄)을 잡으며 사뭇 위협적인 모습까지 보였다.

그런데 일섬단혼은 이번에도 금하명보다 한발 앞서서 말했다.

"허! 이 싹퉁머리없는 자식이 지금 뭐라고 짖어대는 거야? 뭐? 개나 소? 이 새끼야, 그럼 네 눈깔에는 이놈이 개로 보이냐? 내가 소로 보여? 다리몽둥이를 콱 분질러 버릴까 보다."

도대체가 사태를 수습할 기회를 주지 않는다.

문파의 입장에서 수문 무인은 무객(武客)을 맞이하는 첫 얼굴이기 때문에 대체로 신중한 자를 세우기 마련이다. 무공이 뛰어난 사람보다는 처세술에 밝은 자가 더 적합하다.

진천보 수문 무인들은 그런 자들이었다.

그들은 침착했다.

지자천려(智者千慮) 필유일실(必有一失) 55

손에 목곤을 들고 찾아온 방문객이라면 십중팔구 비무가 목적일 가능성이 높다. 일신에 지닌 화후(火候)도 범상치 않아 보인다. 그들은 자신감을 잃었지만 침착함만은 놓지 않았다.

"정식으로 아뢰어 드리지. 어디서 온 누구라고 하면 좋겠나?"

"야! 이 자식이 점점! 너 혓바닥이 반 토막이냐! 어디서 어른을 보고 꼬박꼬박 반말지거리야, 이 개자식아!"

'미치겠군.'

금하명은 한발 물러서서 일섬단혼이 하는 양을 지켜보았다.

꼭 이런 일이 벌어질 것 같아서 혼자 오려고 했더니만 부득불 따라오더니.

일섬단혼은 살기를 일으켰다. 벌써 두 번이나 예기를 쏘아냈다.

일섬단혼의 예기는 다른 무인들이 표출하는 것과는 성격이 다르다. 경고다. 자신의 능력을 가늠해서 상대할 것 같으면 목숨을 담보로 덤벼들 것이며, 상대가 안 된다 싶으면 물러서라는 마지막 통첩이다.

한데도 수문 무인들은 상상의 검에 육신이 저며진 줄도 모르고 눈만 부릅뜬다.

그들 눈에는 일섬단혼이 갓 스물쯤 되는 청년 고수, 아니, 꼬마 고수쯤으로밖에 보이지 않는다. 그러니 오히려 자신들을 연장자로 생각할 것이고, 어린 꼬마가 막말을 해대니 기가 막힐 수밖에 없다.

수문 무인들의 눈매가 날카로워졌다.

"누군지 밝히거나, 물러가라."

그들의 요구는 정당했다. 그러나,

쉐에엑!

그들의 말이 끝나기도 전에 시리디시린 검광 한줄기가 허공을 갈랐다.
 수문 무인들은 입을 쩍 벌렸다.
 검광은 한 줄기, 베인 사람은 둘.
 두 명의 앞가슴은 길게 갈라져 가슴이 환히 드러났다. 검에 일 푼의 힘만 더 가했어도 붉은 피를 솟아내고 있을 것이다.
 "개돼지는 꼭 때려야 말을 듣는다니까. 이제 가서 사병신인지 사지랄인지 보고 나오라고 해. 오래는 안 기다려. 딱 백만 센다. 백 셀 동안 안 나오면 저 현판은 산산조각날 거야."
 일섬단혼이 진천보 현판을 가리켰다.
 수문 무인은 한 걸음 물러섰을 뿐, 자리를 이탈하지 않았다. 대신 뒤늦게 달려온 무인이 재빨리 보 안으로 사라져 갔다.
 일은 벌어졌다. 아버님의 지인께 무례를 범한 꼴이 되고 말았다.
 "형님, 정말 이러실 겁니까!"
 금하명은 정말 화가 났다. 하지만 단순하게 일섬단혼의 치기라고 보지는 않았다. 장난을 유별나게 좋아하고 입이 거친 건 사실이지만 행동 하나마다 삶의 경험이 녹아 있는 사람이다.
 "쯧! 여기도 병신이 있었군. 그렇게 안 돌아가는 머리는 뭐 하러 달고 다니나."
 "형님!"
 "미친놈. 정신 차리게 해주려는 거야. 두고만 봐라."
 '무엇 때문에……?'
 의문이 치밀었지만 입 밖으로 꺼내지는 않았다. 두고 보면 알 일. 더군다나 일섬단혼의 안색은 수문 무인들을 다그칠 때와는 달리 어둡지 않은가.

잠시 후, 한 무리의 무인들이 달려나왔다.

무리를 이끌고 노기등등하게 나온 사람은 진강 사가의 장남인 사환소(謝煥笑)다. 금하명보다 열 살 위로 청화장에 몇 번 들른 적이 있으며, 아버님의 장례에도 참석했다.

정신 차리라고, 아버지의 복수를 하지 않는 자식이 세상천지에 어디 있냐고 매섭게 질책하던 음성이 아직도 귓전에 쟁쟁하다.

"어떤 놈이 진천보에서…… 엉! 너, 넌! 금하명 아니냐!"

"오랜만에 뵙네요."

금하명은 포권지례를 취했다.

정녕 반갑다. 십 년 연상이지만 마음 놓고 술 한잔 들이킬 수 있는 지우(知友)다. 전에는 무인과 화공의 관계였는지라 관계가 서먹서먹했지만 이제는 무인 대 무인이니 나눌 말도 많을 게다.

"네가 진천보에는 어쩐 일이냐!"

사환소의 음성은 싸늘했다.

금하명은 멀쑥해져서 포권지례를 풀었다.

"숙부님을 뵈러 왔는데 그만 오해가 생겨서……."

"누가 숙부냐!"

"……."

"누가 숙부냐고 묻지 않았나! 진천보에 숙부가 있다면 당연히 만나게 해줘야지. 하지만 내가 알기로 진천보에는 금가 성을 가진 사람은 없는데, 가명(假名)이라도 사용한 게냐!"

금하명은 일섬단혼을 쳐다봤다.

일섬단혼이 씩 웃었다.

'이…… 거였나.'

세상이 쓸쓸해진다. 힘에 따라서 우정도 교분도 좌우되는 세상이라면 너무 삭막하다. 일섬단혼이 알려주고자 했던 게 이것이었나.
금하명의 마음을 아는지 모르는지 사환소는 더욱 매정스런 말을 쏟아냈다.
"언젠가 한 번쯤 찾아오리라 생각했다. 망한 놈의 자식들은 목에 칼을 물고 엎어지거나 할 것이지 목숨에 애착은 많아서 옷소매만 스친 사람도 찾아다니곤 하지. 그래도 청화장주의 안면을 생각해서 차 한잔쯤 먹여서 보내려고 했다. 그런데 감히 진천보에서 소란을 피워? 금하명…… 네가 호랑이 간이라도 삶아 먹은 게냐!"
기세등등하게 말을 잇던 사환소가 갑자기 움찔하더니 일섬단혼을 쳐다봤다.
"클클! 이제야 내가 눈에 뵈나 보지?"
"네, 네놈은 누구냐!"
"허! 노오옴? 세상에 별 버러지 같은 게 사람을 무시하고 있네. 네놈 눈에는 내가 놈으로 뵈냐?"
사환소는 뭐라고 말하려고 했으나 또 한 번 움찔거리며 황급히 뒤로 물러섰다.
"왜? 금방이라도 쳐 죽일 것 같더니 똥마려운 강아지처럼 끙끙대는 이유가 뭐고?"
"아, 아버님이 안 계시다고 진천보를 무시해도 된다는 거냐!"
사환소는 여전히 큰소리를 쳤다. 하지만 음성이 가늘게 떨려 나오고 있어서 겁을 집어먹었음은 누구나 알 수 있었다. 더군다나 그가 한 말은 무인이 할 말은 아니다.
일섬단혼은 흥미를 잃었는지 손을 휘휘 내저으며 뒤로 빠졌다.

"이런 놈 베면 내 검만 더러워진다. 물어볼 것 물어보고 가자. 보아하니 사명휘(謝明輝)인지 사병신인지 하는 놈도 없는 것 같은데, 들어가 볼 필요도 없잖아?"

무인에게는 최대의 치욕. 하지만 사환소는 입도 벙긋거리지 못했다.

일섬단혼은 여전히 예기를 뿜어내고 있다. 여차하면 검을 날릴 기세다. 그리고 사환소는 예기를 읽을 정도의 무공은 갖췄다. 차라리 수문무인들처럼 아무것도 느끼지 못했으면 큰소리나 칠 수 있을 것을.

"갑시다."

금하명은 아무것도 묻지 않고 돌아섰다.

물어볼 게 많았다. 복건무림이 돌아가는 사정도 물어보고 싶었고, 삼명 백가가 어느 정도의 위치에 있는지도 알고 싶었다. 또 복건무림인들이 삼명 백가를 어떻게 생각하는지도.

모두 끝났다.

청화장은 아버님의 죽음과 함께 막을 내렸다.

살아남은 사람들은 청화장과 어떤 연관도 맺으려고 하지 않는다. 청화장은 물론이고 청화신군조차도 입에 담지 않으려고 한다.

왜? 청화신군을 죽인 자, 그자가 현재 건재해 있으며 복건제일검사라던 청화신군을 죽일 만큼 무공이 고절하니 그와 싸울 마음이 없는 한 청화장과 연관되어서는 안 된다.

자신들의 문파에 어떠한 이득도 안겨주지 못하는 금하명이라는 존재는 귀찮을 수밖에 없다.

"소금이나 한 주먹 뿌려라. 에잇! 재수없어."

등 뒤에서 마지막 남은 인정의 고리마저 매정하게 끊어버리는 소리가 들려왔다.

그 시간, 사명휘는 삼층 망루에서 정문을 내려다보고 있었다.
"정말 금하명이었군. 그림이나 그릴 일이지…… 쯧! 제 아비를 닮아서 고집 하고는. 너도 곱게 죽을 팔자는 아니로구나."
머리를 내둘렀다.
"그러나저러나 환소 저놈의 자식은 언제나 제 몫을 할지. 한참 어린 놈한테 기죽은 꼴이라니. 쯧쯧! 아무래도 둘째가 낫겠어. 저놈은 무재가 아냐."
그러다…… 눈길이 전각 한쪽 구석으로 옮겨졌다.
'어떤 놈이 대낮부터…….'
한심한 놈은 또 있다. 밤에는 뭣 하고 대낮에 퍼질러 잔단 말인가. 전각 한 귀퉁이 구석진 곳에 주저앉아 있으면 모를 줄 알았는가.
'어떤 놈인지 단단히 혼찌검을 내야…… 응? 저건 또 뭐야?'
한 명이 아니다. 두 명, 세 명…… 구석진 곳에 쭈그리고 앉아 있는 자들이 많다.
'변고닷!'
무림에서 잔뼈가 굵은 그는 단번에 비상사태를 눈치챘다.
한 명도 아니고 두 명, 세 명이 쭈그리고 앉아 있다는 것은 벌써 피습을 받았다는 말이 된다.
백주 대낮에 기습을 감행하는 무리라면…….
쉽게 떠오르지 않는다. 검을 잡은 사람이니 적인들 없겠냐만은 내놓고 적이라고 할 만한 자는 생각나지 않는다. 또한 어떤 문파와 시비를 다투지도 않았다.
그는 급히 탁자로 가서 검을 움켜잡았다. 그때,

슈우욱! 철컥!

탁자 밑에서 검 한 자루가 솟구쳐 올라왔다. 눈에 보이지도 않는 섬광은 탁자를 뚫고 솟구쳐서 손목을 가볍게 그었다.

"크윽!"

사명휘는 전혀 예측하지 못한 공격에 가벼운 자상(刺傷)을 당했다. 아니다. 범인들에게는 가벼울지 몰라도 무인에게는 결코 가볍지 않다. 손목 요혈을 베였으니 검을 운용하는 데 절반쯤은 꺾어주고 들어가야 한다.

탁자 밑에서 사내 한 명이 기어나왔다.

"웬 놈이냐!"

"후후! 진강 사가의 명성이 높기에 조금 기대를 했는데 이건 어이없다 못해 맥이 빠지는군. 삼명 백가 따위가 복건무림 종주(宗主)로 자처하는 것도 다 이유가 있었어."

"후후후! 기습에 성공했다고 득의양양하기는. 네놈은 공격을 멈추지 말아야 했어. 그랬다면 내 목숨을 거둘 수도 있었지."

"그럴까?"

"보여주마, 이놈!"

사명휘는 진강 사가의 명성을 안겨준 독문검학 유선검법(流線劍法)을 펼쳤다.

파아앙! 쐐아아아……!

망루는 검광으로 가득 찼다.

강물이 흐르듯 유연한 검법이다. 일식에서 이십사식까지 숨 쉴 틈 없이 몰아친다. 인간의 행동 양식을 철저하게 연구하여 피할 수 있는 모든 공간을 옥죈다.

사명휘는 진천보에 입문한 문도들에게는 중반부까지밖에 전수하지 않았다.

그들은 유선검법 십팔식만으로도 이름을 떨친다.

후반부 이십사식까지 온전하게 깨우치면 청화신군과도 겨룰 수 있다고 자부했던 터다.

순간, 눈앞에 서 있던 사내가 사라졌다.

도도하게 흘러가던 검광은 어디를 쳐야 할지 몰라 허공만 맴돌았다.

'이건 은신술이닷! 아냐, 눈앞에서 사라지는 은신술은 없어!'

사명휘는 적엽은막공을 생각하지 못했다. 해남파, 그중에서도 남해검문, 또 그중에서도 극히 일부에게만 전수되는 비기가 존재한다는 사실을 몰랐다.

슈욱!

등 뒤에서 바람 소리가 일었다.

'헉!'

황급히 몸을 빼내려고 했다. 하지만 검이 조금 더 빨랐다.

검에 베였다는 느낌은 들지 않는다. 등 어림을 주먹으로 한 대 맞은 것 정도의 충격밖에는 느껴지지 않는다.

'이만하길 다행…… 이런…….'

갑자기 두 다리가 마비되며 무릎이 꺾인다.

그제야 사명휘는 일격을 제대로 당했다는 사실을 깨달았다.

쉬익!

검풍이 다시 불었다. 그리고 그의 머리는 허공에 둥실 떠올랐다.

"이게 음살검이다. 사명휘, 너 정도는 해남에서는 당주밖에 안 돼. 그런 무공으로 너무 잘살았어."

지자천려(智者千慮) 필유일실(必有一失) 63

물론 사명휘는 그 소리를 듣지 못했다. 그는 자신이 왜 죽는지, 누구에게 죽는지도 모르고 죽었다.

'어떤 놈이기에…… 검을 뽑았다면…… 난 죽었어.'
싸우지도 않았는데 손이 중풍 걸린 사람처럼 바르르 떨려왔다.
금하명 같은 풋내기가 어디서 그런 절정고수와 인연을 맺었단 말인가. 나이가 어린 것 같은데…….
사환소는 아버지에게 바로 갈 수 없었다.
아버지는 망루에서 보고 계실 게다. 그리고는 혀를 끌끌 차며 역시 둘째가 낫겠다고 생각하시겠지.
둘째라고 다를 줄 아나. 그런 자와 마주치면 둘째도 목숨을 보존하기에 급급할 텐데.
전각 계단에 앉아서 떨리는 손을 추슬렀다.
"휴우!"
깊은 숨을 몇 번 들이쉬자 마음이 조금은 안정되었다. 벌렁벌렁 뛰던 심장도 가라앉은 느낌이었다.
그때 그는 보았다, 거침없이 문도들을 도륙하며 다가오는 낯선 사내를.
방갓을 쓴 자다. 몸에서는 진한 피비린내가 풍긴다. 일견하기에도 자신은 상대가 안 된다.
'저놈은 또 누구야! 오늘 왜 이렇게 일진이 사납나.'
스르릉……!
검을 뽑았다. 전각 계단에서 한 걸음이라도 나서면 망루에 계신 아버지께 발각된다. 아버지도 분명 혈겁을 보고 계실 텐데…… 아버지가 달려나올 게다. 그동안만 막으면 된다. 놈이 성난 사자처럼 사나워 오금이 저리지만…… 까짓것 죽기야 하겠나.

"웬 놈…… 컥!"

그는 이토록 빠른 검을 구경해 본 적이 없다.

아니다. 본 적이 있다. 옛날…… 백납도에게 복수를 하겠다고 검을 든 놈이…….

'그래. 청화이걸…… 노태약이라는 놈이었지.'

노태약은 이토록 빠르지 않다. 그의 오른팔을 잘라낸 백납도의 검이 이렇게 빨랐다.

"사환소, 무림은 입으로 먹고사는 데가 아냐. 양광검에 당한 걸 다행으로 알아라. 음살검에 당했으면 머리가 떨어져 나갔을 것……."

더 이상은 들리지 않았다.

그가 마지막으로 떠올린 생각은 머리가 떨어져 나가나 심장이 부서지나 죽기는 매일반인데 무엇을 다행으로 생각하라는 건지 모르겠다는 것이다.

❷

진강 사가가 백주대낮에 도륙당했다는 사실은 하룻밤이 지나지 않아서 모르는 사람이 없게 되었다.

한낮이라서 보는 사람이 많았다. 흉수는 방갓으로 얼굴을 가린 채 무인들만 골라서 살육했다. 더군다나 그는 혼자였다. 단 한 명이 진강 사가의 기둥을 송두리째 뽑아버린 것이다.

천주부 사람들은 그날로 혈겁 소식을 전해 들었고, 다음날에는 복건 무림 전역에 소문이 퍼졌다.
"한 명이래, 한 명. 한 명이 진강 사가를 초토화시킨 거래."
"나도 들었어. 그런데 어떻게 한 명이 진강 사가를 초토화시킬 수 있지? 정말 대단한 놈 같아. 백 대인만이 그럴 수 있다고 생각했는데."
"그럼 어떻게 되는 거야? 백 대인이 나서야 되는 건가? 이구! 한동안 조용하다 싶었는데, 또 혈풍이 부는구먼. 누군지 모르지만 콱 뒈져 버렸으면 좋겠다."
"백 대인이 이길 테니까 걱정 마. 백 대인이 지는 것 봤어?"
"그런데 말이야, 혈겁이 있기 전에 누군가 찾아왔다는 거야. 문밖에서 조금 시끄러웠는데, 그 일이 있고 난 후에 혈풍이 불었다지?"
"그럼 그 작자가 앙심을 품고 달려든 게구먼 뭐. 뻔한 것 아냐? 그 작자가 누구래?"
"글쎄 그걸 모르겠다니까. 그 작자와 실랑이한 무인들은 모두 죽었다니."
"앙심을 품어도 단단히 품었군."
진강 사가의 멸문 소식은 금하명 일행이 묵고 있는 석촌에까지 흘러들었다.
금하명은 목곤을 무릎 위에 올려놓은 채 침묵했다.
그는 생각에 잠겨 있었다. 막역지우인 척 가깝게 지내다가 효용 가치가 떨어지자 냉정히 차버린 행동은 괘씸하다. 그러나 그것이 죽을 만큼 대죄인가? 일문이 몰살당할 만큼 큰 죄인가?
반 각, 반 각…… 한 시진…… 무려 반나절을 생각했다.
거듭거듭 생각을 해봐도 결론은 '아니다'로 귀결된다.

'이렇게는 안 돼.'

이런 짓은 용납되지 않는다. 마음에 들지 않는다고 모조리 죽여대면 마인과 다를 게 무엇인가.

드디어 눈을 떴다. 그리고 조용히 말했다.

"음양쌍검, 지금 당장…… 해남으로 돌아가."

대답은 없었다. 십여 명에 이르는 사람이 앉아 있지만 숨 삼키는 소리도 들리지 않았다.

"피 냄새가 지독해서 머리가 지끈거려. 산책을 해야겠어. 정확히 반각 걸릴 거야. 그때까지 이 피 냄새가 머물러 있으면…… 그대들은 내게 죽어."

소름 끼치도록 낮은 저음이다. 인간미라고는 전혀 느낄 수 없는 냉혹한 음성이다. 금하명이 이럴 때도 있나 싶을 만큼 차갑다.

다른 사람들은 흉수가 누군지 모르지만 금하명은 안다. 사람들은 흉수가 한 사람이라고 하지만 그만은 두 명인 걸 안다. 한 명은 모습을 드러내 이목을 집중시켰고, 다른 한 명은 어둠 속에 숨어서 음검(陰劍)을 날렸다.

약한 자는 끌어내어 무더기로 죽이고, 강한 자는 뒤에서 암습하고. 일문을 몰락시키기에는 효율적인 방법이다.

"이, 이놈아. 앉아봐. 그래! 내가 시켰다. 네놈은 못할 것 같아서 내가 시켰어! 저놈들이 명도 없이 그런 짓을 할 인간들로 보이냐? 이놈아, 화를 내려면 내게 내."

일섬단혼이 빠르게 말을 이어갔지만 전처럼 고함을 질러대지는 못했다.

화가 났으나 나지 않은 것 같은 표정, 살기를 숨기고 있으나 무섭게 뻗쳐 나오는 살기.

누구라도 용서하지 않겠다는 느낌을 받기에는 충분하다.

금하명은 창문을 열고 맑은 공기를 들이키며 말했다.

"그런가요?"

"그래, 이놈아! 나도 내쫓을래?"

"그래야겠죠."

금하명의 음성은 확고부동했다.

"이놈 봐라? 나도 쫓아낸다 이거지? 이놈아! 난 하후 말을 따른 것뿐이야! 그래, 하후도 쫓아낼래!"

금하명은 지독하리만치 차가웠다. 그가 돌아섰을 때, 그는 지금까지 보아왔던 금하명이 아니었다. 인정이라고는 조금도 남아 있지 않은 냉혹한 죽음의 사자만 남아 있었다.

"하후."

자초지종을 묻는다.

"휴우! 그래. 내가 말씀드렸어. 그렇게 해주십사 하고."

하후는 담담했다. 금하명은 말을 잃은 채 하후만 쳐다봤다.

두 사람 모두 무슨 말이 나올 것인지 알고 있다. 앞으로 나올 말은 변경되지도 않는다. 음양쌍검이 진강 사가를 몰락시켰다는 건 이 자리에 모인 사람들 모두가 알고 있다. 그럼에도 반나절이나 생각을 거듭한 것은 그만한 결단을 내리기 위해서였다.

누가 누구를 죽였기에 어떤 결단을 내린다는 간단한 문제가 아니었다. 무림을 활보하면서 부딪치게 될 인정(人情)과 정의(正義)에 대한 갈등이었다.

그는 결단을 내렸다. 인정을 버리고 정의를 택하기로.

"나도 돌아갈까?"

금하명은 고개를 끄덕였다.

"돌아올 거야?"

이번에는 고개를 가로저었다.

끝이다. 그는 무의미한 살겁에는 부부지연까지 끊어버린다.

"그래서 얻는 게 있어?"

이번에는 다시 위아래로 끄덕인다.

"뭔데?"

"내…… 길."

"그 길…… 같이 가기로 했잖아. 내가 잘못했으면 고쳐 주면서 가야지. 옛말에 사람은 버리는 게 아니랬어. 후회하지 않겠어?"

"후회하겠지. 하지만 지금은 이 방법밖에 없는 것 같아."

"지금 뭘 했는지 알아? 날 버렸어. 설아도 버린 거고. 일섬단혼 선배, 음양쌍검까지 버렸어. 빙후는? 빙후가 예전 빙후일까? 이토록 냉혹한 일면을 보았는데 예전으로 돌아갈 수 있을 것 같아? 앞으로는 실수하지 않으려고 전전긍긍하겠지. 그게 부부야?"

금하명은 몸을 돌려 밖으로 나갔다.

'하후 말이 백번 맞아. 하지만…… 애꿎게 죽어간 수많은 사람들의 원한은 어떻게 하라고. 그들은 죽을 이유가 없었어.'

"방금…… 주위에 있는 사람을 모두 버린 거야. 물이 너무 맑으면 고기가 살지 못해. 남해검문과 왜 그토록 싸웠어? 단애지투는 왜 벌였어? 조금만 융통성을 보였으면 벌일 필요도 없는 싸움이었어."

벌컥!

방문을 열어젖혔다.

방문 밖에는 노노가 조용히 시립해 있었다.
그녀는 밖으로 나서는 금하명에게 배에 표창이 꽂혀서 죽은 비둘기 한 마리를 건네주었다.
"……?"
"읽어보세요. 전서예요."
금하명은 뭔지 모를 불안감을 느꼈다.
방 안에서 침묵을 지키고 있는 사람들, 그리고 조용히 내밀어진 전서구 하나.
전서구를 받아 서신을 꺼내 읽었다.
찰나, 찰나에 불과한 시간이 흘렀을 때 금하명의 얼굴은 새파랗게 질렸다.

한 독, 두 독, 세 독…….
그 많은 술이 어디로 들어갔는지 모를 만큼 많이 마셨다. 그래도 취하지 않았다. 취기는커녕 술을 마시면 마실수록 정신은 더욱더 또렷해졌다.
"여, 여보…… 시오. 여기…… 한 독 더…… 주시오."
취하긴 취한 모양이다. 혀가 꼬부라지고 말이 헛 나온다.
"젊은 사람이 무슨 술을 그리 마시나. 세상일이란 아무리 괴로워도 눈 한번 찔끔 감으면 사라지는 거라우. 뱃속에 들이붓는 술이야 몸 안에 머물렀을 때만 효과가 있지 아무 소용 없지. 진짜 술은 세월이란 술이라우. 참고 가다 보면 좋은 날이 있을 거우."
주루 주인이 술독을 갖다 주며 말했다.
실연이라도 당했다고 생각한 모양이다.

술독을 들어 올려 입 안에 들이부었다.
 처음에는 잔으로 시작했으나 채워지지 않는 갈증은 독째 털어 넣게 만들었다.
 그러나 이번에는 술독을 비우지 못했다. 강한 힘이 술독을 가로채 멀찌감치 던져 버렸다.
 쨍그랑!
 술독이 산산조각나 흩어졌다.
 금하명은 술독이 이미 깨져 버린 줄도 모르고 그제야 손을 들어 허우적거리며 술독을 되찾으려고 했다. 아니, 깨지는 소리는 들었지만 몸이 귀를 따라가지 못했다.
 "도대체 얼마나 마신 거야? 어휴! 이게 도대체……."
 처음에는 흐릿하던 영상이 힘주어 바라보자 하나로 뭉쳐진다.
 "비, 빙후……."
 "빙후만 보이고 난 안 보여?"
 옆에서 향긋한 냄새가 풍긴다.
 고개를 돌려 게슴츠레한 눈으로 쳐다보자 단정하면서도 아름다운 하후의 얼굴이 보인다.
 "어! 왔네? 안 갔어? 왜 안 가. 가지. 가지."
 "풋! 가끔 술 먹여야겠다. 술 취하니까 재미있네."
 빙후가 깔깔거리며 웃었다.
 "가. 가서 자야지. 푹 자고 나면 괜찮을 거야."
 "나 안 취했…… 안 취했는데…… 안 취해……."
 금하명은 탁자에 머리를 처박았다.

정신을 잃을 때까지 술을 마셨는데도 머리는 개운했다. 속도 편했다. 마치 깊은 잠에 취했다가 일어난 사람처럼 전신이 상쾌하다.

'내가 술을 마시긴 마셨나?'

어젯밤 일을 되새겨 봤는데…… 술은 마셨다. 그런데 몇 독 마시지 않았다. 여섯 독인가, 일곱 독인가. 다른 사람들 같으면 곯아떨어져도 지옥까지 떨어질 양이지만 금하명에게는 병아리 눈물처럼 작은 양이다.

전신에 휘도는 파천신공과 태극오행진기는 취기마저 악기(惡氣)로 간주하여 몰아낸다.

마셔도 마셔도…… 백 날이고 천 날이고 술을 붙잡고 살아도 취하는 일이란 결코 없다.

그런데 취했다.

'하후……'

피식 웃음이 새어 나온다.

자신을 무너뜨릴 수 있는 사람이 바로 곁에 있었다. 그녀는 무공도 모르고, 무림에 대해서 알지도 못한다. 사람을 죽여본 적은 없으나 살려본 적은 많은 여인이다.

그런 여인이 절정검수도 쓰러뜨리지 못한 자신을 단숨에 잠재웠다.

천밀취(天密醉)라는 주정(酒精).

천밀취는 전엽초 해독을 연구할 때 가능성있는 방법 중에 하나로 부각되었다. 강력한 주정으로 경락을 일시 마비시키면 전엽초의 독성을 조금은 무력화시킬 수 있지 않을까 하고.

일반적인 주정으로는 어림도 없지만 황소도 단숨에 잠재우는 천밀취라면 가능하다는 결론에 이르렀다.

하지만 전엽초의 독기가 활성화되어 있는 상태에서는 천하의 천밀취도 밀려나고 만다. 스며들 공간이 없으니 무용지물, 결국 천밀취를 이용하는 방법은 없던 것이 되었다.

당시 천밀취를 거론했던 사람이 하후였으니.

하후의 뜻을 알 것 같다.

복건무림은 변했다. 하지만 자신은 받아들이지 않았다. 복건무인들 대부분이 안면이 있는 사람들인지라 더욱 받아들이기 힘들었다.

하후는 그런 사실을 명확하게 새겨둘 필요를 느꼈으리라.

그것뿐이 아니다. 그 정도였다면 사가주가 백납도에게 날린 전서구만 보여주었어도 된다.

하후는 이번 일을 금하명의 딱딱하게 경직된 생각을 부드럽게 중화시킬 수 있는 좋은 기회로 여기고 함정을 팠다.

어떤 일을 결정할 때는 최선이라고 생각했던 것조차 최선이 아닐 수 있다는 점을 알고 있으라는 충고다.

최선이란 현재의 최선일 뿐이다. 차후 다른 정보가 가미된다면 최선은 최악이 될 수도 있다.

이번 진강 사가의 혈겁, 그리고 그가 반나절이나 고심한 끝에 토해냈던 어처구니없는 망언(妄言)처럼.

하후는 말했다. 후회하지 않겠냐고. 후회할 수도 있겠지만 지금은 아니라고 자신있게 말했다. 당시는 그게 최선이었다. 그런데 채 몇 걸음 걷지도 않아서 후회하고 말았다.

만약 죽고 사는 문제였다면 어땠을까?

평생 회한을 짊어진 채 살아가야 했지 않을까?

이번에는 자신이 함정에 걸려들었다. 뜻밖에도 무림과 전혀 연관이 없던 하후가 펼친 덫에 비명 한마디 지르지 못하고 걸렸다.
 '내가 속으로 끙끙거릴 때, 옆에서들 낄낄거리며 웃었겠군. 세상에서 날 가장 정확히 알고 있는 사람은 하후야.'
 이번 단정만은 틀림없을 것 같다.
 아니다. 이제는 어떠한 단정도 내리기가 두렵다. 어떤 단정이든 '현재까지는' 이라는 단서를 붙여야 속이 편하다.
 무림 정세를 읽고, 사람을 읽고, 그리고 함정을 팠다.
 단애지투 때 해남무림에 하후 같은 사람이 있었다면…… 살아남지 못했을 것 같다.
 '천군(天軍)을 얻었어. 하후…… 후후! 내 여자가 된 게 다행이지. 만약 적이었다면…… 끔찍하군.'
 금하명은 밖으로 나왔다.
 어젯밤에는 인사불성이 될 정도로 취했지만 아침은 제대로 맞이했다. 아직 새벽 첫닭이 울지 않았으니 평소대로 일어난 셈이다.
 "흥! 하후님을 버려요! 세숫물 떠놨어요!"
 "아침 공기가 좋네."
 금하명은 토라진 설아를 보며 빙긋 웃었다.
 노노가 옆에서 설아를 거들었다.
 "설아가 무공을 모르는 게 천만다행인 줄 아세요. 나 같았으면 어제 만취했을 때 손가락 하나는 잘랐을 텐데. 사내들이란 참…… 어떻게 버릴 생각을 하지?"
 '오늘 하루 종일 시달리겠군.'
 다른 때는 잘 틀리던 생각이 오늘만은 착착 맞아 들어갔다.
 "혈살괴마가 나왔어. 우리 도망가야 되는 거냐?"

"다음에 보면 죽인다고 했잖아. 죽기 전에 도망가야지. 그러나저러나 어떻게 도망가지? 신법도 딸리고, 검도 딸리고, 은신술은 숨는 족족 들키고. 그냥 맞아 죽자."

'어쩌나. 이 노인네는 한술 더 뜰 텐데.'

생각하기가 무섭다.

"낄낄! 그래도 자네들은 낫지. 갈 곳이나 있잖아. 나 같은 건 갈 곳도 없는데 염병할 자식이 나가라고 하네. 누구라고 말은 않겠는데 그런 후레새끼가 있어. 너희 생각은 어떠냐? 나 같은 늙은이를 쫓아내는 놈은 후레새끼가 맞지?"

'아예 한꺼번에 퍼붓는군. 그동안 '새끼'라는 말을 못해서 어떻게 살았나. 하지 말라고 했다가는 당장 꼬투리를 잡고 늘어질 테고. 끙! 오늘만 참자.'

하후도 어제 일이 무척 섭섭할 텐데, 그 일에 대해서는 내색도 하지 않았다. 마치 아무런 일도 없었던 듯 태연하게 행동했다.

"조금만 기다려. 식사 준비 다 됐어."

"요!"

"응? 무슨 말이야?"

"다 됐어요, 라고 말해야지."

"풋! 뭘 잘했다고 말까지 올려줘? 꼭 한소리를 얻어먹어야……."

하후는 말을 하지 못했다. 그녀의 허리는 억센 팔에 휘감겼고, 입술은 사납게 달려드는 입술과 부딪쳤다.

길고 달콤한 입맞춤은 어제의 서운함을 단숨에 씻어냈다.

"나 모르게 입을 맞췄나 본데, 언제 맞췄어?"

"입 맞춘 건 가가뿐인데?"

지자천려(智者千慮) 필유일실(必有一失) 75

"말 안 할 거야?"

"가가가 석촌을 떠나기 전에."

하후는 빙그레 웃었다.

"그럼 그때…… 모든 일을 예상했다는 거야?"

고개를 끄덕인다.

"사가가 변한 걸 어떻게 알고?"

"복건무림이 변했어. 모두 봤는데 가가 눈에만 보이지 않았던 거지. 친했던 사람들이니."

"나와 일섬단혼이 문전축객(門前逐客)당할 것도?"

"일섬단혼께서 행패를 부려주면…… 절대 안으로 들어가지 못할 것이라고. 가가는 얌전히 물러날 것이고. 음양쌍검이 혈겁을 일으킬 경우 고민은 깊게 하겠지만 결국은 내치지 않을까 싶었는데."

"계획대로 됐군."

"노선배님과 내가 끼어들었을 때…… 안 돌아온다고 했지?"

"이별까지도 생각했다는 거네?"

"아니. 일단은 내칠 거야. 하지만 가가는 무정한 사람이 못 돼. 시간은 걸리겠지만 반드시 돌아왔을 거야."

금하명은 하후의 생각에서 한 치도 벗어나지 못했다.

"또 버릴 거야?"

"절대."

"또 장담한다."

"목숨을 걸면 장담해도 돼."

"풋! 들어가서 기다려. 식사 준비 곧 끝나."

하후가 밝게 웃었다.

문밖에는 빙후가 서 있었다. 그녀는 하후를 위해 들어오려다 말고 서 있는 것이다.

식사 후, 금하명은 어제 자신을 함정에 몰아넣은 전서를 다시 꺼내 읽었다.

진강 사가주가 삼명 백가에 보내는 전서.

금하명이 사가를 찾은 날짜, 시간, 옷차림, 병기 등등 상세한 내용이 적혀 있다. 천주부를 벗어나기 전까지는 뒤를 밟겠다는 내용과 앞으로 또 보고를 올리겠다는 충성까지 깃들어져 있다.

진강 사가는 삼명 백가에 귀속된 문파였다.

진강 사가를 먹어치울 정도라면…… 복건무림 전체가 백납도에게 휘둘리고 있다고 봐도 무방하다.

"변장하는 게 어때?"

하후가 제안했다.

"동생하고 이야기해 봤는데, 해남무림에 변장의 달인이 있대. 우리가 곧바로 올라가지 않고 우회한다면 장평(漳平)쯤에서 조우할 수 있을 거라는데. 우린 밤에 이동할 거고, 이동 속도도 느리잖아."

"그럴 필요가 있을까?"

"해남에서처럼 복건무림 전부를 상대할 거야? 여기는 단애지투 같은 것도 없어. 복건무인들을 모두 죽이지 않는 한은 승부가 끝나지 않아."

"하후의 말에 따라, 이놈아. 된통 당했으면서 뭘 잘났다고 뻗대."

"별호는 혈살괴마를 그대로 사용해. 백납도를 상대하려면 그만한 별호는 되어야 할 것 같아."

"별호를 사용할 일이…….."

"장평까지는 조용히 가고, 장평에서부터는 만나는 무인마다 비무를 해. 백납도처럼 낭인이 되는 거야. 그래야 백납도와 비무할 명분을 얻어. 금하명으로서가 아니라 혈살괴마로 비무하는 거지."

하후는 언제 생각해 놨는지 일사천리로 읊었다.

"여기엔 두 가지 목적이 있어. 첫째, 삼명에 계신 어머님 안전을 고려해야 돼. 금하명이 나섰다고 하면 자칫 어머님께 해가 될 수도 있어. 물리칠 수 있는 적이라면 상관없지만 강하다고 생각되면 무슨 수를 쓸지 모르니까."

"흠! 또 하나는?"

아무도 의견을 개진하지 못했다. 그저 멍하니 하후의 입만 쳐다볼 뿐이었다.

"청화장 문도. 잊은 건 아니지? 대부분이 삼명 백가 문도로 들어갔지만 가가를 죽음에서 구해준 봉자명 같은 사람도 있잖아. 무림에 금하명이 나타났다고 하면 그 사람들이 모여들 거야. 그래서는 안 돼. 그 사람들 무공이 얼마나 강한지는 모르지만, 남해검문 문도를 쥐도 새도 모르게 죽인 자들이 있어. 그들을 잊으면 안 돼. 청화장 문도들이 모이면…… 자칫하면 애꿎은 사람들이 다칠 수 있어."

"언니, 언니 의원이야, 모사(謀士)야?"

빙후가 탄복해서 말했다.

"남해검문 도움도 필요해. 청화장 문도들을 찾아야 해. 가가와 백납도가 비무를 할 때는 그 사람들도 지켜봐야 해. 그래야 청화장이 재건될 수 있어. 안 그러면 그 사람들…… 자책만 하다가 폐인이 될 거야. 청화장은 청화장 문도만이 일으킬 수 있어."

"또 다른 건?"

하후는 금하명을 힐끔 쳐다봤다. 그리고 조심스럽게 말을 꺼냈다.

"능완아. 그녀 주변을 살펴야 돼. 무림을 잘 몰라서 그런지…… 복건무림이 너무 이상해."

"끌끌! 말해 봐. 뭐가 이상한지."

"복건무림은 삼명 백가가 일통. 모두 백납도에게 굴복. 이렇게 봤을 때…… 사람은 일정한 위치에 오르면 아량을 베풀어서 존경을 얻고 싶어하는데……."

"백납도는 오히려 쥐어짠다?"

빙후가 재빨리 말했다.

"그것도 너무. 모두 복건 사람들을 위해서라지만 베푸는 사람이 굶어 죽을 지경이 되어서는 곤란한데. 그걸 알아봐야 해. 틀림없이 복건무림은 백납도를 원망할 것 같아. 그 원망이 얼마나 강한지 알아내는 게 순서야. 백납도가 혼자라면 이렇게까지 할 필요 없겠지만, 뒤에 뭐가 있다면…… 복건무림과 싸울 시간이 없을 거야."

금하명은 혀를 내둘렀다.

"크크크! 하후의 말을 듣다 보니 왜 귀제갈이 생각나냐? 귀제갈이 살아 있어서 이 자리에 있었다면 아이고! 할머니, 죄송합니다! 했을 거야. 크크크!"

일섬단혼도 감탄했다.

금하명과 일섬단혼이 감탄한 것은 치밀한 계획 때문이기도 했지만 말끝에 나온 만일을 위한 안배 때문이었다.

그녀의 머리 속에는 백납도가 들어 있지 않다. 백납도를 넘어서 남해검문도를 죽인 자들까지 생각하고 있다. 금하명에게 변장을 하라는 것도 백납도가 아니라 미지의 인물들을 상대하기 위해서일 게다.

혼자서 의경을 읽고 깨우친 의술이 화천의숙에서 이름을 날린 해천객과 버금갈 정도인 재녀(才女).

그녀가 무림에 나와 한 바퀴 휘둘러보니 뛰어난 계략이 줄줄 새어나온다.

일섬단혼이 금하명을 징그럽게 쳐다보며 말했다.

"낄낄낄! 크크크! 이놈아, 네 인생도 이제 종쳤다. 너 참 피곤하겠다. 하나는 이 늙은이조차 감당하기 힘든 검후(劍后), 또 하나는 머리 하나로 세상을 조몰락거리는 모사(謀士). 넌 끝났어, 이놈아. 크크크! 크하하핫!"

일섬단혼…… 그는 크게 웃다가 입을 쩍 벌린 채 굳어졌다. 빙후와 하후의 눈가에 맺힌 웃음은……? 자신을 향해 띠운 웃음의 의미는?

❸

천소사굉과 벽파해왕은 뇌주(雷州)에서 광주(廣州), 하원(河源), 매주(梅州)로 이어지는 관도를 타고 광동(廣東)을 가로질러 복건성 무평(武平)으로 들어섰다.

어디서나 흔히 볼 수 있는 시골 풍경이 펼쳐졌다.

무평은 서남으로는 호광성과 서북으로는 강서성(江西省)과 맞닿아 있지만 특산물이 나는 곳도 아니고 교통이 발달하지도 않은 평범한 시골에 불과했다.

두 노인은 유람이라도 나온 듯 서두름없이 발길을 옮겼다.

"여기도 해남만큼 덥군요. 좀 나을 줄 알았는데."

벽파해왕이 죽통에 든 물을 마시며 말했다.

"글글…… 곧 선선해질…… 거야. 아무렴 글글…… 해남만큼 더우…… 려고."

"허허! 살아생전에 대륙을 밟아볼 줄이야."

"그러게 인생은…… 아무도 모른…… 글글…… 다고 하지 않던가."

천소사굉은 나무 그늘을 찾아 털썩 주저앉고는 눈을 감았다.

맴맴맴……!

뜨거운 폭양 아래 매미 울음소리만 평화롭게 들려온다.

"참 좋지…… 글글…… 않나?"

벽파해왕도 천소사굉 옆에 앉았다.

"난 별로구먼…… 허허! 그렇지. 산에서만 사셨으니 새나 풀벌레 소리가 귀에 익으셨겠군. 난 너무 조용하니 이상해요. 거센 파도 소리만 듣다가 이런 소리를 들으려니 간지럽기도 하고."

"그렇겠지. 평생…… 바닷가에서만…… 글글…… 살았으니. 하지만 낚시는…… 실컷 하지 않았나. 난…… 낚싯대를 잡아보지도…… 글글…… 못했다네. 해남에서…… 살았으면서도 말이야. 허허."

잠시 말을 잊고 매미 소리에 귀를 기울였다.

맴맴맴…… 매에엠……!

크게 일어났다 가늘게 끊어지는 소리가 인생의 황혼길을 걷는 사람들에게는 자신의 이야기처럼 들린다.

"글글…… 그만 가봐야지."

천소사굉이 재촉을 하자 벽파해왕은 어깨에 걸어 멘 낚싯대를 한 바퀴 빙그르 돌려 보인 후 일어섰다.

천소사굉은 미동도 하지 않은 채 매미 소리에서 귀를 떼지 않았다.

서운교(曙雲橋).
무평에서 영평(永平)으로 넘어가는 조그만 다리다.
아침이면 자욱한 안개에 휘감겨 다리 모습이 보이지 않는다고 해서 지명을 따지 않고 '서운'이라는 이름이 붙었다.
그러나 단아한 이름의 다리를 찾는 사람은 극히 드물었다.
무평에서 영평으로 혹은 반대로 오가는 사람들은 편안한 서운교를 제쳐 두고 멀리 빙 돌아서 위태위태한 징검다리를 사용했다.
벽파해왕은 낚시할 만한 물웅덩이를 찾는 노인처럼 여유있는 걸음으로 느릿느릿 걸었다.
"이보게, 서운교가 어디쯤 있는가?"
황소를 몰고 가던 농부는 벽파해왕을 힐끔 쳐다본 후, 고개를 내둘렀다.
"낚시를 할 생각이우?"
"허허! 글쎄……."
"영감, 낚시를 할 요량이라면 서운교 쪽으로 가지 말고 저쪽으로 가 보슈. 언덕을 따라 쭉 올라가면 징검다리가 나오는데…… 제법 굵직한 놈들이 잡히는 명당이우."
"사람 참. 서운교를 물었는데 웬 징검다리."
"서운교는 생각도 하지 말고 내 말대로 하슈. 거기는…… 에잉! 거지새끼들이 죽치고 앉아서 오가는 사람들을 홀랑 벗겨먹기로 유명한 곳이우."
"허허허! 나같이 늙어 죽기 직전인 몸에 빼앗길 게 뭐 있다고."

"빼앗을 게 없으면 사람을 장난감처럼 가지고 노니 탈 아니우. 영감도 소싯적에는 힘깨나 썼을 것 같은데 괜한 오기 부리지 말고 내 말대로 하슈."

"이보게, 서운교나 말해 주게."

"그 영감 고집 하고는. 정 몰매 맞아 죽고 싶으면 저쪽으로 가슈. 한 일 리 정도만 가면 다리가 보일 거유. 지금도 힘깨나 써 보이오만 그 악귀들한테는 어림도 없소. 내 말 듣는 게 좋을 거유. 괜히 고기 몇 마리 잡으려다 초상 치르지 말고."

벽파해왕은 농부가 가르쳐 준 방향으로 길을 잡았다.

서운교는 멀리서도 한눈에 알아볼 수 있었다.

첫째, 음식 썩는 것 같은 냄새가 진동해서 코를 틀어막지 않을 수 없다. 둘째, 쇠파리 떼들이 제 세상을 만난 듯 활개를 치고 돌아다닌다. 무슨 놈의 파리들이 손가락보다도 더 큰 것 같아서 징그럽기까지 하다. 셋째, 다리를 건너기가 겁난다. 다리 양쪽으로 피난민처럼 앉아 있는 거지들이 당장이라도 달려들 것만 같다.

농부의 몇 마디 말이면 바보천치도 서운교를 찾을 수 있다.

"퉤엣! 빌어먹을! 젊디젊은 것은 다 어디 가고 늙다리만 찾아오나. 대낮에 낚싯대라…… 팔자가 늘어진 영감이로구만."

"팔자가 늘어졌으니 인정도 많겠지. 어이! 영감! 이놈의 창자가 곡기 구경한 지 오래되어서 말이야. 뭐 먹을 것 좀 주고 가야겠어. 아무거나 좋아. 돈도 좋고 금은보화도 좋고. 영감 살점도 좋지. 살점이 두둑하니 구워 먹으면 꽤 쫄깃하겠는데? 아! 그건 내놓을 게 없을 때 말이니 겁 먹을 필요 없어."

다리 위에 진을 친 거지들은 누워 있기도 하고 앉아 있기도 했다. 한

결같이 용모를 제대로 알아볼 수 없을 만큼 지저분했으며, 걸레나 다름없는 옷에서는 코를 틀어막게 만드는 지독한 냄새가 풍겼다.

"이봐, 영감. 가진 게 있는 거야, 없는 거야? 낄낄! 발가벗겨 놓으면 썩 볼 만하겠는데? 영감…… 몸이 튼실한 게 아직 수태 능력이 있겠어? 우리에게 사내라면 사족을 못 쓰는 계집이 있는데 맛 좀 볼래?"

걸인이 음충맞게 웃으며 다가왔다.

냄새가 너무 심해서 구역질이 치민다. 태어나서부터 한 번도 씻은 적이 없는 듯. 아니, 시궁창에 빠졌다가 나온 듯…… 그도 아니면 부패한 송장을 껴안고 뒹군 듯한 냄새가 풍긴다.

가까이 다가온 거지는 거의 들리지 않을 소리로 재빨리 속삭였다.

"억지로 끌려가는 체, 따라오십시오."

거지가 어깨를 잡아챘다.

"이 옷 좀 봐. 제법 먹고사는 영감 같은데. 흐흐! 오늘 아랫도리 힘 좀 풀고 가. 대신 이 옷만 주면 돼. 흐흐흐!"

거지는 벽파해왕을 잡아끌어 다리 밑으로 데려갔다.

그 순간, 느긋하게 앉아 있기도 하고 누워 있기도 한 거지들이 조용히 움직였다.

그들 사이에는 움직이는 데도 순서가 있는 것처럼 보였다. 하지만 그 모습이 너무 자연스러워서 단지 무질서하게 일어서는 모습으로밖에는 비치지 않았다.

잠시 후, 거지들은 움직임을 멈췄다.

서 있는 자도 있고, 아직 잠에서 덜 깬 듯 몽롱한 표정을 짓는 자도 있다. 어떤 자는 드러누운 자리에서 꼼짝하지 않고 하늘만 쳐다보고 있다.

겉보기에는 여전히 무질서했다. 하지만 자세히 들여다보면 묘한 점이 발견된다. 다리를 건너가거나 다리 밑으로 가기 위해서는 걸인들 중 한 명을 치워내야만 한다.

개방도가 자랑하는 최고의 경계망인 난마봉진(亂麻棒陣)이 펼쳐진 것이다.

비쩍 마르고 꾀죄죄하게 생긴 거지 노인은 자신과는 신체적으로 완전히 다른 거구의 노인, 벽파해왕을 대면하는 순간 절대적인 초강자와 부딪쳤음을 깨달았다.

벽파해왕의 일신에는 정주(汀州) 분타(分陀)쯤은 단숨에 날려 버릴 신위가 숨겨져 있다.

'과연 벽파해왕!'

감탄이 절로 나왔다.

벽파해왕의 병기가 낚싯대라는 것은 익히 알려진 사실이다. 낚싯대 속에 숨어 있는 조검이 빛을 뿜을 때면 살아남는 생명체가 없다는 소문도 귀에 못이 박히도록 들었다.

조검이 어떻게 생겼는지, 조검으로 펼치는 무공이 어떤 것인지 궁금하다. 하지만 감히 시험해 볼 용기는 나지 않는다.

"허허! 서운교 출입을 통제한 지가 꽤 오래됐지? 아마 반년은 더 된 듯싶은데."

벽파해왕이 먼저 입을 열었다.

"호기심이 지나치십니다."

소이걸은 느긋했다.

무인들이 개방을 찾는 경우는 너무 흔해서 이야깃거리도 되지 못한다. 또한 그럴 경우, 개방은 주는 입장이고 방문객은 요청하는 입장이니 주객 간의 우위는 분명해진다.

개방 입장에서는 급할 것이 없다.

"이렇게 엄격한 통제를 할 경우라면…… 이곳이 복건 총타(總陀)라고 봐도 무방하겠지. 안 그런가?"

"거지 떼들의 움직임쯤이야 이러면 어떻고 저러면 어떻습니까?"

개방 정주 분타주 소이걸(笑裡乞)은 시인도 부인도 하지 않았다. 다만 개방도들의 문제만큼은 더 이상 관심을 기울이지 말라는 뜻을 완곡하게 표현했다.

벽파해왕은 좀처럼 꼬투리를 놓아주지 않았다.

"여기는 쓸 만한 무가(武家)도 없고, 눈에 띄는 무인도 없고. 고장이 아름다운 곳도 아니고, 문물이 발달한 곳은 더 더욱 아니고. 오지(奧地) 중에 상 오지가 이런 곳이 아닐까 싶네만. 솔직히 이런 곳에 분타가 위치한 것도 이해가 가지 않네만 총타까지라니. 금은보화라도 묻혀 있는 겐가?"

"일을 차근차근 풀어야겠소이다. 해남파 장로 신분으로 오신 겝니까? 아니면 벽파해왕 개인 자격으로 오신 겝니까?"

이번에도 완곡한 표현을 썼다. 해남파 장로 신분이면 용건으로 들어가고, 개인 자격이라면 할 말이 없다는 뜻이다.

"허허! 정주 분타주가 꽤 고명해지신 모양이군. 이 벽파해왕을 안중에도 두지 않을 줄이야. 새삼 격세지감(隔世之感)이 느껴지는구먼."

"어찌 감히. 해남파와는 교류가 없었으니 마음이 쉽게 열리지 않을 뿐이지요."

정주 분타주는 노련한 사람답게 웃음으로 받았다.

개방도는 사람을 판별하는 일이 천직이나 다름없다.

소이걸은 평생을 개방도로 살아왔고, 그가 만난 사람은 만여 명이 넘는다. 개중에는 직접적으로 연관을 맺은 사람도 수천 명을 헤아린다. 어떻게 하면 주는 것 없이 있는 것 없는 것 다 빼먹을 수 있는지를 알고 있다.

'급한 쪽은 당신이야.'

벽파해왕은 싱겁게 툭 웃었다.

"괜찮구먼. 대화 상대로. 하지만 이곳이 총타라면 총타주가 있을 터, 이 늙은이는 총타주와 이야기하고 싶다네."

"일의 진위도 가리지 못한 채 총타주를 뵙게 할 수는 없지요."

팽팽한 줄다리기.

벽파해왕은 미련없이 일어섰다.

"본 문에도 사람이 있다네. 그가 말하더군. 개방이 인적이 드문 무평에 급히 분타를 만든 건 이쪽 제안을 받아들이겠다는 뜻이라고. 또 난마봉진까지 펼칠 정도라면 복건 총타까지 옮겨온 것. 칼자루는 이쪽에서 쥐었으니 서둘지 말라고. 허허허! 자네들에게는 사람이 없는 모양이구먼. 속을 빤히 드러냈으면서 손바닥으로 하늘을 가린들 가려지겠는가."

소이걸은 겸연쩍은 듯 머리를 긁적였다.

"이런, 이런! 하하하! 해남파는 과연 대단합니다. 저희가 이곳으로 복건 총타를 옮겨온 건 본 방에서도 아는 자가 극히 드문 보안 사항이었는데 해남파의 눈을 속이지 못했으니."

겉으로는 태연하게 말했다. 하지만 소이걸의 내심은 놀라움으로 가득 차 있었다.

'개방이 타 파의 감시를 받으면서도 몰랐다니! 이거야 원 체면이 말이 아니군.'

벽파해왕이 거적때기를 들추고 밖으로 나가며 말했다.

"자네들이 이 정도라면 제안은 없었던 것으로 함세. 우리보다 나은 게 있어야 일을 맡길 것 아닌가."

그때였다. 정주 분타주 옆에 앉아 꾸벅꾸벅 졸고 있던 거지가 길게 기지개를 켜며 말했다.

"일단의 무리가 복건으로 들어왔죠. 그들은…… 놀랍습니다. 복건에 들어온 지 하루 만에 진강 사가를 멸문시켰으니까. 그만한 무위를 지닌 사람이 누굴까? 세간에서는 한 명이 살검을 휘둘렀다고 하지만 본 방이 조사해 본 바로는 두 명이더군요. 검을 쓰는 흔적이 전혀 달랐으니까 두 명으로 봐야겠죠."

벽파해왕이 걸음을 우뚝 멈추고 뒤돌아섰다.

"허허허! 총타주, 예의가 아님세."

벽파해왕은 이미 알고 있었다는 듯 놀라지도 않았다.

서른쯤 되어 보이는 사내의 눈가에 이채가 일렁거렸다.

그가 일어나 정중하게 포권지례를 취하며 말했다.

"죄송합니다. 정주 분타주께서 말씀드렸듯이 해남파와는 교류가 없었던지라 진위를 판단할 필요가 있었습니다. 정식으로 인사드립니다. 복건 총타주 초지견(肖志堅)입니다. 이번 해남파와의 교건(交件)에 대해서는 전권을 일임받았습니다."

거지의 나른한 풍모가 아니었다. 파락호나 산적을 능가하던 사나움은 일제히 가시고 명문정파 후인들에게서나 찾아볼 수 있는 신태가 넘쳐흘렀다.

거적때기로 둘러싸인 다리 밑 움막에서는 숨 막히는 정적이 흘렀다.
정주 분타주 소이걸까지 자리를 비키고, 벽파해왕과 초지견은 독대(獨對)를 했다.
"개방주께서 본 문에 대한 건을 일임할 정도이니 총타주의 능력을 가히 짐작할 수 있겠구먼."
"과찬이십니다."
두 사람은 말을 주고받으면서 은밀히 서신을 한 통씩 꺼내 주고받았다.
"역시 이것이었나?"
벽파해왕이 씁쓸한 표정을 지으며 말했다.
"놀랍군요. 이해를 할 수 없습니다. 해남파가 삼명 백가를 주목하는 이유가 무엇인지……?"
"해남파가 아닐세."
"그럼 복건무림에 들어온 그 사람들……?"
"혈살괴마라고 하지."
"혈…… 살괴마? 정도인의 별호는 아니군요. 해남파 문도도 아닌 것 같습니다만."
"서로 주고받는 거래에 상세한 내막은 필요없을 것 같네만."
"동감입니다. 저희 쪽 제안은 괜찮겠습니까?"
초지견은 침착했다. 이제 갓 서른 정도밖에 되어 보이지 않는데 대화를 이끌어 나가는 모습은 장로들을 무색케 할 만치 노련하다.
무공도 상당한 경지에 이르렀을 게다. 문도만 수만을 헤아린다는 개방에서 기라성 같은 고수들을 물리치고 총타주가 되었다는 사실만으로도 범상치 않은 무공을 예상케 한다.

"받는 것이 있으면 주는 것도 있어야겠지. 천소사굉 제자라는 신분을 줌세. 그만하면 되겠나?"

"해…… 남파 장문인의 직제자란 말씀입니까?"

이번 말에는 초지견도 놀람을 숨기지 않았다.

"허허! 모두 옛말이지. 천소사굉은 이제 해남파 장문인이 아닐세. 위(位)를 물려주고 지금은 나와 함께 유람이나 다니고 있지."

"언제 그런 일이!"

"천소사굉의 직제자에 걸맞은 해남무공과 신분. 인원은 두 명으로 하세. 나머지는 알아서 하고. 위장 신분이 발각되고 발각되지 않고는 그대들 몫이겠지. 이게 해줄 수 있는 전부일세."

"그만하면 충분합니다."

초지견이 허리를 깊이 숙여 감사의 표시를 했다.

해남파는 개방이 뚫고 들어가지 못한 유일한 비지(秘地)다.

거지가 없는 땅이니 걸인이 들어설 자리가 없다. 외인을 철저히 배척하며, 이주(移住)를 허락하지 않는 땅이니 숨어서 잠입할 수도 없다. 오지산 호랑이가 새끼를 몇 마리 낳았는지까지 환히 드러나 있는 땅이니 몰래 숨어들어 가도 단번에 발각되고 만다.

천하의 개방도 해남만큼은 어쩔 수 없었다.

물론 해남은 출입이 열려진 곳이다. 누구라도 들어갈 수 있고, 나올 수 있다. 동서(東西)의 문물이 자유롭게 오가는 해남도이니 외인일지라도 얼마든지 들락거릴 수 있다.

상인이나 배꾼으로 변복하여 잠입해도 된다. 또 거지가 발을 붙일 수 없다면 내부 간자를 양성하면 되는 것이고, 간자가 될 만한 자는 얼마든지 있다.

이것 또한 오판이었다.

개방도를 비롯하여 대륙 무인들은 해구에 발을 딛는 순간부터 감시의 대상이 된다. 일거수일투족이 낱낱이 노출됨은 물론이고, 만나고 대화한 모든 사람들이 사찰을 받는다.

상인이나 배꾼들도 예외가 없다. 그들이 어디서 무엇을 하든 간에 감시의 눈길이 따라붙는다.

내부 간자도 만들어내지 못했다.

사람을 움직일 수 있는 것은 세 가지, 돈과 권력과 명예다.

개방은 해남무인들에게 줄 권력이 없었다. 명예도 줄 수 없었고, 무인이라면 백이면 백, 넘어오고 마는 무공 비급도 그들에게는 일고의 가치가 없었다.

돈 역시 마찬가지다. 인간치고 돈 욕심 없는 인간 없지만 해남무인들의 생활은 의외로 탄탄하고 안정적이었다.

무엇보다 내부 간자를 만들어내지 못한 원인은 해남무인들의 단단한 결속력 때문이다.

중원무림은 해남파에 대해서 아는 게 거의 전무한 상태다.

해남 무학이 신비의 무학으로 알려진 것도 그들이 좀처럼 세상에 나오지 않기 때문이다.

이제 그토록 소망하던 기회가 찾아왔다.

현재는 장문인 직을 내놨다고 하지만 전임 장문인의 직제자라는 신분을 지니면 해남도를 활보할 수 있다. 해남파 무공은 물론이고 무인들의 면면까지 속속들이 파악해 낼 수 있다.

중원에서 유일하게 개방의 촉수에 걸려들지 않던 해남파가 속 알맹

이를 드러내려는 순간이다.

초지견은 치미는 흥분을 억지로 참아냈다.

지불해야 할 대가도 만만치는 않다.

백납도는 위험한 인물이다. 그는 복건무림이 인정하듯 복건제일의 검사다. 암암리에 복건무림도 장악했다. 그러나 정말 위험한 점은 그가 결코 속내를 드러내지 않는다는 점이다.

삼명 백가를 무엇 때문에 세웠나? 모른다. 복건무림을 왜 장악했나? 청화장처럼 삼명 백가를 복건제일무가로 만들 욕심인가? 모른다. 앞으로 무엇을 할 것 같은가? 모른다.

그에 대해서 아는 것이라고는 삼명 백가의 가주라는 점뿐이다.

그는 낭인 출신이다. 숱한 싸움을 해왔다. 한데도 그가 사용하는 무공이 어떤 것인지 아는 사람이 아무도 없다. 승부는 언제나 일초에 끝났고, 가장 절절하게 느꼈을 상대는 모두 죽었다.

단 한 명, 과거 청화이걸 중 한 명이었던 노태약만이 오른팔을 절단 당한 채 살아남은 것을 제외하고는.

앞으로의 행동도 예측할 수 없고, 현재의 모습도 명확하게 그려지지 않고, 과거사도 알아낼 수 없는 묘한 자다.

대체적으로 이런 자는 상당히 위험했다. 자칫하면 분타 두세 개 정도가 몰살당할 수도 있다.

최대한으로 위험을 감안해서 계산해 보면 분타 두세 개를 잃는 대가로 얻는 것은 해남파에 간자를 잠입시키는 정도.

초지견은 구파일방의 한 축이면서 전혀 모습을 보이지 않는 해남파에 대해서 알아내는 것이 분타 두세 개보다 중요하다고 생각했다.

"소식은 혈살괴마에게 직접 전해주게. 혈살괴마의 위치는 파악하고 있을 터."

초지견은 품에서 조그만 서책 하나를 꺼내 건네주었다.

"복건에서만 통용되는 밀마(密碼)입니다. 내용이 간단하니 쉽게 사용할 수 있을 겁니다."

벽파해왕은 서책을 받아 품에 넣었다. 그리고 자신도 서신 한 장을 꺼내 건네주었다. 천소사굉과 벽파해왕의 수인(手印)이 나란히 찍혀 있는 서신이었다.

초지견은 서신을 펼치며 만족스러운 웃음을 띠었다.

"내용을 상세히 적어놓으셨군요. 이런 서신은 자칫 평생 쌓아 올린 명예를 단숨에 무너뜨리기 십상인데…… 두렵지 않으십니까?"

"허허허! 개방의 힘을 빌리자면 그만한 담보는 있어야 하지 않는가. 위장 신분과 해남무공은 혈살괴마와 백납도의 비무가 벌어지는 날…… 주도록 하지. 그동안 잘 부탁하네."

"아! 결국 백납도와의 비무입니까?"

초지견의 눈빛이 반짝였다.

현재 복건무림에는 백납도에게 도전할 만한 자가 없다. 그런데 이제 생겼다. 진강 사가를 하루아침에 멸문시킬 때부터 심상치 않은 일이 벌어진다 싶었는데.

벽파해왕은 태연히 대답했다.

"그렇게 될 걸세."

"후후! 백납도야 이미 잘 알고 있는 사람. 그보다 백납도 같은 사람에게 감히 도전하는 자라니. 혈살괴마에게 흥미가 생기는군요."

"접어두게."

"……?"

"혈살괴마에 대한 호기심…… 접어두게. 그를 잘못 건드리면 개방도 성치 못할 터."

"하하! 말씀이 지나치시군요. 개방은 진강 사가가 아닙니다. 그런 말씀은 죄송하지만 해남파도 입에 담지 못할 것으로 생각됩니다만."

"허허! 그랬으면 오죽 좋겠나. 좌우지간 늙은이의 충고쯤으로 알고 들어주게. 혈살괴마에 대해서는 가급적 알려고 하지 말게. 그는 정파고 사파고 가리는 인물이 아닐세."

벽파해왕은 천소사굉이 누워 있는 곳으로 왔다.

"끝나기는 잘 끝났는데……."

"글글…… 걸려…… 들었어?"

천소사굉이 몸을 일으키며 물었다.

"그놈에게 구미가 잔뜩 당기는 눈칩디다. 젊음이란 좋기도 하지만 이래서 나쁘기도 하죠. 허허허!"

"글글…… 됐어. 개방을…… 놈하고 엮어…… 글글…… 놨으니…… 한숨 덜었어."

"해남무공을 주기로 했는데, 뭘 주실 생각인지……?"

"약속은 약속. 내…… 정화(精華)를…… 줘야겠지. 그래야…… 직제자 신분을…… 글글…… 주겠다는 약속도…… 지켜질 것이고."

벽파해왕은 고개만 끄덕였다.

정화를 내준다면 천소사굉은 해남무림의 공적이 된다. 그의 무공이 남해십이문 어느 문파에도 속하지는 않지만 해남무림을 정탐하려는 자들에게 정당한 신분을 내준 행동만으로도 지탄받아 마땅하다.

하지만…… 다른 사람은 몰라도 벽파해왕만은 천소사굉을 이해한다.

그는 금하명에게 자신의 절기를 고스란히 내줬다. 금하명이 어떻게 받아들였는지는 모르지만 천소사굉 같은 사람과 논무(論武)했다는 자체가 절기를 전수한 것이나 진배없다.

천소사굉의 실질적인 제자는 금하명인 셈이다.

그는 제자를 위해 밑거름이 되기로 작정했다.

제자가 복건무림을 넘어 중원 대륙으로 뻗어나가기를 바란다. 제자가 조금이라도 수월하게 대륙으로 나갈 수 있는 길이 있다면 죽음도 마다하지 않을 게다.

이게 천소사굉의 마지막 불꽃이다.

'우리가 못했으니까…… 다른 사람이 이루는 것만 봐도 좋겠지.'

벽파해왕은 힘들게 걸어가는 천소사굉의 뒤를 쫓았다.

第三十八章
천애하처무방초(天涯何處無芳草)
이 세상 어디든 향기 나는 풀이 있다

천애하처무방초(天涯何處無芳草)
…이 세상 어디든 향기 나는 풀이 있다

"곤보다는 창이 좋겠는데. 목곤은 너무 부드러운 인상을 풍기거든. 위협적인 병기로 바꾸는 게 좋겠어."

하후는 하루의 대부분을 독서에 할애했다.

전에도 독서는 많이 했다. 약간이라도 틈이 날 때면 약초를 다듬거나 책을 읽곤 했다.

지금 읽는 책은 종류가 다르다. 의경이 아니라 무경(武經)이다.

무인들이라면 몇 마디 말을 듣는 것으로 족했을 기본적인 무경을 꼼꼼히도 읽어댔다.

무공에 관한 부분은 거의 손을 대지 않았다. 무림사(武林史), 인물편람(人物便覽), 병기보(兵器譜) 등 별로 소용 없다 싶은 서적들을 집중적으로 파고들었다.

귀중한 서적들도 아니다. 조금 큰 도읍이면 어디서나 구할 수 있는 흔하디흔한 무경들이다.

　금하명은 아무 소리 하지 않았다.

　무공을 모르는 여인이 무림행에 동참했으니 얼마나 따분할 것인가. 극도로 높아진 긴장을 풀어낼 곳도 없다. 피로가 누적되어도 피곤하다는 말조차 하지 못한다.

　필요없는 것일망정 조금이라도 마음의 평화를 찾을 수 있는 것이라면 찾아서 권해도 모자랄 판인데, 본인이 알아서 하고 있으니 참으로 다행이지 않나.

　그런데 느닷없이 목곤을 버리고 창을 들라 한다.

　금하명은 고개를 살래살래 내저었다.

　"목곤이 손에 익어서. 무인은 손에 익은 병기를 사용해야 하거든."

　하후가 병기를 잘 몰라서 하는 소리겠거니 했다. 그런데 하후는 조리있게 조곤조곤 말한다.

　"역용술(易容術)에는 상당히 많은 준비가 필요해. 피부색을 바꾸고, 수염을 붙이고, 얼굴에 흉터 몇 개쯤 그려 넣는다고 해서 다른 사람으로 바뀌지는 않아."

　진정한 역용술은 내부를 바꾸는 데서 나온다.

　"음성을 바꾸고, 성격을 바꿔야 해. 행동과 습관도 바꿔야지. 급작스런 일에 반응하는 태도까지 완전히 다른 사람의 것으로 뒤바꿔 놓을 때 진정한 역용술이 탄생해."

　하후의 맑은 눈동자 속에는 지혜가 담겨 있다. 또박또박 말하는 음성과 붉은 입술에는 확신이 스며 있다.

　"혈살괴마라는 별호는 듣는 사람으로 하여금 머리칼이 쭈뼛 서는 느낌이 들게 해. 그럼 사람도 그렇게 변해야지."

"난 무인이지 살인마가 되고 싶지는 않거든."

"그건 나도 반대야. 하지만 겉모습은 그렇게 변해야 돼. 낭인이면 낭인다워야지. 변장을 하지 않을 거면 몰라도 할 거라면 완벽하게 해야 돼. 난 믿어. 가가는 귀사칠검의 마성도 벗어난 사람이야. 겉모습이 어떻게 변하든…… 혈살괴마가 되더라도 마음만은 한결같을 거야."

손에 익숙한 병기…….

그런 면도 있다. 병기란 어차피 적을 격상할 목적으로 만들어졌다.

당연한 말이지만 무인은 자신이 최고로 활용할 수 있는 병기를 든다. 즉, 가장 효과적으로 적을 죽이거나 다치게 만드는 병기가 자신에게 가장 적합한 병기다.

금하명에게는 목곤이다.

길이, 무게, 감촉 및 감각까지 다른 병기에서는 맛볼 수 없는 친근감을 느낀다.

병기를 바꾸기 싫은 이유는 또 있다. 목곤을 버리고 다른 병기를 택하라면…… 지금에 와서는 창이다. 한데 창이 지닌 살상력이 마음에 들지 않는다.

그것 때문에 만홍도에서는 창으로 바꿀 결심까지 했지만, 지금은 생각이 다르다.

병기란 쓰는 자에 따라서 달라진다고 한다. 흔한 말로 흐르는 시냇물도 독사가 먹으면 독이 되고 양이 먹으면 젖이 된다던가?

'천만에!' 라고 말하고 싶다.

사람에게 기(氣)가 있듯이 돌조각이나 쇠붙이에도 기가 있다. 사람의 기가 각기 다르듯 같은 돌조각끼리도 조각이 나면 각기 다른 기운을 뿜어낸다.

쇠붙이가 지닌 기운은 강함이다. 하나 날카롭게 다듬어놓은 쇠붙이는 극심한 위협을 준다. 예기(銳氣)의 속성이다. 예기를 가까이하면 마음도 예기와 동화되어서 날카롭지 않아도 될 것에 날카로움을 드러낸다.

병기가 사람을 바꾸는 것이다.

가급적이면 예기가 두드러진 것은 몸에 지니고 싶지 않다. 그래서 석부도 버렸다. 하물며 목곤을 창으로 바꾸라니.

하후는 자신을 두렵기 이를 데 없는 마인으로 만들 생각이다.

겉치장도 요란스럽게 할 모양이다. 병기까지 창으로 바꾸라는 것을 보면 보통 사람들은 감히 옆에 다가서지도 못할 만큼 치 떨리는 살인귀가 될 성싶다.

그럼으로써 노리는 것은 두 가지다.

하나는 해남도와의 연관성을 완전히 끊는 것이고, 두 번째는 완벽한 낭인의 탄생이다.

중원무림은 낭인을 주목하지 않는다. 백납도처럼 일 개 가문을 끌어차고 앉아야 비로소 약간 눈길을 준다.

또한 낭인도 낭인을 주목하지 않는다. 낭인들의 세계에서는 소문이 늘 침소봉대(針小棒大)한다. 손가락을 살짝 베인 것이 팔다리가 절단되었다는 식이다.

낭인들도 그런 점을 알고 있기에 자신이 직접 병기를 맞댄 낭인이 아니라면 어떠한 소문에도 동요하지 않는다.

미적지근한 일들을 깨끗이 알게 될 때까지 타초경사(打草驚蛇)의 우를 범하지 않기 위해 취한 조처다.

솔직히 금하명은 변장 자체도 마음에 들지 않았다.

백낙도가 복건무림을 장악했으면 어떻고, 복건제일고수면 어떤가. 위험한 인물이면 어떻고 가벼운 인물인들 어떤가. 뒤를 밟던 남해검문 고수들이 죽었지만 그것 또한 자신과 무슨 상관인가.

암계, 음모, 계략…….

그런 것은 펼칠 사람만 펼치는 거다. 펼치고 싶으면 펼치라고 하면 된다. 길을 가로막겠다는데 음모면 어떻고 무공이면 어떤가.

모조리 뚫고 나가면 된다.

한 걸음 한 걸음 앞으로 나가며 거치적거리는 것들을 치우면 그만이다. 그것이 사람이 되었든, 물건이 되었든, 음모가 되었든.

'창이라…….'

하후 말을 듣기로 했다.

그녀가 함정까지 준비하며 터득시켜 준 교훈을 잊지 않고 있다.

모든 사물에는 동전처럼 앞면과 뒷면이 있다. 앞면은 볼 수 있지만 뒷면은 보지 못한다. 자신의 생각과는 많이 다르지만 무림행에 방해가 되는 일이 아니고, 단지 약간의 수고만 더해서 가능한 일이라면 들어주고 싶다.

'그럼…… 보기만 해도 섬뜩한 창이 좋겠지.'

왕개(王凱)는 손님이 내놓은 병기도(兵器圖)를 보고는 웃음부터 터뜨렸다.

"하하하! 우하하핫! 아이구! 배꼽이야. 이걸, 이걸 만들어 달라는 건가? 창이 무슨 어린아이 장난감인 줄 아나."

창의 전체 길이는 일 장 오 척. 창대가 일 장이며, 창날이 오 척이다. 날의 형태는 검처럼 양면 날을 지녀야 하고, 창끝으로 올라갈수록 좁아져서 창첨(槍尖)은 송곳처럼 뾰족해진다.

창날은 접었다 폈다 할 수 있어야 하며, 접었을 적에는 창대에 완전히 묻혀서 일 장 길이의 철봉(鐵棒)이 되어야 한다.

재질은 묵철(墨鐵)에 주사(硃砂)를 섞되 강도는 한철(寒鐵)보다 강해야 한다.

왕개는 더 볼 필요도 없다는 듯 병기도를 밀어냈다.

"손님, 잘못 찾아왔소. 여긴 농기구나 만드는, 너무 흔해서 발가락에 차이는 대장간 중에 하나일 뿐이오. 제길! 내가 무슨 명장(名匠)이라도 되는 줄 아나."

손님은 조용히 말했다.

"나도 이곳을 보고는 놀랐지. 이런 곳에서 과연 이런 병기를 만들 수 있을까 하고. 솔직히 지금도 의심스러워."

대장간은 허름했다. 대장간이라고 해봐야 겨우 서너 평 남짓해서 작은 농기구나 만들면 딱 좋을 곳이었다.

대장장이라는 사람도 믿음이 가지 않았다. 작은 키에 바짝 마른 몰골은 망치나 제대로 휘두를 수 있을지 의문스럽기까지 하다. 더군다나 술에 찌들어 사는지 빨갛게 주독이 오른 코를 보노라면 차라리 다른 대장간을 찾는 게 나을 성싶다.

"알았으면 돌아가슈."

왕개는 퉁명스럽게 말했다.

"한데 그분이 그러시더군. 여기서 못 만들면 만들 수 없으니 병기도는 찢어버리라고."

"하하하! 영광이네. 그분이라는 사람, 머리가 헷까닥한 것 아뇨?"

"이런 말을 해보라고 했지. 다시 한 번 정상에 우뚝 서는 자의 병기를 만들 생각이 없냐고."

"그, 그 사람…… 이름이 뭐요?"

왕개는 웃음기를 잃었다. 대신 말 한마디만 삐딱하게 해도 쇠망치로 사정없이 머리통을 두들기고 말 것 같은 살기가 뿜어져 나왔다.

"이름은 말해 줄 수 없고, 혈살괴마라고 하지."

음살검은 금하명의 이름을 말하지 않았다. 이름을 말하면 십중팔구 병기를 제작하지 않을 거라는 다짐을 받았으니 토설할 수 없었다. 대신 해남무인들밖에 모르는 그의 별호를 밝혀주었다.

복건 사람들은 금하명을 화공으로 알고 있지 무인으로는 보지 않았다. 소문도 그렇게 났고, 그를 알고 있는 사람들 대부분이 무가에서 태어난 덕분에 무공은 수련했지만 관심을 가질 만한 수준은 아니며, 앞날도 무인보다는 화공의 길을 걸을 사람으로 여겼다.

금하명이 병기를 만들어달라고 하면 누구든 귀찮아할 것이 틀림없다. 병기도를 보고 관심을 가졌다가도 대번에 고개를 내저을 것이다.

음살검은 청화신군의 성명병기인 정하검(情霞劍)을 보지 못했다. 하지만 금하명이 탁월한 검이라고 칭찬할 정도라면 날카롭기가 보통은 넘었을 게 틀림없다. 아니, 명검이 아닌 이상 청화신군이 애병으로 사용할 리가 없다.

그런 검을 추레하기 짝이 없는 늙은이가 만들었다는 게 믿어지지 않는다.

"정상에 우뚝 서는 자라…… 쿠쿠쿠! 세상엔 정신병자들만 득실거린다니까. 쿠쿠쿠!"

왕개는 쓰디쓰게 웃으며 술병을 입 안에 쑤셔 넣었다.

"당신이 보기에…… 난 몇 명이나 죽였을 것 같은가?"

천애하처무방초(天涯何處無芳草) 105

"죽일 만큼 죽였겠지."

왕개는 쳐다보지도 않았다.

"진강 사가를 초토화시킨 사람이라면 믿을까?"

왕개는 눈을 부릅떴다.

살기를 매섭게 뿜어내고 있으며, 가만히 있어도 숨이 턱턱 막혀올 만큼 진한 피 냄새를 풍겨 범상치 않은 자란 건 알았지만 설마 진강 사가를 멸문시킨 고수일 줄이야.

"한마디만 더 하지. 난 그분의 일초지적밖에 안 돼. 정상 운운할 때 웃었나? 그분 심부름이 아니었다면 넌 죽었어."

"일, 일초지적!"

뒷말은 들리지도 않았다. 이런 자를 일초 만에 죽일 수 있는 무인이 있다면…… 정상을 밟겠다는 말도 허언은 아니다.

"이제 부탁은 그만. 그분이 왜 여기다 부탁하라고 했는지는 모르겠지만…… 할 건가, 말 건가?"

"크크크! 하지 않겠다면?"

"돌아가지. 당신과의 인연도 이것으로 끝이야. 두 번 다시 당신을 찾는 일은 없을 거야. 약속하지."

"창을 만들 사람이 없는데도?"

"당신이 최고라고 착각하나? 시간이 걸리겠지만 찾아보면 만들 만한 사람이 나오겠지."

왕개는 술병을 냅다 집어 던졌다.

쨍그렁!

요란한 소리와 함께 독한 주향이 대장간에 자욱이 퍼졌다.

그가 말했다.

"열흘…… 열흘이면 될 거야."

금하명은 실오라기 하나 걸치지 않고 누웠다.
"제일 먼저 피부색부터 바꿀 겁니다요. 좀 부석부석하고 윤기가 흐르지 않는…… 뭐랄까? 죽음의 회색 기운이라고나 할까요? 싫으면 지금 말하십쇼."

사내의 음성이 꼭 계집처럼 가늘다.

눈을 떴는지 감았는지 모를 정도로 눈이 작은 사내는 손을 멈추고 잠시 대답을 기다렸으나 아무 소리도 없자 작업을 시작했다.

먼저 광목으로 발가벗은 몸을 둘둘 감쌌다. 머리카락과 입술만 빼고는 살이란 살은 모두 감았다.

"자극이 좀 심할 겁니다요. 하지만 방법이 없으니 참을 수밖에 도리가 없습죠. 이게 원래 피부를 자극하지 않으면 색을 만들어낼 수 없는 거라서."

사내는 붓으로 누런 물을 찍어서 고루고루 발랐다.

"히히! 칠 주야만 지나면 부모 자식 간에도 못 알아볼 겁니다요. 만약 알아보는 사람이 있다면 내 손에 장을 지집죠. 히히히!"

사내의 웃음소리가 무척 간사스럽다. 하나 악의는 엿보이지 않는다. 천성적으로 뼈대도 성격도 가늘게 태어나 진중한 맛이 없을 뿐이다.

사내가 말한 고통은 느껴지지 않았다.

피부가 약간 따끔거릴 뿐 고통다운 고통은 아니었다. 유밀강신술과 귀사칠검의 마성, 그리고 전엽초의 독성에 시달려 본 그에게는 어린아이가 손가락으로 살짝 긁는 정도의 느낌밖에는 들지 않았다.

'칠 주야 동안 꼼짝 못한다…… 오랜만에 편히 쉴 기회가 찾아온 건

가? 폐관 수련이나 다름없군. 폐관 수련이 별건가. 이렇게 조용히 시간을 내면 폐관 수련이나 마찬가지지.'

무공을 생각했다.

심공, 곤법, 창법은 물론 아버님의 대삼검까지 두루 살폈다.

생각이 빗나가려고 한다. 아버님의 얼굴이 떠오르더니 어머님에게로 옮아가고, 사형제들이 생각나는가 하면 능완아가 방긋 웃고 있다.

애써 잡념을 떨쳐 냈다.

사내는 한 시진에 한 번씩 축축한 물을 발랐다.

따끔거리는 건 아무렇지도 않은데 지독한 냄새 때문에 골치가 욱신거린다. 꼭 시신 썩는 냄새 같다. 세상에 존재하는 악취란 악취는 모두 모아놓은 것처럼 지독하다.

물속에 들어앉은 것처럼 살이 퉁퉁 붓는 느낌이다.

시간이 얼마나 흘렀는지 감각이 없었다. 붓 끝이 간질거리면 시신에서 뽑아낸 시균(屍菌)인가 뭔가를 바른다는 것만 느낄 뿐, 몇 번째인지 날짜가 얼마나 흘렀는지 알지 못했다.

그가 있는 방은 철저하게 출입이 통제되어 빙후나 하후조차도 들어서지 못했다. 뿐만 아니라 시술을 하는 사내도 문밖 출입을 삼갔다.

"이건 햇볕에는 그냥 쥐약입죠. 시술 도중에 햇볕을 쬐면 정말 살이 썩는 불행한 일이 벌어지고 맙죠. 죽지야 않겠지만 영원히 옛 모습을 찾지 못할 겁니다요. 알아서 하십쇼."

빙후는 사내와 연관이 있어서 역용이 어떻게 이루어지는지 안다. 하후는 의원인 관계로 시술법의 위험성을 안다.

그녀들은 문밖에서 호법을 서며 출입하는 자를 막았다.

그동안 금하명은 대삼검의 오의를 깨우쳤다.

진작부터 관심을 갖던 부분이었으나 곤법조차 제대로 깨우치지 못한 사람이 검법에 눈을 돌리면 안 된다는 생각에 미뤄뒀던 아버지의 최후 검공.

일초에 구 변 십팔 식, 총 백육십이 변을 한꺼번에 쏟아내는 만상환무(萬象幻舞)는 일섬곤, 십자곤, 허간곤, 건곤곤과는 전혀 다른 세계를 열어주었다.

변화의 세계다.

지금까지 그의 무공이 정중동(靜中動)의 이치를 채택한 것이라면 만상환무는 먼저 움직임으로써 움직임을 여는 동중동(動中動)의 세계를 열어주었다.

이초 비쾌섬광파(飛快閃光波)는 그의 곤법 중 가장 빠른 일섬곤과 비견할 수 있다. 아니, 일섬곤보다 한 수 위다. 일섬곤은 적과 나 사이에 가장 빠른 길을 일직선으로 연결하지만 비쾌섬광파는 육신과 검이 모두 빛이 되니 길을 열 필요도 없다.

일신의 진기를 무허(無虛)의 상태로 이끈 후, 단숨에 짓쳐 나간다.

제삼초 구미환중(驅微環重)은 그가 건곤곤에 실었던 무리(武理) 남명(濫溟)과 흡사하다.

일어남은 티끌 같으나 터짐은 태산 같으니 바로 남명이지 않은가.

대삼검 중에 얻은 것도 있고, 놓아야 할 것도 있다.

대삼검이 하나로 뭉쳐서 일어나는 검, 대환검(大桓劍)도 탐구했다.

대환검은 벽파해왕과의 싸움에서 한 번 사용해 본 적이 있다. 검법을 곤법으로 변화시켜 사용했지만 조검에 틀어막혔다. 손해는 보지 않았지만 이득도 얻지 못했다.

수박 겉핥기 식으로 깨달았기에 그런 결과가 나왔다.

진정으로 대환검을 깨달았다면 그 한 수로 벽파해왕과의 싸움은 종식을 고했을 게다.

'무변(無變)이 백팔십변(百八十變)으로 이어지니 환무(幻舞). 심신일체(心身一體) 정기일전(精氣一轉)하여 티끌 만한 기운도 엿볼 수 없으니 무허(無虛). 무허는 빛으로 변하여 쏘아지니 광전(光電). 일 수 일 수마다 태산을 담으니 압악(壓岳). 이 셋이 하나로 뭉쳐서 일어나니 대환(大桓). 이건…… 무적이닷!'

몸이 부르르 떨렸다.

무공도 아는 만큼 생각하고 수련하게 되는 것이다. 전에 꼬리나마 잡았다고 생각했던 대환검과 지금에 와서 돌이켜 본 대환검은 하늘과 땅 차이가 난다.

일섬곤, 십자곤, 허간곤, 건곤곤…… 어느 곤법으로 부딪쳐 봐도 상대가 되지 않는다.

목곤을 드는 순간 검은 육신을 가르고 지나간다. 설혹 어찌어찌 일검을 막아낸다 해도 곧바로 이어지는 환무에는 꼼짝없이 당한다. 변화까지 잡아내어도 태산처럼 짓눌러 오는 압악에는 속수무책이다.

더군다나 이 세 가지가 동시에 터지는 것이니 상대하는 자도 대환검과 같은 종류의 무공을 지니고 있어야만 막아낼 수 있다.

세상에는 쾌를 추구하는 무공도 있고, 변화를 좇는 무공도 있으며, 패력으로 짓뭉개는 무공도 있다. 대환검은 이 모든 무공을 무너뜨릴 수 있는 절정무공이다.

금하명은 더욱 깊은 생각에 몰입했다.

일섬곤을 버리고 비쾌섬광파를 응용한 섬광곤을 넣었다. 두 번째는 십자곤이다. 십자곤은 섬광곤보다는 느리지만 변화가 들어 있어서 막아내기는 더욱 힘들다.

　세 번째로는 만상환무의 변화를 받아들여 환무곤(幻舞棍)을 만들어 냈다.

　십자곤에 약간의 변화가 주어졌다면 환무곤에서는 변화의 극치가 폭출된다.

　네 번째로는 역시 허간곤이다. 정중동의 극치로 상대가 움직이는 순간에 아주 잠깐 드러나는 허점을 파고들어 간다.

　환무곤에서 허간곤으로 이어진다면 막아낼 자가 드물 것이다.

　다섯 번째로는 세상에 존재하는 어떤 것이든 무너뜨릴 수 있는 건곤곤을 놓았다. 태극오행진기로 휘돌리는 목곤은 세상에서 가장 강한 병기다.

　여섯 번째…… 아버님이 무리만 완성시켜 놨을 뿐 수련해 내지 못한 마지막 무공, 대환검이다. 아니, 대환곤이다. 아버지가 깨달은 대환검하고 자신이 새롭게 해석한 대환곤하고는 알지 못할 차이가 있을 터이니 우선은 대환곤으로 정하는 게 낫겠다.

　육식(六式)이 아니라 여섯 개의 곤법이다.

　각 곤법마다 피리의 조각처럼 떨어 울리는 탄황(彈簧), 자석처럼 자력(磁力)을 띠어 끌어당기고 밀쳐 내는 후나(螟挪), 부딪침이 없을 때는 한 점의 진기도 깃들어 있지 않고 부딪침이 일어날 때는 전신진기가 집약되는 남명(濫溟)을 담았다.

　세세한 초식은 없다.

　그의 무공은 모두 일 초식으로 이루어졌으며, 동물적인 감각이 초식을 대신한다.

　'좋은 시간이었어.'

변장이 탐탁지 않다고 고집을 부렸다면 새로운 깨달음도 없었을 것이다. 언젠가는 대환검의 묘리를 깨닫겠지만 지금보다 훨씬 훗날의 일이 될 게다.

하후도 이런 점까지 생각한 것은 아니겠지만…… 그녀는 복을 주는 여인이다.

"헤헤헤! 지겨웠습죠? 조금만 더 참으시면 됩니다요. 지금부터 광목을 풀 텐데, 몸을 움직이는 건 절대 금물입죠. 명심해야 합니다요. 살이 많이 물러서 자칫하면 살점이 떨어져 나갈 수도 있습죠. 단단하게 아물 때까지 하루 정도는 더 누워 있어야 합죠."

사내가 수다스럽게 말하며 천천히, 조심스럽게, 세심하게 공을 들여서 광목을 풀기 시작했다.

'칠 주야가 지났군.'

지루함은 없었다. 오히려 전신이 날아갈 듯 상쾌했다. 육신은 망가져 있겠지만 마음만은 더 높은 곳을 향해 날았다.

❷

약속한 십 일이 되는 날, 음살검은 왕개를 찾았다.

'창이란 게 다 거기서 거긴데…… 형태만 비슷하면 되겠지.'

큰 기대는 걸지 않았다.

농기구나 만드는 대장간에서 술에 찌든 대장장이가 만든 창이란 게 오죽하겠는가.

금하명이 원한 창이 접이식 창이라 문제가 있기는 하다. 접이식 창은 접는 부분에 취약점이 생긴다. 강력한 도(刀)에 잘못 부딪치면 접는 부분이 부러져 나갈 우려가 높다. 또는 접는 부분이 단단하지 못하면 찌르는 순간에 창날이 꺾이는 일도 발생한다.

무림에서 접이식 창을 사용하는 사람이 몇 명이나 될까? 한 명도 없을 게다.

금하명은 왜 이런 병기를 원하는 것일까? 제작하기 까다롭고, 효용 가치는 떨어지는 창인데.

금하명을 모르는 사람이라면 고개를 갸웃거리겠지만 그를 조금이라도 아는 사람은 웃어줄 수 있다.

창 대신 철곤(鐵棍)으로 활용할 공산이 크다.

그가 원한 창은 창날까지 펴면 일 장 오 척이니 장병 중에 장병이다. 창대의 길이만 일 장이나 되니 웬만한 곤과 버금간다.

그만하면 접이식 창을 원한 까닭이 분명하지 않은가.

그는 창대도 나무를 원했다. 모두 한입으로 쇠를 말하지 않았다면 창이긴 하나 목곤으로 사용되는 병기가 탄생했을 게다.

대장간은 대문도 없었다. 발길 닿는 대로 쑥 들어서면 곧바로 화로(火爐)가 나온다.

대장장이는 오늘도 술에 취해 널브러져 있었다.

"창을 찾으러 왔네."

대장장이는 게슴츠레 눈을 떠서 음살검을 쳐다본 후, 고갯짓으로 한쪽 구석을 가리켰다.

형태만은 그럴싸한 묵창이 온갖 쇠 부스러기와 함께 뒹굴고 있었다. 묵창이 아니라 묵곤이다. 창날을 접어놔서 철봉이나 다름없다.

'그럼 그렇지. 도대체가…… 제대로 만들지 못했으면 마무리나 깔

끔하게 해놓을 것이지…….'

쇠막대에 불과한 철곤은 윤기조차 흐르지 않는다. 묵철 원형 그대로 거무튀튀하다. 장식도 일절 없어서 그냥 쇠를 녹여서 막대기 형태로 만들어놓은 것과 다름없다.

음살검은 인상을 찡그리며 철곤을 집어 들었다. 그런데,

'응?'

은은하게 놀라움이 번졌다.

철곤은 도대체 무엇으로 만들었는지 들어 올리기도 벅차다. 쇠? 아니다. 아닌 것 같다. 세상에서 가장 무거운 것이 쇠이지만 철곤은 쇠보다 훨씬 무거운 것으로 만든 것 같다. 그런 것이 있다면.

"이게…… 몇 근이나 되나?"

"여든 근쯤 나갈걸?"

대장장이는 고개도 돌리지 않은 채 대답했다.

'여든 근?'

믿기지 않는다. 철추나 철퇴라면 믿을 수 있지만 굵기라야 손가락 두 개 정도 합쳐 놓은 것 같은 철봉이 여든 근이나 나간다니 믿을 수 없다. 말이 좋아서 여든 근이지 여든 근이면 일섬단혼이나 빙후, 하후보다도 훨씬 무겁지 않은가.

음살검은 내공을 끌어 올린 후에야 철곤을 자유롭게 만질 수 있었다.

"이거 뭘로 만든 거요?"

"묵철에 주사를 섞으라며?"

"음…… 대충 서른 근쯤 나갈 것이라고 생각했는데……."

"미친! 강도는 한철을 능가해야 한다며?"

"그럼 이게 한철을 능가한단 말이오?"

이제는 대장장이가 예사롭게 보이지 않았다.

"내가 제일이 아니라고 했지? 그럼 제일이란 작자를 찾아서 물어봐. 묵철로 한철을 능가할 수 있는 강도를 낼 수 있나. 낼 수 있다는 작자가 있으면 내가 조상으로 섬긴다."

"그럼 묵철이 아니오?"

"묵철이라고 했잖아. 그거 참 사람 말귀 못 알아듣네."

알아듣지 못하는 사람은 대장장이다. 도대체 이것도 아니고 저것도 아니라면 무어란 말인가.

"현철(玄鐵)이라고 있지. 묵철 종류인데…… 백사(白砂)를 섞으면 백철(白鐵)로 변하는 요물이야. 무게는 묵철보다 열 배는 무거울걸? 옛날에 현철로 검 하나를 만든 적이 있어. 검을 보고 있으면 백광에 눈이 시린데, 초식을 전개하면 은은한 자광(紫光)이 새어 나왔지. 마치 연인을 반기는 새색시처럼. 그래서 정하검이란 검명까지 붙여줬건만……."

청화신군이 사용하던 정하검 이야기다.

보지는 못했지만 말만 들어도 아름다운 초식이 연상된다. 노을빛처럼 새어 나오는 검광이라면 얼마나 아름다울까.

"이놈은 주사를 섞었더니 이 모양이 되네. 그분이란 사람은 현철을 알고 있었어. 주사를 섞으면 이리될지도. 창명(槍名)은 짓지 않았어. 이건 내가 만든 게 아니라 주문받은 거라서. 그분이란 사람보고 지으라고 해."

음살검은 묻고 싶은 게 많았다.

창날이 숨어 있는 건 알겠는데 꺼내고 집어넣는 방법을 모르겠다. 갈라진 틈이 보이고, 창날 비슷한 것이 들어가 있기는 한데 도무지 어떻게 꺼내는 것인지.

　대장장이는 말해 줄 의향이 없는 것 같다.

　"셈은 얼마나 해주면 되겠소?"

　대장장이가 돌아누우며 말했다.

　"정하검을 준 작자는 뒈졌어. 정상 밑자락까지는 올라갔는데, 정상을 밟지는 못했지. 정상을 밟겠다고 했으니 밟아보라고 해. 멀리서나마 지켜볼 테니. 만약 밟지 못하고 뒈지면 뼈를 추릴 거야. 어디에 묻히든……. 그게 창 값이야."

　"아주 좋아요. 마음에 들 거예요. 히히히!"

　사내는 만족스런 웃음을 흘렸다.

　빛 한 점 들어오지 않는 어둠 속이다. 사내의 눈이 고양이처럼 밝다고 해도 피부색을 알아볼 리는 없다. 한데도 만족스런 웃음을 흘린다. 손바닥으로 피부를 쓱 문질러 보는 것만으로.

　"좀 사나운 얼굴을 만들 건데, 괜찮겠죠?"

　사내는 대답도 듣지 않고 곧장 얼굴을 매만졌다.

　떡처럼 물렁물렁한 것이 덧씌워졌다.

　"인피면구(人皮面具)라는 건데 정통으로 만든 것입죠. 어떤 작자들은 이것 하나를 못 만들어서 사람 생얼굴을 벗겨내는 모양입니다만, 그래서야 어디 역용이라고 말할 수나 있습니까? 역용이란 완전히 무에서 유를 창조해 내는 것입죠."

　사내는 역용에 대단한 자부심을 가졌다.

　금하명에게는 단지 신기한 놀이 정도로만 비쳐졌다. 기껏해야 얼굴 모습을 숨기는 정도에 불과한데 꼭 이렇게까지 해야 하는가 하는 생각도 치밀었다.

혼자 조용히 무공을 참오할 생각이 아니었다면 진작 그만뒀을 게다.

"얼굴을 손질할 때는 세심해야 합죠. 사람 눈에 제일 많이 띄는 부분이라서. 이 인피면구는 같은 색의 시균으로 탈색시킨 것이라서 감쪽같습죠."

사내는 능숙한 손길로 누르고 잡아당기는 행동을 반복했다.

역용도 참 정성이 많이 들어가는 작업이다. 머리카락 한 올 정도의 차이도 나서는 안 된다는 듯 같은 부분을 몇 번이고 만지작거린다. 그것도 캄캄한 어둠 속에서.

'손 감각이 극도로 발달한 자군.'

사내는 무려 나흘 동안이나 같은 일을 반복했다.

만지고, 쓰다듬고, 짓누르고, 잡아당기고, 살살 비틀고…….

광목을 벗겨냈을 때는 물에 불은 것처럼 퉁퉁 부어올랐던 피부가 단단하게 굳어갔다.

감각이 발가벗기 전이나 다름없다고 느껴질 즈음,

"이제 됐습죠. 검에 베여도 전혀 표시가 나지 않을 겁니다요. 화상을 입어도 마찬가집죠. 이 피부, 이 살결, 이 모양이 그대로 유지됩죠. 완전히 다른 사람으로 변신한 겁니다요."

사내는 금하명의 손에 조그만 가죽 주머니 하나를 쥐어주었다.

"원상으로 회복하고 싶으시면 이 단환을 십 일 동안 복용해야 합죠. 독기를 밀어낼 때, 약간 복통이 있을 수도 있고 심장이 두근거릴 수도 있으니 참고로 하십쇼. 헤헤헤."

"독기만 밀어내면 원상회복된다는 말이오?"

"그렇습죠. 헤헤."

금하명은 어처구니가 없었다. 십여 일 동안이나 꼼짝하지 못하고 시술을 받았는데…… 자신에게는 태극오행진기와 파천신공이 있지 않은가. 몸에 침입하는 독기는 가차없이 밀어내는.

불길한 예감에 가부좌를 틀고 앉았다.

서서히 진기의 흐름을 감지했다. 독기가 스며 있다면 경락과 혈맥 사이로 파고들었을 터, 진기가 흐르는 동안 이물질 같은 형태가 되어 감지될 것이다.

체내에는 아무런 느낌도 없었다.

이번에는 살갗을 탐색했다.

느껴진다. 유밀강신술 덕분에 철갑처럼 단단해진 피부에 무엇인가가 녹아들어 가 있다.

체내로 들어왔다면 단숨에 밀려났을 독기지만 살갗에만 파고들었기에 살아남을 수 있었다.

'다행히 하후를 실망시키지는 않겠군.'

사내가 말했다.

"헤헤! 장난 좀 쳐보는 것이 어떻습니까요? 여기 계신 분들은 공자님을 가장 잘 아는 분들인데, 알아보나 알아보지 못하나……. 궁금하지 않으십니까요?"

일행 중 무공이 가장 강한 사람으로 빙후를 꼽을 수 있다.

그녀는 문밖에서 검을 가슴에 품고 앉아 휘영청 늘어진 달빛을 멍하니 바라보고 있었다.

금하명은 지붕을 뚫고 나와 담장을 넘었다.

무위보법은 쾌공을 뒷받침해 주는 탁월한 보법이지만 은밀함에서도 단연 독보적이다. 더군다나 그는 야괴의 은신술과 살각의 적엽은막공을 알고 있다. 숨어서 잠입하거나 빠져나오는 정도는 마음만 먹으면 감쪽같이 해낼 수 있다.

멀리 갈 필요는 없다.

사내에게서 빌린 검을 한 번 쓱 만져 보고는 지극히 태연하게 다시 집 안으로 들어섰다.

"누구냐!"

빙후가 낯선 사내를 발견하고는 벌떡 일어섰다.

"이마에서 광채가 나고 눈이 맑으며, 살결이 곱군. 이목구비가 뛰어나고…… 크크크! 괜찮은 계집이야."

금하명은 자신이 말하고도 깜짝 놀랐다.

놀려주기 위해서 음충맞은 소리를 했지만 음성마저 탁하게 갈라져 나오니 정말 음흉한 자가 말한 것처럼 되어버렸다. 음성이 목 쉰 사람처럼 탁하다. 지극히 낮은 저음이라서 위협적인 말이라도 쏟아놓으면 상당한 위압감이 들 법하다.

"베고 싶지 않으니 물러가라."

빙후는 범접하지 못할 위엄을 뿜어냈다. 태도가 얼음장같이 차고 단호해서 두 번 다시 말을 걸어볼 생각이 나지 않는다. 혹여 음흉한 생각을 품었더라도 욕념이 단숨에 식어버릴 싸늘함이다.

'해무천기가 더 강해졌어. 장인도 상대가 안 될 것 같은데…… 괜히 장난 좀 치려다가 일이 크게 벌어지는 거 아냐?'

금하명은 장난을 그만두려다가 생각을 바꿨다.

빙후라면 이번에 새로 깨달은 무공들을 받아낼 수 있다. 전력을 다해 펼쳐도 곤궁에 처할지언정 위급한 지경에는 이르지 않는다.

머리 속에만 담아놨을 뿐, 한 번도 시연해 보지 않은 무공을 몸으로 펼쳐 볼 수 있는 좋은 기회다. 실전에서처럼 사정을 담지 않은, 강도 높은 체험을 할 수 있다.

제일공 섬광곤, 제삼공 환무곤, 그리고 제육공 대환곤이 어떤 위력을 뿜어내는지 알아봐야 한다.

"크크크! 밤이슬이나 피할까 하고 들렀는데 횡재를 했군. 오늘 밤은 아주 즐겁겠어."

빙후는 얼굴을 화끈거리게 만드는 도발에도 흥분하지 않았다. 쉽게 달려들지 않는다. 차가움까지 내면으로 숨겨 무공을 모르는 처자와 다름없는 모습이 되었다.

스르릉……!

빙후는 차분하게 검을 뽑았다.

금하명도 검을 뽑았다. 사랑스런 여인이다. 놀려줄 생각이 없다. 검을 뽑아 머리 속 무공을 실전처럼 시험해 보게 되었으니 됐다. 더 이상은 모욕을 주기 싫다.

"그대가 자초한 일, 원망하지 말기 바라. 다시 한 번 경고하지. 이 집에서 물러나면 내 귀를 더럽힌 말은 안 들은 것으로 하겠어."

금하명은 싸울 의사가 없는 사람처럼 두 팔을 밑으로 축 늘어뜨렸다. 오른팔에 들린 검끝이 밑으로 떨어뜨려져 땅에 닿았다.

"흠! 그렇군. 목적이 있어서 온 분을 몰라봤군. 싸우기 전에 어디서 온 누구라는 정도는 밝혀야 되는 것 아닌가?"

"……"

금하명은 묵묵히 쳐다보기만 했다.

같은 침상을 사용한 나날이 하루 이틀이 아닌데 빙후마저 몰라본다.

몇 마디에 불과하지만 대화까지 나눴는데, 외인으로만 생각할 뿐 자신의 남편인 줄은 짐작조차 못하고 있다.

사내의 역용술은 존경해 줄 만하다.

금하명은 두 팔을 축 늘어뜨린 채 성큼성큼 다가섰다.

"마지막 경고닷! 섯!"

'이런!'

금하명은 아차 싶었다.

시간을 너무 오래 끌었다. 음양쌍검이 집 좌우로 다가선다. 일섬단혼은 대문을 가로막고 있다. 노노는 담장 밑에서 언제든지 검을 날릴 준비를 끝냈고, 하후는 멀찌감치 떨어진 곳에서 걸어오고 있다.

이토록 빨리 움직일 줄이야.

이런 민첩한 행동은 감시하는 곳에서 한시도 눈을 떼지 않을 때만 가능하다.

'다른 사람들하고까지 싸울 필요는 없지.'

선공해 오기를 기다렸지만 시간이 없다.

제삼공 환무곤, 동중동으로 움직임을 열어 움직임을 이끌어낸다.

"타앗!"

금하명은 우렁찬 고함과 함께 신형을 쏘아냈다. 검은 곧장 앞으로 뻗어냈다.

스읔!

빙후도 검을 처냈다. 빠른 것같이 보이면서도 어떻게 보면 느려 보이는 희한한 검세다.

'해무십결 제일결 파랑검(波浪劍). 이 정도인가!'

빙후의 무공은 결코 가볍게 볼 수 없다.

파랑검은 끊임없이 몰아치는 파도처럼 제일격에서부터 제십격까지 숨 돌릴 틈도 없이 몰아친다.

빙후가 전개한 파랑검은 제일격이 미처 끝나지도 않았는데, 제삼격까지 몰아치는 듯하다. 순간,

파라락……!

밋밋하게 찔러가던 검이 불꽃처럼 피어나 비산했다. 폭죽이 터져 수천 개의 불꽃이 난무하는 듯 천지 사방이 검광으로 가득 찼다.

탕탕탕탕탕……!

검과 검이 요란한 소리를 울리며 부딪쳤다.

병기의 부딪침에서는 단연 파랑검이 우세해야 한다. 병기끼리 부딪칠 때 생기는 탄력을 최대한으로 이용하는 것이 파랑검이다. 탄력으로 밀려 나온 검에 전보다 더 강한 진기를 주입시켜 순식간에 재차 달려드니 알고 있어도 당하게 만든다.

그런데 이번 부딪침은 이상했다. 오히려 금하명의 검이 더욱 빠르고 현란하게 움직였다. 부딪침 소리는 여러 번 터졌지만 전부가 금하명이 주도적으로 쳐낸 검이었다.

"으음……!"

빙후는 이를 악물며 터져 나오려는 신음을 참았다. 그러나 막강한 내력, 현란한 검초에 밀리는 것은 어쩔 수 없어서 연달아 네 걸음이나 뒷걸음질친 끝에 간신히 신형을 추슬렀다.

빙후의 눈동자가 경악으로 물들었다.

너무도 간단하게 밀린 것을 믿을 수 없다는 표정이었다.

금하명도 단 일 합 만에 자신이 실수했다는 것을 깨달았다.

해무십결을 너무 잘 알고 있다. 알고 있는 검초가 펼쳐지니 자연스

럽게 파해법이 나와 버렸다. 이래서는 실전처럼 상상 속의 검초를 시험해 보겠다는 뜻은 강 건너 가버린다.
'난감하게 됐군.'
음양쌍검이 검을 빼 들었다. 일섬단혼도 검을 들었다. 노노도 기습을 포기하고 정면으로 나섰다. 그때,
"그만 해요."
하후가 마당 한가운데로 걸어오며 말했다.
"가가, 아직 완벽하지 않네요. 난감한 기색이 느껴졌어요. 검을 쥔 손에 힘이 빠지고 행동도 멈칫거려요. 혈살괴마는 절대 그런 행동을 하지 않아요. 안 그래요?"
모두 멍청한 표정이 되었다.
"이, 이놈이 그놈이야?"
한참 만에야 일섬단혼이 입을 열었다.
"빙후, 본의는 아니었는데······."
금하명은 어색하게 웃으며 말했다.
역시 목 쉰 음성, 극저음이다.
"가······ 가가?"
빙후도 믿을 수 없다는 듯 눈을 부릅떴다.

방 안에 들어선 후, 촛불을 밝힌 후에는 더욱 말을 잃었다.
"후후! 역시 왕 노인이군. 이 정도까지는 기대하지 않았는데······ 이건 금석도 잘라 버릴 수 있을 것 같은데?"
금하명은 음살검이 가져온 묵창을 만지작거렸다.
두 손으로 창대를 잡고 가볍게 한 번 튕기자 '찰각!' 하는 소리와 함

께 창날이 튀어나왔다.

창날도 검은색이다. 짙은 자색이 가미되어 있어서 귀기스러움까지 뿜어낸다. 날은 아주 예리하게 갈아져 있어서 살짝만 닿아도 베일 것 같다.

묵창을 다시 한 번 튕기자 창날이 창대 속으로 모습을 감췄다.

기병 중에 기병이다. 장검보다 두 배는 더 긴 창날이 순식간에 나타났다 사라지니 병기의 효용만 잘 이용해도 몇 사람쯤은 목숨을 내놔야 하리라.

"빌어먹을! 이거 영 적응이 안 되네. 네놈이 정말 금하명 맞냐?"

일섬단혼이 정나미 떨어진다는 표정으로 말했다.

그뿐만이 아니다. 설아와 노노는 아예 멀찌감치 떨어져 앉았고, 하후와 빙후도 어색한 낯빛이다.

시체처럼 푸르뎅뎅한 피부가 사람을 가까이 다가서지 못하게 만든다. 흉터도 있다. 이마 정중앙을 그어 내린 검상과 왼쪽 관자놀이 부근부터 코 밑까지 이어진 검흔은 워낙 깊어서 세월이 오래 흘렀는데도 자국이 뚜렷하다. 콧등이 불쑥 튀어나온 매부리코에다가 두터운 입술은 오른쪽으로 살짝 틀어져 있다.

눈만 부릅뜨면 영락없이 살인귀다.

"언니, 괜히 변장하라고 했나 봐."

빙후가 미간을 찡그리며 말했다.

"휴우! 그 사람…… 다시는 역용술을 사용하지 못하게 해야겠어. 사람을 이렇게 바꿔놓으니 살인자들이 유유히 도망쳐 다니지. 동생, 단단히 일러둬. 한 번만 더 범죄인들을 역용시키면 죄를 묻겠다고."

"그럴 생각이에요. 못쓰겠네요."

하후와 빙후는 금하명의 얼굴만 뚫어지게 쳐다봤다.

❸

찰칵! 찰칵! 쉭쉭쉭! 찰칵……!
금하명의 몸놀림은 비호를 연상케 했다.
느릿느릿 움직이다가도 번개처럼 달려들고, 힘이라고는 한 올도 없어 보이나 순식간에 거력이 되어 몰아치니 강유(剛柔)와 완급(緩急) 조절이 절정에 이른 움직임이었다.
"도대체 무공의 끝을 모르겠군. 나 정도면 충분하다 싶었는데, 갈수록 초라해지니 원……!"
일섬단혼이 손으로 머리를 받치고 비스듬히 누운 채 금하명을 쳐다보며 말했다.
"저흰 더 기막힙니다. 만홍도에서는 죽일 수 있었죠. 실수란 예측 불허의 상태에서 터지는 것이니까. 해남도에서 만났을 때는 죽일 수 없는 놈이 되었더군요. 지금은 도망 다니기 바쁜 처지가 되고 말았고요."
"네놈들 팔자나, 내 팔자나……."
일섬단혼도 마찬가지다.
금하명을 처음 봤을 때, 그는 제대로 된 검을 펼치지 못했다. 기감을 느끼고 발버둥을 쳤지만 그것으로 그만, 그의 움직임은 기감보다 한 수 느렸다.
두 번째 만났을 때는 상황이 역전되었다.

도저히 일어날 수 없는 상황이 일어난 것이다. 어린아이보고 갑자기 어른이 되라고 하면 될 수 있겠는가? 금하명이 일궈낸 무공 성취는 어린애에서 갑자기 어른으로 성장한 것과 같은 기적이다.

그런데 지금에 와서 보니 그때가 어린애였다. 아니, 자신도 어린애였다. 평생을 무공만 수련해 왔는데, 기껏 이뤘다는 것이 걸음마를 뗀 것에 불과했다.

찰칵! 쉬익! 쉭! 찰칵……!

금하명은 철창을 자유자재로 구사했다.

철곤이 맹렬한 기세로 몰아치는가 싶더니 창날이 불쑥 튀어나오고, 움직임도 없는데 창날만 사라진다.

하후와 빙후도 한쪽에 앉아 금하명의 수련 모습을 지켜보았다.

빙후는 흐뭇한 미소를 머금었다.

겉모습이 너무 달라져서 마치 낯선 타인처럼 어색하게 느껴졌는데…… 달라지지 않은 게 있다. 여자를 존중해 주는 마음, 부드럽게 감싸 안는 손길, 그리고 정신을 차리지 못하게 만드는 애무.

야생마를 잡아오면 제일 먼저 길들이는 작업부터 한다.

표현이 썩 좋지는 않지만 빙후는 금하명에게 길들여져 가고 있다는 사실을 자각했다. 그가 살아가는 방식, 그의 말이나 행동, 잠자리 습관에 이르기까지 그의 방식에 적응되어 가고 있다.

옛날의 자신은 사라지고 금하명이라는 틀에 맞춰진 아낙만 존재하는 느낌이다.

그가 낯설지 않다. 외모는 달라졌지만 그를 읽을 수 있다. 예전이나 지금이나 달라진 건 아무것도 없다.

"이마에서 광채가 나고 눈이 맑으며, 살결이 곱군. 이목구비가 뛰어나고…… 크크크! 괜찮은 계집이야."

'호호! 그런 말도 할 줄 알고…….'
절반은 농이고, 절반은 진담이다.
다른 사람에게 들었으면 귀싸대기를 올려붙였으련만 그에게 들으니 기분 나쁘기는커녕 오히려 감미롭다.
'괜찮은 계집이라고? 겨우 그 정도밖에 안 된다는 거지. 이건 나중에 단단히 따져야겠어.'
무슨 벌을 줄까? 꼬집어줄까, 아니면 콱 깨물어줄까.
어떤 생각이든 그를 생각하는 것만으로도 가슴이 꽉 찬다. 그가 옆에 있으니 세상을 다 가진 기분이 든다. 누가 지금 행복하냐고 묻는다면 서슴없이 말할 수 있다. 행복하다고.
"가가의 무공이 어때 보여?"
꿈결인 듯 희미한 음성이 들려왔다. 일섬단혼과 음양쌍검이 또 무슨 말인가를 주고받은 것 같다.
"가가의 무공이 어때 보이냐니까? 어멋! 넋을 잃었네, 넋을 잃었어."
빙후는 옆구리를 세게 꼬집힌 다음에야 정신을 차렸다.
"어멋! 왜요?"
"왜라니? 사람이 그렇게 말할 때는 못 들은 척하더니만."
"제가 언제요?"
"무슨 생각을 그렇게 깊게 한 거야? 혹시 어젯밤……."
"언니!"
"호호호! 맞구나?"

천애하처무방초(天涯何處無芳草) 127

"언니, 제게 이러시면…… 후환이 두려울 거예요."
"호호호! 웬일이지? 별로 두렵게 안 느껴지니."
"정말이죠? 그럼 두고 봐요. 아니, 멀리 볼 것도 없어요. 당장 오늘 밤 두고 봐요."
"알았어, 알았어. 취소. 취소할게. 됐지?"
"몰라욧! 안 됐어요!"

빙후는 양 볼을 새빨갛게 물들였다.

"가가 좀 봐봐. 무공이 진일보한 것 같은데…… 어때 보여?"

빙후도 정색을 하고 금하명을 쳐다봤다.

무공을 전개함에 급박함이 보이지 않는다. 일정한 초식이 없는 창법인데도 같은 초식을 수천 번씩 수련한 능숙함이 묻어 나온다. 묵창에서는 진기가 느껴지지 않는다. 보통 사람들이 창을 휘두르는 것보다도 훨씬 미약하다. 그런데도 감히 맞부딪칠 엄두가 나지 않는다.

'여기서 더 나아갈 수는 없을 거야.'

"최상이죠. 해남도를 떠나올 때보다 두 배는 강해진 것 같아요. 지금 해남도로 돌아가면 상대할 사람이 없을 거예요."

자신도 모르게 극찬이 쏟아졌다.

"동생하고 비교하면 어때?"

"어제 봤잖아요. 일초지적도 안 되는 것."

"내가 무공을 배웠다면 말이야. 가가 혼자 수련하게 만들지는 않을 거야. 무인들이니 같이 어울려서 검무를 추는 것만큼 행복한 것도 없겠지. 한 쌍의 나비처럼 보일 거야."

빙후는 하후의 말뜻을 알아들었다.

"귀찮아하지 않을까요?"

"동생 무공 정도면 감지덕지해야 할걸?"

빙후는 검을 뽑아 들고 뛰어나갔다.

창! 차창! 캉캉캉……!

두 사람은 곧 어울렸다. 묵창과 검이 섞이고 얽혔다. 어떤 때는 맹렬하게, 어떤 때는 틈을 노리고 간간이…… 금하명에게는 새로 깨달은 무공을 수련할 좋은 상대였고, 빙후에게도 자신의 무공을 진일보시킬 수 있는 강한 상대였다.

그것보다도 두 사람의 마음이 일심으로 합쳐져 가는 모습이 더 보기 좋았다. 사전 약조 같은 것은 있지도 않았지만 병기를 쳐내고, 피하고, 반격하는 모습이 절도있게 딱딱 맞아 들어갔다.

자신들만의 무공을 펼치고 있었으나 어느새 합격진 형태를 띠우고 있는 것이다.

하후는 엷은 웃음을 띠었다.

"사람도 됐고, 무공도 됐어. 백납도는 너무 큰 적을 만들었어. 문제는 백포인인데…… 능 총관을 죽였다는 그 사람…… 백포인을 파악해내지 않으면 두고두고 후환이 될 거야."

그날 저녁, 천소사굉과 벽파해왕이 큰 선물을 가지고 왔다.

"역시 할아버지세요. 어떻게 개방 힘을 빌릴 생각을 하셨어요? 개방만 도와준다면 더 바랄 게 없죠. 그렇잖아도 구령각 무인들을 불러와야 되나 고민했는데, 정말 잘됐네요."

빙사음은 기쁜 마음을 숨기지 않았다.

일섬단혼은 묵묵히 두 노인만 쳐다봤다. 또 한 사람, 하후도 기쁜 내색을 하지 않았다.

천애하처무방초(天涯何處無芳草) 129

개방이 아무 대가 없이 문도를 빌려줄 리 없지 않은가.

금하명은 낭인이 되려고 한다. 무림이 경시하는 낭인을 위해 대개방이 인력을 동원할 정도라면 그에 합당한 대가를 지불해야 할 터이고, 아마도 두 사람의 목숨 값에 해당하는 정도는 되어야 하리라.

두 사람에게 남아 있는 것이 무엇인가?

아무것도 없다. 고절한 무공과 중원 전역에 휘날린 이름밖에 남아 있지 않다.

그것마저 주고 나면 두 사람은 나락으로 떨어진다.

"목곤을 놓고 철창을 들었다? 상당한 변화군. 어디 창 솜씨 한번 볼까?"

벽파해왕이 낚싯대를 들고 일어섰다.

"쯧! 망신을 자초해요."

일섬단혼이 혀를 찼다.

그러거나 말거나 벽파해왕은 마당 한가운데로 나가서 유난히 가늘고 긴 조검을 꺼냈다.

"네 무공은 견식한 바 있고, 지금은 그때보다 한결 강해졌지만 나도 나름대로 수를 강구해 봤다. 다행히 먹히면 널 잡을 수 있다고 생각하는데, 어떠냐?"

금하명은 묵창을 들고 마주 섰다.

웃음기를 지운 것만으로도 그의 얼굴은 살기로 그득 찼다. 회색 빛 얼굴에서는 죽음의 기운만 넘실거렸다.

"최선을 다해보겠습니다."

"허허! 원하는 바……."

쉬익! 찰칵!

벽파해왕의 말이 끝나기도 전에 눈앞에서 번갯불이 번쩍였다.

"헛!"

벽파해왕은 다급한 외침을 토해내며 뒤로 쭉 빠졌다. 반사적으로 쳐올린 조검은 허공에 그물막을 그려놓았다. 일 호흡에 팔십일 변을 전개하여 주위를 온통 검기로 채운다는 밀밀막(密密幕)이다.

하지만 그의 방어는 헛된 수고가 되고 말았다.

금하명은 어느새 조검의 사정권에서 벗어나 유유히 주위를 돌고 있다. 승냥이가 먹이를 눈앞에 놓고 언제 어떤 식으로 덮칠지 고민하는 것처럼 여유가 넘쳐흘렀다.

"후웁!"

벽파해왕은 숨을 길게 들이키며 진기를 일 주천 시켰다.

전과는 판이하게 달라진 기세가 피부에 와 닿는다. 한순간의 방심이 죽음으로 이어질 수도 있다. 금하명이 살수까지야 펼칠 리는 없지만 패배는 곧 죽음으로 받아들여야 한다.

'굉장히 빠르다! 한순간, 한순간에 끝장난다. 초식이고 뭐고 전개할 틈도 없다. 들어오는 찰나를 잡아서 반격하지 않으면 끝이다.'

전신에 팽팽한 긴장감이 회오리쳤다.

다른 때 같으면 이럴 경우 선공을 취한다. 상대의 빠름을 잡을 수 없는 상황에서 공격해 오는 찰나를 잡아낸다는 것은 더욱 어렵기 때문이다.

벽파해왕은 선공도 취하지 못했다.

조검을 움직여 몸을 준비시키자 금하명은 여우처럼 알아차리고 옆으로 움직여 틈을 주지 않는다. 억지로 검을 쳐내는 공격이야 가능하겠지만 허공을 때릴 것이 분명하다. 또한 그런 상황에서 역습을 하지 않을 리 없고, 역습을 당하면 끝이다.

전과는 전혀 다른 싸움 방식이었다.

금하명의 가슴에서 눈을 떼지 않았다. 엄밀히 말하면 조검 끝이 항상 가슴을 따라다녔다. 금하명의 몸이 조검 사정거리로 들어서는 순간, 가차없이 찌를 준비가 끝났다.

비폭산화검법(飛瀑散花劍法)은 돌풍을 동반한 파도가 되어야 생명을 얻는다. 숨 쉴 틈 없이 몰아치다 보면 허점이 드러나게 되어 있고, 쳐 주십사 하고 환히 드러낸 곳을 쳐내기만 하면 된다.

지금과 같은 싸움은 벽파해왕의 싸움이 아니다. 주도권이 금하명에게 넘어갔고, 처분만 바라는 신세가 되었다.

'이래서는 안 되겠지.'

파앗!

조검을 쳐냈다.

비폭산화검법은 빗방울이 떨어지듯이 무수하게 검을 쳐내는 검법이기 때문에 검에 깃든 진력이 무척 가볍다. 열 번을 공격하여 한 번만 성공해도 된다는 심정으로 쳐내는 검이니 진력을 온통 기울일 필요가 없다. 이는 달리 말하면 언제든 검법을 변화시킬 수 있으며, 각도 역시 자유자재로 뒤틀 수 있다는 뜻이 된다.

쒜엑!

금하명은 여지없이 달려들었다.

'틈!'

조검을 변화시켰다. 금하명은 사정거리 안으로 들어섰고…… 들어섰고…… 제길!

쩌엉!

묵창이 조검을 쳐냈다. 미풍이 부는 듯 가벼운 일격, 하나 조검에 전해지는 충격은 천 근 바위로 후려친 듯하다. 그리고……

철컥!

창날이 묵창 속으로 모습을 감췄다.

일 장 오 척에 이르는 장병의 위력은 대단했다. 그러잖아도 빠른 사람을 두 배는 더 빠르게 만들어주었다. 멀찍이서 쳐낸 일격은 섬광 자체여서 옷깃을 베고 지나간 다음에야 경각심을 느꼈다.

"대…… 단하군. 완벽한 패배야."

벽파해왕은 잘려져 나풀거리는 옷깃을 쳐다봤다.

아직도 믿어지지 않는다. 인간의 움직임이 이토록 빠를 수 있다는 사실을 처음 알았다. 자신의 빠름이 최고는 아니지만 최고 근처에는 이르렀다고 생각했는데, 어림도 없다.

'이 정도였다면…… 해남에서 이 정도였다면 단애지투는 아예 필요 없었을 것…….'

어느 정도 짐작은 했지만 과연 최고다. 대단히 만족한다. 중원무림은 모르겠지만 해남무림에서는 적수가 없다고 해도 과언이 아니다. 남해검문주나 대해문주 정도만이 검을 들 수 있을 터인데, 그들 역시 금하명보다는 한 수 아래로 보인다.

"지지 마라. 모두 꺾어라. 네놈이 지는 순간, 해남무림은 세상에 낯을 들지 못하게 돼. 단 일 패. 일 패도 허용해서는 안 돼. 알겠냐?"

금하명은 포권을 취했다.

밤이 깊었다. 무엇이 그렇게 재미있는지 집 안이 떠나가라 낄낄깔깔거리던 설아와 노노도 잠이 들었는지 조용하다.

하후는 다른 때와 달리 무척 뜨거웠다.

뜨겁게 토해지는 입김, 거미처럼 칭칭 옭아맨 팔과 다리. 입맞춤도 금하명이 먼저 입을 뗄 정도로 격렬했고 길었다.

하물을 받아들일 때도 적극적이었다.

"천천히 해줘. 천천히……."

처음으로 요구를 들었다.

그녀도 육신이 달아오를 줄 아는 여자였다. 성적 쾌락을 느끼는 평범한 여자다.

그녀는 평범한 여자가 되었다.

"느낄 거야. 널 전부…… 너의 모든 것을 전부……."

그녀의 허리를 뱀처럼 뒤틀었다. 입에서는 달짝지근한 단내가 풍겼고, 몸에서는 땀이 비 오듯 쏟아졌다. 눈썹은 쾌락에 겨워 잔뜩 찌푸려졌으며, 얼굴은 뜨거운 열기로 화끈거렸다.

"나…… 나…… 죽여줘. 이대로 죽었으면 좋겠다고…… 느끼게 해줘."

요구만 한 건 아니다. 그녀는 능숙하게 금하명을 이끌었고, 최대한의 쾌락을 취해갔다.

해구상(海鷗翔), 기빙족(驥騁足), 공번접(空飜蝶), 배비부(背飛鳧), 언개송(偃蓋松)…….

온갖 체위가 동원되었다.

그중에는 말로만 들었을 뿐 한 번도 해본 적이 없는 체위까지 있었으나 거리낌없이 행해졌다.

삐걱! 삐걱……!

침대가 금방이라도 부서질 듯 요란한 소리를 토해냈다.

실은 소리가 난 지 꽤 오래되었다. 금하명은 다른 방에 들릴까 봐 조심스러웠지만 하후는 신경도 쓰지 않는 눈치였다.
"안 돼. 아직…… 조금만…… 조금만 더…….”
하후는 쾌락의 정점에서 몸부림쳤다.
어찌할 줄 몰라 부르르 떨면서도 쾌락의 끝자락만은 놓지 않았다.
"으음!”
금하명의 제방은 무너졌다. 갇혀 있던 물줄기가 세상을 집어삼킬 듯 거칠게 쏟아져 나갔다.
"아!”
하후는 달짝지근한 비음을 토하며 꽉 끌어안았다.
두 사람은 서로를 껴안은 채 뜨거운 열기가 가셔지기를 기다렸다.
"나도 괜찮지?”
하후가 품 안으로 기어들며 말했다.
"최고였어.”
금하명은 참새처럼 작아 보이는 하후를 꼭 껴안았다.
사랑스럽다. 십이 년의 나이 차이는 그녀를 영원한 누님 정도로 여기게 만들 줄 알았는데 빙사음과 마찬가지로 껴안고 보듬어줄 여인이 되었다.
"잠깐만 기다려.”
하후가 일어섰다.
그녀는 미리 수건에 준비해 놨던 뜨거운 물을 묻혀 금하명의 전신을 닦아주었다.
전신을 골고루…… 피곤함까지도 닦아내려는 듯 정성스럽게 몸 곳곳을 닦았다.

그런 후 옷 한 벌을 내놨다.

"이런 옷이어서 미안해. 나중에 꼭 좋은 옷을 내줄게."

감물을 들인 마의(麻衣)다. 꺼칠꺼칠한 감촉이 고스란히 느껴진다. 낡고 헤져서 기운 곳도 있다.

금하명은 씩 웃었다.

아무렴 어떤가. 사랑스러운 여인이 정성스럽게 입혀주고 있으니 세상에서 가장 값진 옷이지 않은가.

옷을 다 입힌 후에는 창이 넓은 죽립(竹笠)을 가져왔다.

"비가 와도 머리는 젖지 않을 거야."

금하명은 알몸인 그녀를 와락 껴안았다.

"나…… 안 닦았어."

입을 맞췄다. 길고 진한 입맞춤을 했다. 입술에, 혀에 그녀의 영혼이 담겨 있는 것처럼…… 그녀의 모든 것을 빨아들이겠다는 듯이 세차게 삼켰다.

덜컹! 저벅저벅……!

방문이 열리고 어두컴컴한 공간 속에 가는 발자국 소리가 들렸다.

발자국은 곧장 침상으로 향했고, 침상 위에 있는 여인의 어깨를 감싸 안았다.

"언니, 괜찮아?"

빙사음, 빙후였다.

"미안해. 내가 차지해서."

하후도 빙후를 부둥켜안았다.

"괜찮아. 헤어짐보다는 만남이 더 좋은 거잖아. 만날 때는 절대 언니에게 양보하지 않을 거야."

"그래."

"호호! 그런데 너무 심했던 것 알지? 천장이 들썩거려서 집 무너지는 줄 알았다니까?"

빙후가 농을 하며 유등을 밝혔다.

침상 위에 다소곳이 앉아 있는 하후의 모습이 보였다. 흐트러진 침상에 어울리지 않게 옷을 단정하게 입고 있다. 그런데 그 모습이 어쩐지 부자연스럽다.

빙후는 이유를 단번에 찾아냈다.

채대(彩帶)가 잘못 매어졌다. 왼쪽에 치우쳐서 매듭을 져야 하는데, 반대로 오른쪽에 치우쳐 있다.

"언니, 채대 잘못 맸어. 호호! 얼마나 급했으면 채대까지 잘못 매? 사람들이 보면 놀려. 어서……."

"이 옷…… 그 사람이 입혀줬어."

"……."

"채대도 그 사람이 매줬고. 이대로 있고 싶어."

빙후는 하후에게서 여인을 봤다. 해순도 성녀는 사라지고 여인만 남아 있었다. 적어도 이 시간, 이곳에서만은 뛰어난 모사도 아니고 의녀도 아니었다.

그녀는 여인이었다.

第三十九章
괴사전천리(壞事傳千里)
나쁜 소문은 빨리 전해진다

괴사전천리(壞事傳千里)
…나쁜 소문은 빨리 전해진다

하후가 장평(漳平)으로 가자는 말을 했을 때, 두말없이 받아들인 데는 이유가 있다.

장평에는 구룡강(九龍江)이 흐른다.

자운동산(紫雲洞山)에서 흘러내린 강물 한줄기와 호산(虎山)에서 발원한 한줄기가 쌍양진(雙洋鎭)에서 만나 쌍양하(雙洋河)가 되며, 쌍양하는 다시 신교하(新橋河)와 합류하여 비로소 구룡강을 이룬다.

구룡강은 장평을 거쳐 남해까지 흘러간다. 반대로 남해에서 구룡강을 거슬러 올라가면 장평을 만나게 되고, 또 얼마 가지 않아서 쌍양하든 신교하든 한쪽을 선택해야 한다.

쌍양하를 선택하여 삼 리 정도 올라가면 제법 큰 도읍이 있으니 남양(南洋)이다.

남양에는 청양문(清陽門)이라는 무림 문파가 있다.

그가 쫓기듯 복건무림을 떠난 후에 두각을 나타낸 신흥 문파다.

창건 햇수는 채 오 년이 되지 않지만 복건무림의 지도를 바꿔놓을 만큼 급성장한 문파이니 가볍게 볼 수 없는 무공을 지녔으리라.

하후가 장평으로 가자는 말을 꺼냈을 때, 금하명은 청양문을 떠올렸다. 변장을 하고 낭인이 되어 무명을 휘날려야 한다는 말을 했을 때, 제일 첫 번째 제물로 청양문을 선택했다.

복건무림의 패주나 다름없었던 덕분에 많은 무인들을 안다. 한때는 숙부처럼, 형제처럼 친밀하게 교분을 나눴던 사람들이다. 교분까지는 나누지 않았다 해도 얼굴을 보면 목례 정도 나눌 정도는 된다.

아무리 낭인 무예를 펼친다고 해도 그들을 제물로 삼을 수는 없다.

안면을 익히지 않은 신흥 문파가 차라리 낫다. 서로 모르는 사람들이니 말 그대로 진정한 비무를 나눌 수 있다. 손속에 사정을 남길 필요도 없으며, 무공이 약하면 죽을 수밖에 없다는 말도 서슴없이 나눌 수 있을 테니까.

금하명은 강물을 거슬러 올라갔다.

아직도 몸에는 하후의 체취가 묻어 있는 듯한데, 눈을 가리는 어둠은 그녀와는 전혀 상관없는 세상을 보여준다.

새벽닭이 울 무렵, 서원(西元)으로 들어섰다.

서원에는 저명한 무가나 무인이 없다. 이곳 역시 사람 사는 곳이니 무인이 있겠지만 이름난 자는 없다.

서원에서는 차 한 잔도 마시지 않고 걸음을 계속했다.

쌍양하와 신교하가 합류되는 곳에서 아침 겸 점심으로 벽곡단을 씹어 먹은 후, 쌍양하 쪽으로 방향을 잡았다.

이곳만 해도 태풍으로 난리가 아닌 안해와는 사정이 사뭇 다르다.

사람들의 생활에는 여유가 넘쳐흐르고, 논과 밭에는 오곡이 무르익어 간다.

'풍년이군.'

아버님은 이런 광경을 유독 좋아하셨다. 무인이기는 하셨지만 무공보다는 사람들의 안녕에 더 관심이 많았다. 사람들이 건강하게, 또 편히 살 수 있게 길을 열어주는 것이 무인의 본분이라는 말씀을 입에 달고 사신 분이니까.

죽립을 들어 살펴보자 어느 나루터 부근이 거의 그렇듯이 허름한 객잔(客棧)이 눈에 띄었다.

"어이! 마누라! 엉덩이 그만 돌리고 술이나 가져와!"

"염병할 놈의 주둥이 하고는. 그래, 서방 덕 좀 보자. 막대기는 튼실하냐? 전에 봤더니 오뉴월에 뙤약볕에서 말린 오징어 다리보다도 못하더만."

"와하하하!"

멀리까지도 왁자지껄 떠드는 소리가 들려왔다.

사공들이 술상을 펴고 걸쭉하게 농지거리를 하는 모양이다.

마음이 편해진다. 거칠게 웃고 떠들며 성도 내지만 서로를 보살피는 훈훈함이 들어 있다. 이런 게 사람 사는 세상이지 않겠나.

'오늘은 저기서 쉬어가야겠군.'

객잔은 말이 객잔이지 주점(酒店)에 불과했다.

넓적한 마당이 모두 술판을 벌이는 곳이다. 아무 곳에나 거적때기를 깔고 상을 옮겨놓으면 술판이다.

방이라는 것도 마당과 연해 있다.

뇌옥처럼 다닥다닥 붙어 있는 방이 모두 다섯 개. 문이 다섯 개 있으니 다섯 개라고 추측하지만 사람이 쉬어갈 만한 방이 몇 개나 되는지는 모른다.

문을 밀치고 들어서면 제일 먼저 묵은 곰팡내가 반긴다. 두어 평 남짓한 방에는 엉성한 나무 침상 하나와 물주전자를 올려놓을 수 있는 작은 탁자 하나밖에 없다.

벽은 흙벽이며 그나마도 군데군데 무너져서 흙 속에 들어 있던 지푸라기가 드러나 있다.

'이런 곳도 돈 받고 내주나? 심하네.'

십여 일을 고생하며 변장한 효과는 단번에 드러났다.

그가 객잔에 발을 들인 순간부터 왁자지껄 떠들어대던 소리들이 뚝 멈췄다. 일섬단혼만큼이나 입이 거칠던 객주(客主), 중년 여자도 눈치만 슬금슬금 살필 뿐 말을 건네오지 않았다.

금하명은 인상을 찡그리며 방을 둘러보았다. 방 안에서 풍겨 나온 곰팡내 때문에 인상을 찡그리지 않을 수 없었다.

'차라리 노숙이 낫겠군.'

"내일 아침 배를 타려고 하는데…….'

"바, 바로 깨워 드립죠."

중년 여인의 음성이 가늘게 떨려 나왔다.

아무 짓도 하지 않았고, 말투도 곱게 한다고 했는데…… 생긴 모습이 워낙 사납게 생겼고, 회색 피부에서 풍겨나는 죽음의 기운이 자연스럽게 공포감을 조성한다.

그러리라고는 생각했다. 또한 그것을 의도하기도 했다. 하지만 말을 건네는 것조차 겁낼 정도로 지독할 줄은 생각지 못했다.

"남양(南洋)으로 가는 배요?"

"그, 그럽습죠."

"밥을 좀 먹어야겠는데."

"고, 곧 차려 올립죠."

중년 여자는 쭈뼛쭈뼛 옷자락만 만지작거렸다.

"얼마요?"

"열 푼…… 열 푼입죠."

객잔치고는 무척 싼 값이다. 하지만 노숙이나 다름없는 방을 보면 싸다는 생각이 들지 않는다.

금하명의 인상을 살피던 중년 여자는 낯빛이 변한다 싶자 급히 말을 바꿨다.

"다, 닷 푼만 내서도 됩죠."

금하명은 겉으로 드러나지 않게 속으로 웃었다.

사람의 외모란 것이 이런 것인가. 인성(人性)은 마음에 있음인데, 왜 안을 살필 생각은 하지 않을까. 외모가 추하다고, 혹은 위압감을 준다고 해서 사람을 사람으로 보지 않고 괴물로 본대서야 말이 되는가.

전낭에서 열 푼을 꺼내 건네주었다.

"식사나 실하게 차려오게."

"고, 고맙습니다."

중년 여자는 당연히 받아야 할 돈을 받으면서도 머리를 조아렸다.

그사이 객잔에서 술을 마시던 장한들은 슬금슬금 일어나 자리를 떴다.

"어휴! 숨 막혀 죽는 줄 알았네. 무슨 새끼가 사람만 죽이다 왔나."

"쉿! 듣겠어."

"설마…… 봐, 못 듣잖아. 이렇게 속삭이는데 지가 무슨 수로 들어."

"저 손에 들고 있는 철봉 좀 봐. 족히 여든 근은 나가겠구먼. 저걸 휘둘러서 때려죽이는 거야? 저거저거 완전히 개망나니 아냐?"

"냅둬. 보아하니 남양으로 가는 모양인데, 내일이면 다리몽둥이가 부러져 나갈 거야. 저런 놈은 다시는 나돌아다니지 못하게 아예 명줄을 끊어놔야 하는데."

장한들이 귓속말로 소곤거리는 소리는 점점 멀어져 갔다.

잔혹한 외모는 사람들이 가까이 다가서지 못하게 만든다. 파천신공이 이끌어내는 강력한 패기(覇氣)는 그를 더욱 잔인한 마인으로 형상화시킨다. 피가 묻어 있는 듯 붉은 기운이 감도는 묵창은 금방이라도 사람을 때려죽일 것처럼 보인다.

사람들에게 그는 마인이었다.

늦은 시각, 신시(申時)쯤 되었을 즈음에 일단의 무리가 우르르 몰려들며 객잔이 떠나가라 떠들어댔다.

"이봐, 닭 몇 마리 푹 고아서 내와. 우리 닭으로 하자고. 이런 데서는 닭밖에 먹을 게 없어. 어쭙잖은 것 먹느니 닭이 그래도 최고야. 아! 그전에 술부터 내오고!"

금하명은 눈살을 찌푸렸다.

목곤과 묵창은 용법이 다르다. 병기의 성질이 다르고, 무게가 다르고, 길이가 다르니 사용하는 방법도 달라야 한다. 일정 수준에 이른 고수에게는 극미한 차이에 불과하지만, 금하명은 그런 차이조차도 좁히기 위해 자신의 무공을 점검하는 중이었다.

한적한 곳에 위치한 객잔이기에 조용할 줄 알았건만……. 그러나 어쩌겠는가. 원래 객잔이라는 곳이 어중이떠중이 모두 들락거리는 곳이 지 않은가.
'잠이나 청해야겠군.'
금방이라도 무너질 것 같은 침상에 몸을 눕혔다.
도대체 이불을 얼마 동안이나 빨지 않았는지 사람 냄새와 묵은 냄새가 뒤섞여 풍겨난다.
"이봐! 벌써 퍼져 자는 거야! 샛서방이라도 구한 거야?"
"육시랄! 귀 안 먹었어! 왜 소리는 빽빽 지르고 지랄이야, 지랄이!"
문 열리는 소리와 함께 객잔 여주인의 앙칼진 음성이 쏘아졌다.
"뭐뭐? 우하하핫! 이 여편네가 성깔 좀 있거든. 자네들이 이해하게."
사내가 같이 온 일행에게 말했다.
"내가 왜 네 여편네야 이 썩을 놈아! 오밤중에 나타나서 소리를 꽥꽥 지르는 놈이 이상한 거지 내가 이상한 거냐!"
"신소리 말고 술이나 가져와. 괜찮은 것 있어?"
"밥부터 처먹어. 꼴상을 보아하니 내일쯤 팔다리 하나는 부러질 것 같은데 성할 때 뱃속이나 채워둬야지. 닭 잡아? 몇 마리?"
"여편네, 말하는 뽄새 하고는. 우선 한 열 마리 잡아봐. 술 있어, 없어! 아무거나 좋으니까 술부터 가져와."
"서른 푼이야. 셈부터 해."
사내와 객잔 여주인은 안면이 있는 사이처럼 보였다.
"자자, 오늘 실컷 마셔보자고. 밤새워 마시는 거야, 알았지! 제일 먼저 뻗는 놈이 술값 다 내는 거야!"
"쉿! 경치기 싫으면 조용히 마셔. 저 방에 누가 있는지 알아? 이구! 치 떨려. 얼마나 무시무시한지 아직도 떨리네. 무인이 들어왔어. 네놈

정도는 식은 죽 먹듯이 쓸어버릴 작자니까 알아서 몸조심해."
 금하명은 다시 눈살을 찌푸렸다.
 여주인의 말은 일면 사내들을 염려하는 듯하나, 무인의 입장에서 볼 때는 신경을 건드리는 말이다. 무공을 갓 배운 자들은 병기를 쓰지 못해서 안달하고, 어느 정도 수련한 자는 강한 자를 찾지 못해서 안달하는 판국이다. 그렇다고 사내와 그들 일단의 무리가 무공을 자제할 만한 수준에 이르렀다고는 보이지 않는다.
 '무심히 넘어가면 좋겠는데…….'
 "뭐! 몸조심하라고? 우하하핫! 살다 보니 별 거지 같은 소리 다 듣네. 도대체 어떤 놈인데 그런 소리를 하는 거야? 어디 낯짝이나 구경해 보자. 어느 방이야?"
 "어디서 쌈질을 하려고 그래! 쌈질한다고 밥이 나오나, 쌀이 나오나. 남는 것도 없으면서 허구한 날 쌈질들이야, 쌈질들은. 죽치고 앉아 있어. 술 가져올 테니."
 그제야 사내는 다시 자리에 앉는 눈치였고, 금하명도 무겁던 마음을 내려놓았다.
 이런 자들과 싸우는 것은 아무래도 마음에 내키지 않는다. 서툰 소리 한마디에 발끈할 정도라면 무공 수준이 어느 정도인지는 충분히 가늠되지 않는가.
 절정무공을 지니고도 괜한 시비가 일어날까 봐 전전긍긍하는 모습이라니.
 잠을 청하려고 눈을 감았다. 하지만 밖에서 떠들어대는 소리가 워낙 요란해서 잠을 이룰 수 없었다. 빙후, 하후와 있었던 일도 생각해 보고, 숫자도 헤아려 봤지만 애꿎은 잠자리만 뒤척거릴 뿐 정신은 좀처럼 꿈

속으로 빠져들지 않았다.

　밖에 나가서 좀 조용히 하라고 한마디 해주고 싶다.

　마음일 뿐이다. 틀림없이 시비가 일어날 일을 자초할 필요가 있나.

　덕분에 큰 교훈을 하나 얻었다. 밤에 편히 쉬고 싶으면 좋은 객잔에 들라는 것, 그럴 형편이 되지 않으면 차라리 노숙을 택하라는 것. 그런데 그때,

　'이건 또 뭐야?'

　콧속으로 향긋한 내음이 전해진다. 난향처럼 청초하고 맑은 냄새다. 역한 냄새들 속에 파묻혀 있다 보니 더욱 확실하게 맡아진다.

　'취갈(驟蝎)의 분비물이군. 사과 향으로 중화시켰고⋯⋯ 딸기 향도 가미했네. 아니, 그래서는 난향이 나지 않는데⋯⋯ 오히려 진한 과일 향이 풍겨질 거야. 과일 향에서 난향으로 바꾸려면⋯⋯ 적오(赤鼇)의 피를 섞은 것인가.'

　머리 속에 들어 있는 숱한 의경이 아니었다면 냄새를 분별해 낼 생각은 꿈도 꾸지 못했을 게다. 또한 그가 아닌 다른 사람이었다면 냄새를 맡는 즉시 밖으로 뛰쳐나갔을 것이다. 성분 분석까지는 하지 못해도 미혼향(迷魂香)이라는 사실만은 직감적으로 깨달을 수 있으니까.

　금하명은 느긋하게 난향을 즐겼다.

　흙냄새, 곰팡이 냄새, 구린 냄새⋯⋯ 온갖 악취만 맡다가 미혼향일 망정 향긋한 냄새를 맡으니 심신이 상쾌해지는 느낌이었다.

　이럴 때는 만독불침지신(萬毒不侵之身)이 정말 좋다.

　잠시 냄새를 즐긴 후, 묵창을 들고 일어섰다.

　누군가가 초대했다. 그렇다면 응해줘야 마땅하다. 응하지 않아도 벌써 사단에 휘말렸다. 미혼향까지 살포한 손님이 아무런 행동도 취하지

않을 리 없다.
 '기어이 휘말리는군. 쉬고 싶을 때 편히 좀 쉬게 해주지.'
 그가 방문을 밀치고 밖으로 나가자 큰 소리로 웃고 떠들며 술을 마시던 장한들의 행동이 일제히 뚝 멈췄다.
 매서운 화살이 되어 쏘아져 온다.
 모두 일곱 명이다. 술 마신 지 꽤 오래되었는데도 자세가 흐트러지지 않은 것으로 보아 무공도 어느 정도까지는 오른 듯하다. 적어도 방에서 음성만 듣고 짐작했던 대로 영 쓸모없는 인간들은 아니다.
 여주인은 보이지 않았다. 사내들을 데리고 왔던 목소리 큰 사내도 없다. 그의 발자국 소리는 묵직했다. 체구가 큰 사내임이 분명하다. 한데 술을 마시는 사내들 중에는 거구가 없다.
 "혈흔창(血痕槍)!"
 사내들 중 한 명이 벌떡 일어서며 소리쳤다.
 "뭣!"
 "음……! 정말 혈흔창이군."
 "혈살괴마!"
 사내들은 깜짝 놀라서 혹은 반사적으로 한마디씩 내뱉었다. 행동은 기민했다. 금하명을 알아본 순간, 언제 술을 마셨나 싶게 날렵한 솜씨로 검을 뽑아 들고 앞을 가로막았다.
 금하명은 아무리 생각해도 지금 상황이 이해되지 않았다.
 미혼향은 마치 너를 공격할 테니 당하고 싶지 않으면 빨리 밖으로 나가라는 식으로 살포되었다.
 미혼향 같은 암수는 상대가 의식하지 못하도록 살포해야 한다. 기본 중에 기본이다. 그런데 난향을 뚜렷하게 맡았다. 후각이 마비된 자라도 맡을 수 있을 만큼 주변 냄새들과 확연히 달랐다.

상식에 맞지 않는다.

이럴 경우에 다른 사람들 같으면 어떤 행동을 할까? 어떤 놈이 미혼향을 살포했냐고 길길이 날뛰지 않을까? 객잔을 발칵 뒤집어 버리지 않을까?

사내들이 자신을 알고 있다는 것도 뜻밖이다.

변장을 한 것이 얼마나 되었다고…… 묵창을 만든 것도 얼마 되지 않는데…….

사내들은 자신을 알아봤을 뿐만 아니라 묵창에 혈흔창이라는 이름까지 붙였다.

무엇인가 작위적인 냄새가 풍긴다.

누군가가 고의적으로 이런 상황을 이끌어냈다.

객잔 여주인? 큰 소리로 떠들어대던 사내? 아니다. 그들은 일개 하수인에 불과하다.

사내들이 드러내고 있는 적의를 보면 알 수 있다.

해남에서만 통용되던 혈살괴마라는 무명을 알고 있는 것도 그렇고, 철천지원수나 되는 듯이 으르렁거리는 모습도 그렇다. 이건 마치 천인공노할 짓이라도 저지른 사람을 대하는 태도이지 않은가.

"죽이고 싶지 않은데…… 필요없는 싸움이라고 생각되거든."

그 말이 기름에 불을 붙였다.

"이놈! 진강 사가를 몰살시켰다고 천하무적이라도 된 것 같으냐!"

"귀가 있는 놈이라면 청양칠검(淸陽七劍)을 들어봤을 터! 우릴 만난 건 네놈의 운이 다했다는 하늘의 뜻이다!"

청양칠검은 금하명의 목숨을 자신의 주머니 속에 든 물건처럼 쉽게

괴사전천리(壞事傳千里) 151

생각했다.

　금하명은 아주 잠깐 고민했다. 이들을 죽여야 하는가, 물러서게 만드는 것으로 끝내야 하나. 청양칠검의 무공 수위는 한눈에 읽혔고, 그는 어떤 선택이든 할 수 있었다.

　'혈살괴마…… 혈살괴마…….'

　해남무림에서 혈살괴마라는 무명은 잔인한 마두를 뜻했으며, 반드시 척살해야 할 대상이었다.

　하후는 금하명에게 혈살괴마가 되라고 했다. 변장도 지옥에서 온 귀신처럼 으스스하게 했다. 똑똑한 여인이니 알아서 했겠지만…… 그녀가 원하는 것은 살성(煞星)이다.

　생각이 정해졌으니 행동도 망설일 이유가 없다.

　휙! 휘이익……!

　가볍게 휘젓는 묵창에서 찬바람이 회오리쳤다.

　사내들도 금하명의 뜻을 알아채고 경각심을 한껏 끌어올렸다. 진기를 검에 모으고 육신을 고요하게 이끌어가는 모습에서 광명정대한 검공을 읽을 수 있다.

　뚜벅! 뚜벅! 쉬잇!

　성큼성큼 발걸음을 떼어놓다가 묵창을 쭉 찔러 넣었다.

　결코 빠르다고는 볼 수 없는 평범한 공격.

　사내는 슬쩍 상반신을 비틀어 묵창을 피해낸 후, 기회를 잡은 사자처럼 득달같이 달려들었다. 그때,

　철컥! 쒜에엑!

　묵창에서 경쾌한 소리가 울리며 혈흔을 묻힌 듯 붉은 기운을 내포한 검은 줄기가 빛살처럼 퍼져 나갔다.

"커억!"

묵창에 감춰진 창날이 튕겨 나가는 속도와 사내가 달려드는 속도가 서로 맞물렸다. 더군다나 사내는 묵창을 타고 달려드는 중이었다.

분수처럼 숏구치는 핏줄기, 처참한 비명과 함께 방금까지만 해도 숨결을 토해내던 머리가 둥실 떠올랐다.

쉬익! 촤아악……!

목을 가르고 나가 완전한 창의 형태로 둔갑한 묵창은 비스듬히 위에서 아래로 그어 내렸고, 이번 움직임은 전과는 비교도 되지 않을 만큼 빨랐다. 실로 육안으로 식별조차 하지 못할 만큼 빠른, 번갯불이 번쩍인다 싶은 순간에 그어 내려진 일격이다.

"크윽!"

한 사내가 비틀비틀 물러서다가 풀썩 쓰러졌다.

검을 든 손은 팔꿈치에서 절단되어 땅바닥에 나뒹굴었다. 무식하게 그어 내린 창날은 심장이며 갈비뼈를 썩은 무처럼 잘라 버렸다.

금하명은 묵창을 팔랑개비처럼 빙글빙글 돌렸다.

두 명을 베어내며 묻은 선혈이 사방에 흩뿌려졌다.

"혀, 혈살괴마! 네놈이 감히!"

"혈살괴마, 이놈!"

남은 사내들은 언성에 분노를 담았지만 감히 다가서지 못했다.

그들은 금하명의 공격을 제대로 보지도 못했다. 철봉이 번쩍인다 싶은 순간에 두 명이 피를 뿌리고 쓰러졌으며, 그 다음에야 철봉에 창날이 붙어 있는 모습을 보았다.

상대가 되지 않는 무공이다.

뚜벅! 뚜벅!

금하명이 한 걸음을 떼어놓으면 사내들은 한 걸음 뒤로 물러섰다. 옆으로 한 걸음 내디디면, 그쪽에 있던 사내가 뒤로 빠졌다.

투지는 이미 사라졌다.

"싸우지 않을 건가?"

"……."

대답은 들리지 않았다. 하얗게 질려 버린 얼굴에는 공포만이 가득했다. 그들이 내뿜는 숨소리가 황소의 거친 숨소리보다도 더욱 크게 울려 나왔다.

창을 접어야 한다. 도살자나 싸울 의사를 잃어버린 자들을 공격한다. 이들은 등을 환히 내보여도 공격하지 못한다. 생명이 없는 짚단. 그렇다. 이들은 살아서 움직일 뿐이지 죽은 짚단이나 다름없다.

'용서해. 나도 이러고 싶진 않거든.'

무위보법을 펼치자 사내들과의 거리가 단숨에 좁혀졌다. 사내들이 어깨를 움찔하는 사이, 금하명은 손을 뻗어도 닿을 거리에 이르렀다.

쒜엑! 페에엑……!

평범한 횡소천군(橫掃千軍)이 허리를 꺾었다. 무공에 입문한 아이들이 천천히 수련하는 초식에 불과한데, 횡소천군에서 이어지는 후미직자(後尾直刺)도 한 생명을 거뒀다.

'가장 처참하게!'

파천신공이 실린 묵창은 웅후한 창음(槍音)을 쏟아냈다.

페에엑! 촤아아악……!

사내는 엉겁결에 검을 들어 올려 창을 막았다. 묵창은 검을 부숴 버리고 정수리를 파고들었으며, 곧바로 가슴까지 쭉 갈라 버렸다.

파파팟! 파악!

묵창은 죽은 사내에게서 빠져나오지도 않았다. 사내까지 끌고서 달려나가 다른 사내의 가슴을 꿰뚫었다.

단숨에 청양칠검을 도륙한 금하명은 마지막 남은 사내를 쳐다봤다.

검이 덜덜 떨린다. 두 다리도, 육신도 사시나무처럼 떨어댄다. 본인이 의식하는지 못하는지 모르지만 다닥다닥 부딪치는 이빨 소리가 선명하게 들린다.

사내를 노려보며 죽은 사내들의 몸에서 묵창을 빼냈다.

호랑이를 만난 토끼는 필사적으로 도주한다. 표범을 만난 사슴도 죽기 살기로 도망간다. 한데 인간은 도망가지 못한다. 두 발이 땅에 달라붙어 옴짝달싹 못한 채 처분만 기다린다.

다른 사내들이 죽는 것은 순식간이었다. 한데 자신은 죽이지 않고 쳐다본다.

얼굴에 잘하면 살 수 있다는 희망이 떠오른다. 그 순간,

쒜엑!

검은 빛 한줄기가 그의 머리를 허공에 날려 버렸다.

덩치가 우람한 사내와 객잔 여주인은 사색(死色)이 되어 슬금슬금 기어나왔다.

"어디서 저런 놈이 나타난 거야! 도대체 무슨 일에 손댄 거야? 왜 저런 놈과 꿍짝이 된 거야?"

"낸들 아나. 나야 시키는 일만 할 뿐이지."

"누가? 어떤 호랑말코 같은 자식이 시켰는데? 소이걸 분타주가 시켰을 리는 없고, 어린 놈이 복건 총타주가 되었다던데, 그놈이 시킨 일이야?"

괴사전천리(壞事傳千里) 155

"이런 염병! 맞아 죽고 싶어서 환장을 했나, 왜 이렇게 입이 걸어."

두 사람은 처참하게 널브러진 시신들 앞에서 할 말을 잃었다.

무언가 잘못되었다는 생각에 소름이 돋는다. 이런 자라면…… 며칠 내로 파란을 일으킬 게 불 보듯 환히 보인다. 이토록 손속이 잔인하고 매정한 자라면 좋은 쪽보다는 나쁜 쪽일 가능성이 훨씬 높다.

"뭔가 잘못된 것 같은데…….."

사내가 중얼거렸다.

❷

강을 따라서 밤새 걸었다. 날이 밝아올 무렵쯤에 나뭇등걸에 등을 기대고 잠시 눈을 붙였을 뿐이지만 피곤함은 느껴지지 않았다.

남양이 지척이지만 서둘지 않았다. 그렇다고 일부러 걸음을 늦추지도 않았다. 주위 경관을 감상하면서, 넋을 잃을 정도로 아름다운 곳에서는 잠시 발길을 멈추기도 하면서 유유자적 걸었다.

많은 사람들과 마주쳤다. 또한 마주친 횟수만큼 자신에 대한 정보가 누군가에게 흘러들어 가고 있을 터이다.

한쪽은 어젯밤에 죽인 청양칠검과 연이 닿아 있는 쪽이니 남양 청양문일 터이고, 다른 한쪽은 청양칠검을 꼬드겨 객잔으로 데려온 사내 쪽일 게다.

사내 쪽과 청양문과의 관계는 모르지만 청양문을 아끼지 않는 것만은 확실하다.

금하명은 사내와 하후를 연관시켰다.

혈살괴마가 중원에 들어온 것을 아는 사람은 일행밖에 없다.

일행 중에서 누군가를 움직일 사람은 많다. 그쪽으로 본다면 하후는 가장 거리가 멀다. 하지만 자신의 행보를 짐작해 내고, 싸울 자를 던져 넣을 사람은 하후밖에 없다.

구령각을 움직이고 있다면, 그들 스스로 중원무림과의 마찰을 피해 물러났으니 다시 개입할 리도 없지만, 그들이 움직인다면 행보를 파악해 내는 것은 일도 아니다.

그러나 그것으로 끝이다. 가만히 지켜보기는 하겠지만 무엇인가를 획책할 만한 사람은 없다. 단 한 사람, 하후만 빼놓고.

사내 쪽은 분명히 하후와 연이 닿아 있다.

고의로 미혼향을 피워 밖으로 몰아냈고, 밖에서는 혈살괴마를 아는 자들이 대기하고 있다.

더 무엇을 생각하랴.

그래서 지독한 살심을 품었다.

상대가 되지 않을 자들을 밀어 넣은 건 혈살괴마의 이름을 알리라는 뜻이고, 혈살괴마답게 이름을 알리기 위해서는 잔인한 손속을 사용할 수밖에 없다.

죽음이 확실한 사람들이니 가급적 가장 빨리, 인정사정 담지 않고 죽였다.

하후가 무엇 때문에 자신을 흉신악살로 만들려고 하는지는 모르겠지만, 현명한 여인이니 뜻이 있을 게다. 한 명의 목숨도 안타까워하는 여인이 일곱 명이나 되는 목숨을 거둘 때는 자신의 생각을 벗어나는 큰 범주의 일을 생각하고 있는 게 틀림없다.

앞으로도 흉신악살이 되어야 한다.

몇 명이 될지 몇십 명이 될지…….
하후가 그만 하라는 말을 할 때까지는 살육의 길을 걸어야만 한다.
그녀가 실수를 하고 있는지도 모른다. 애꿎은 목숨만 빼앗고 있는지도. 하나 돌이킬 수 없는 실수가 될지라도 부부는 일심동체(一心同體), 실수까지도 감싸 안아야 한다.
하고 싶지 않았으면 처음부터 하지 말았어야 한다. 그녀의 뜻을 짐작하고 행한 이상은 과정도 결과도 함께해야 한다.
싸움은 두렵지 않다.
어떤 식으로 싸우든, 누구와 싸우든 해남에서 겪은 단애지투보다는 못할 것 같다.
보보마다 살육을 행해야 한다는 현실은 마음을 착잡하게 했고, 발걸음을 뒤로 잡아끌었다. 반면에 영원히 요원해 보이던 백납도와의 결전이 코앞에 다가왔다는 사실은 그를 흥분으로 이끌었고, 발걸음을 더욱 재촉했다. 더군다나 고향이 지척에 있음에야.
이 두 가지 상반된 마음은 어느 쪽으로도 치우치지 못한 채 그로 하여금 이러지도 저러지도 못하게 만들었다.
보통 사람이 걷는 듯한 발걸음이었지만 내면은 불개미가 기어가듯 번잡했다.
'조급하게 서둘 것 없지. 길게 보면 모두 티끌이야. 눈앞에 일도, 백납도와 겨루는 것도. 먼 길을 걸어가는 데 거치는 일부분이야. 연연하지 말자. 연연하지 마.'
오가던 사람들의 발걸음이 뚝 끊어졌다.
그전에 동아줄에 칭칭 묶인 듯한 답답함이 먼저 전해져 왔다.
해남도에서의 싸움은 여러모로 큰 도움이 되었다. 농도에서 벗어났을 때만 해도 이런 예기(銳氣)를 감지했다면 전신 신경이 곤두설 대로 곤두섰으리라.

지금은 편안하다. 자신의 존재가 제자리를 찾아서 있어야 할 곳에 있다는 느낌이 든다.

예기가 살갗을 저몄지만 그냥 지나쳤다.

적은 길옆 바위 뒤에 숨어 있다. 거리도 가깝다. 일 장이 채 안 되는 거리여서 마음만 먹으면 단숨에 뛰쳐나와 병기를 휘두를 수 있다. 하지만 숨을 죽이고 숨어만 있을 뿐, 공격해 오지 않는다.

의도는 물론 내공 수위까지 읽힌다.

'포위하겠다는 심산이군. 여섯 걸음을 옮기는 동안 일 호흡이라면 한창 무서움을 모를 때고. 아니지, 싸우고 싶어서 안달이 날 때지. 누구든 이길 것 같거든.'

두 번째 예기도 지나쳤다.

주위 삼십여 장이 온통 날카로운 바늘로 빼곡히 메워졌다. 바늘은 점점 커져 송곳이 되었고, 절반쯤이라고 생각되는 부분에 이르렀을 때는 창이 되어 쏟아졌다.

'굳이 살기를 숨기려고도 하지 않는군.'

최소한 기습은 아니다.

생각이 적중했다. 병기를 든 무인들이 한 명, 두 명 모습을 드러내기 시작했다.

수효는 무려 사십여 명에 이르렀다.

금하명은 나타난 무리들 중 최강자를 골라냈다.

눈매는 날카로우나 눈빛은 심연에 잠긴 듯 고요한 사람.

바람처럼 가볍고 표홀한 걸음걸이, 틀을 벗어나 자유분방함이 느껴지는 행동은 그의 무공이 상승 경지에 이르렀음을 말해 준다.
"청양칠검을 너무 잔인하게 죽였어. 듣자 하니 싸울 의사가 없는데도 무자비하게 죽였다더군."
쉰은 넘어 보이고 예순은 되지 않은, 중년이라고 할 수도 있고 초로라고 할 수도 있는 사내가 침착하게 말했다.
'그야말로 밤사이라는 말이 맞네. 겨우 밤을 지냈을 뿐인데 벌써 온 천지에 소문이 쫙 퍼졌잖아.'
소문이 아무리 빨라도 이토록 빠를 리 없다. 집 안에서 소문을 듣기에도 부족한 시간이다.
이들은 병기를 들고 모였을 뿐만 아니라 뜻을 같이하여 달려왔고, 매복했다.
누군가 고의적으로 개입했다고 볼 수밖에 없는 상황이고, 그 누구는 하후일 가능성이 높다.
'어쩌자고 사람을 살인마로 만드는 건지.'
이들은 소식을 듣자마자 한달음에 달려왔을 터이지만, 금하명은 긴장을 느끼지 못했다. 해남무인과 만났을 때는 무공 수위가 읽히지 않아서 팽팽한 긴장감을 느꼈는데, 복건무인들은 뱃속까지 환히 들여다보인다.
자신의 무공이 강해진 면도 있다. 하지만 근본적인 원인은 복건무인들이 약하기 때문이다.
사내는 금하명의 전신을 쓱 훑어보는 것으로 승산을 점친 듯, 목소리에 자신감이 담겨 있었다.
"진강 사가도 몰살시키더니…… 혈살괴마, 무림에 피는 피로 갚는다는 말이 있지. 아냐?"

죽고 죽이는 일밖에 남지 않은 사람들에게 무슨 말이 필요할까.

금하명은 묵창을 들어 빙글 돌렸다.

"저런 죽일 놈! 무릎을 꿇고 사정을 해도 모자랄 판에……."

"크크! 사정할 놈 같았으면 그토록 잔인하게 죽였을 리 없지. 인간도 아닌 놈에게 무슨 말을 해."

"진(陳) 대협(大俠), 이런 놈과는 말을 섞을 필요도 없을 것 같소. 머리를 베어내서 장대에 꽂아 보름간 효시합시다. 흉신악살들에게 경종을 울리는 본보기로 만들어야 합니다."

여기저기서 성난 고함들이 터져 나왔다. 마치 금하명의 목숨을 손에 쥔 듯한 행동들이었다.

"내가 보기에도 그런 것 같소. 도저히 회심의 기미가 보이지 않는 마인이오."

처음 말을 건네온 자, 진 대협이 검을 뽑으며 말했다.

상평(上平) 진 대협은 유명한 사람이다. 금하명도 몇 번인가 들어본 적이 있다.

외호는 삼공삭검(三攻削劍)이라 하며, 검세가 마치 벌 떼가 달려드는 것 같다고 해서 봉성검(蜂聲劍)이라고도 불린다.

눈앞에 서 있는 사람이 상평의 진 대협인가, 아니면 우연히 성만 같은 진씨인가.

"네 손속이 너무 잔인하니 동도의 예우를 해줄 필요가 없을 것 같군. 그러니 죽으면서 원망 말고 최선을 다하도록."

공격을 한다 안 한다 말할 필요가 없다. 병기를 들고 마주 선 이상 말하지 않아도 최선을 다할 게다. 비무를 하는 것도 아니고 생사를 가르는 싸움인데 이 무슨 하찮은 예의인가.

스으윽!

금하명이 먼저 움직였다. 무위보법을 펼쳐 미끄러지듯 상대의 가슴팍으로 파고들었다.

"엇!"

진 대협은 너무 급작스럽고, 눈으로 잡아낼 수 없을 만큼 빠른 보법에 깜짝 놀라 반사적으로 검을 쳐냈다.

찰칵! 까앙!

경쾌한 소리를 흘리며 튀어나오는 창날은 상승고수가 검을 뻗어내는 것과 비견될 정도로 날카로웠다.

진 대협은 얼떨결에 첫 일격을 막아냈지만, 손목에 전해지는 묵직한 압박감을 이기지 못하고 주춤 물러섰다.

쉬익!

두 번째 공격이 가해졌다.

진 대협의 물러섬은 무위보법을 따를 수 없었다. 손목에서 시작되어 팔꿈치까지 자르르 울려대는 통증은 그가 자랑하는 봉성검을 펼칠 수 없게 만들었다. 무엇보다 번갯불처럼 작열하는 십자 형태의 섬광을 너무 늦게 발견했다.

써걱!

육질이 갈라지는 소리와 함께 진 대협의 목에서 핏줄기가 솟구쳤다.

"엇! 진 대협!"

"저, 저럴 수가! 지, 진 대협이!"

금하명을 압박해 오던 사내들은 느닷없는 변고에 아연실색, 어찌할 바를 모르고 허둥댔다.

그들에게는 진 대협이 제대로 무공도 펼쳐 보지 못하고 당한 것이 청천벽력처럼 여겨졌으리라.

'머리는 잘랐어!'

금하명은 창날을 멈추지 않았다.

진 대협의 피가 미처 땅에 닿기도 전에 그의 창날은 옆에 있는 자의 옆구리를 쑤셨다.

"커억!"

이번 사내는 그래도 비명이나마 질렀다. 뜨겁게 달궈진 철판에 뛰어든 개구리처럼 펄쩍 솟구치다가 힘없이 나뒹구는 모습은 금하명을 피에 굶주린 악마처럼 보이게 만들었다.

쉬이익! 쒜엑!

묵창이 머리 위에서 빙글 돌려졌다. 그러더니 콧수염을 정갈하게 다듬은 사내를 향해 하늘하늘 떨어져 내렸다.

가을바람에 낙엽이 떨어지듯, 가랑잎이 살랑대듯, 여인의 옷자락이 조용한 발걸음에 나풀거리듯…… 힘이라고는 조금치도 깃들어 있지 않은 창공(槍功).

사내가 기회를 잡은 듯 검을 사선으로 흘리며 마주쳐 왔다.

창의 옆면을 쳐내면 금하명의 전신은 쳐낸 쪽으로 쏠린다. 기회를 놓치지 않고 신형을 비틀며 반원을 그리면 싫어도 머리를 베게 되어 있다.

까앙! 까아앙!

시작은 미약했다. 검과 창의 부딪침은 사내가 의도한 대로 힘의 비중이 창일검구(槍一劍九)였다. 하지만 반탄력인지 뭔지 모를 힘의 튕김이 곧바로 터져 나왔다.

"아악!"

사내는 처절한 비명을 토하며 비틀비틀 물러섰다.

그의 정수리에는 자신의 검이 틀어박혀 있다. 창에서 쏟아져 나온 반탄력을 이기지 못해 검을 놓쳐 버렸고, 뒤로 튕겨 나간 검은 주인의 정수리에 꽂히고 말았다.

사내에게는 긴 시간이다. 하나, 주위 사람들에겐 눈 깜짝할 시간보다도 짧은 순간에 벌어진 사단이다. 검과 창이 부딪치는 소리와 비명 소리를 동시에 들었으니까.

"사, 사술……!"

누군가 황망하게 말했다.

그들은 충돌 순간에 전심전력이 쏟아져 나가는 남명(濫溟)을 알아보지 못했다. 그만한 안목이 없었다.

세 명을 단숨에 베어낸 금하명은 창을 옆으로 빙글빙글 돌렸다. 팔랑개비처럼.

창에 묻은 핏방울이 사방으로 비산했다. 핏방울은 사람들의 얼굴에, 몸에, 검을 든 손에 깨알 같은 물감덩이가 되어 떨어졌다.

"아, 악마!"

금하명은 소리가 들린 곳으로 고개를 돌렸다.

그의 얼굴 표정은 그야말로 악마였다. 세 명이나 죽였음에도 표정은 냉혹했다. 미약한 꿈틀거림조차 엿볼 수 없었다. 눈빛은 더욱 차가웠다. 열이든 스물이든…… 백 명, 천 명이 되더라도 베어줄 용의가 있다는 듯이 살기로 번들거렸다.

신음처럼 말을 내뱉은 자는 어깨를 움찔하더니 뒤로 물러섰다.

'끝났군.'

전의를 상실한 적은 수십 명이 되더라도 두려움의 대상이 안 된다.

사내를 향해 몸을 돌려 세우자, 사내는 불에라도 데인 듯 화들짝 놀라 물러섰다.

무공을 수련한 기간이 적지 않은 무인들이다. 무공은 약해도 강한 무인을 알아보는 눈은 지니고 있다. 혈살괴마의 무공이 이 정도라면 호랑이에게 강아지들이 달려드는 격밖에 되지 않는다.

금하명은 입을 꾹 다문 채 일체 말을 꺼내지 않았다.

이제 그만 물러가라고 말하고 싶지만 어떤 식으로 말하더라도 혈살괴마의 잔인성에는 적합하지 않을 것 같았다.

그가 택한 방법은 침묵이다. 행동이다.

쒜엑!

바람 소리가 일어났다.

무리 중 절반은 투지를 잃었다. 다른 절반은 합공을 취한다면 가능성이 있지 않을까 하는 생각을 한다. 이런 사람들은 섣불리 공격하지도 못하고 물러서지도 않는 어정쩡한 행동을 보인다.

바람 소리에 맞닿은 곳에 서 있던 털보 장한도 그런 부류였다.

위이잉!

장한은 철추를 크게 휘둘렀다. 죽더라도 혼자 죽지는 못하겠다는 오기가 담겨진 반격이다.

떠엉!

철봉이 철추 밑 부분을 가격했다. 날카롭던 창날은 어느새 모습을 감췄고, 묵창은 철봉으로 변한 후였다. 아니다! 철봉을 가격한 순간 쾌속하게 튀어나온 창날이 털보장한의 머리를 귀 부근에서부터 싹둑 잘라 버렸다.

묵창은 멈추지 않았다.

신형이 허공으로 솟구치더니 뚝 떨어져 내렸다.

무인이라면 삼류무인조차도 능숙하게 펼칠 수 있는 천지양단(天地兩斷). 누구나 펼칠 수 있으되 펼치는 사람에 따라서 위력이 천양지차로 달라진다는 사실까지도 모르는 사람이 없는 터.

까앙!

묵창은 막아서는 장검을 유리 조각처럼 부숴 버렸다.

사내의 몸이 절반으로 갈라졌다.

그가 다시 묵창을 고쳐 잡았을 때, 창권(槍圈)에 들어 있는 사람은 없었다.

창으로 찌를 수 없으니 검이나 도로는 더 더욱 공격하지 못한다.

'마지막!'

쉬이익!

금하명은 단 한 명도 살려서 돌려보내지 않겠다는 듯 쾌속하게 짓쳐 나갔다.

무인들이 황급히 뒤로 물러섰다. 아니, 물러서는가 싶더니 후다닥 몸을 돌려 놀란 메뚜기처럼 달아났다.

금하명은 뒤쫓지 않았다.

죽은 사람들의 모습은 자신이 봐도 처참하다. 과연 자신이 이런 살업을 저질렀는지 의심스럽다.

모순된 말이지만, 잔인함이 살생을 줄였다. 가차없이 베었으니 다섯 명의 희생으로 끝났지, 손속에 사정을 담았다면 더 많은 죽음이 있었으리라. 어쩌면 무인들을 몰살시킨 후에나 끝났을지도 모른다.

이제는 돌아오지 못할 강을 건넜다.

복건무림에서 혈살괴마는 잔인함의 태두가 되었고, 수많은 사람들이 마인을 제거하기 위해 달려들 게다.

만약 누군가 검을 들고 나타난다면…… 틀림없이 경시할 수 없는 강자이리라.

혈살괴마의 잔인함과 무공은 살이 부풀어 소문날 것이고, 무공이 약한 무인들은 가까이 다가서지도 못할 것이다. 그러니 싸우려고 하는 사람이 있다면 강한 자일 수밖에.

무인 다섯을 눈뜨고 볼 수 없을 만큼 잔혹하게 죽인 이유다.

어설프게 잔인하면 더 많은 사람을 죽여야 한다. 잔인할 바에는 철저하게 잔인한 것이 사람을 덜 죽이는 길이다.

'하후……'

갸름한 얼굴이 떠오른다. 흑요석처럼 반짝이는 눈, 붉은 입술도 생각난다. 환자를 치료하거나 의서를 읽을 적에는 옆에서 말도 붙이지 못할 만큼 집중도가 높았다. 그 모습도 생생하다.

그런 여인이 무림에 나와 살생의 계(計)를 펼치고 있다.

그대로 놔뒀어야 옳지 않았을까? 해남도에 남아 있었다면 지금도 많은 사람의 고통을 다독거리기에 여념없었을 텐데. 괜히 무림으로 끌고 나와 성녀가 악녀로 둔갑하는 것은 아닌지.

남아 있는 사람들도 염려스럽다.

빙후의 무공은 해남무림에서도 다섯 손가락 안에 꼽을 만큼 강해졌다. 일섬단혼, 벽파해왕, 천소사굉…… 말해 무엇 하랴.

그들의 무공이라면 복건무림을 발칵 뒤집어놓을 수 있다.

제발…… 제발 가만히 있기를.

복건무림은 증오의 대상이 아니다. 한 형제처럼 어우러져 살아가야 할 형제들이다.

모두 잘못된 길로 들어선 기분이다.

하후도 그렇고, 해남무림밖에 몰랐던 빙후가 뛰쳐나온 것도 그렇고, 평생 해남도에서만 살아왔던 세 노기인이 늘그막에 살겁에 휘말린 것도 그렇다.

혈살괴마가 되어 복건무림을 휘젓고 있는 자신은 어떤가. 진정한 무인의 길에서 벗어나 외도를 하고 있는 느낌이지 않은가.

모두 떼어놓고 혼자 대륙을 밟았다면…… 이런 살생은 필요없었으리라. 진강 사가를 몰살시킬 이유가 있었나? 무인들을 잔인하게 죽일 이유는?

곧장 삼명으로 달려갔을 게고, 지금쯤 백납도와 일전을 벌이고 있을지도.

패배하면 생명이 끝나는 것이고, 이기면 또 다른 강자를 찾아 중원을 떠돌 텐데.

백납도의 뒤를 캐던 해남무인들이 쥐도 새도 모르게 죽었다는 사실만으로 하후가 공연한 일을 벌인 것은 아닐지.

하후는 무림을 모르니 그럴 수 있다지만, 옆에 있는 사람들은 뭐란 말인가. 천소사굉 등이 동의했으니 이런 일이 벌어지는 것이지 않은가.

하기는…… 구령각 무인 열두 명의 죽음, 적엽은막공을 수련한 살각무인 다섯 명의 죽음은 간과할 일이 아니니.

'후후! 큰 교훈을 얻었으면서도…… 눈앞에 보이는 것만 진실이 아니니. 지금은 진실처럼 보일지라도…… 하후는 내가 보지 못하는 것을 봤을 거야. 틀림없이.'

하후를 믿는다.

❸

"어서 옵……."

점소이의 입이 굳어졌다. 눈은 찢어질 정도로 부릅떴지만 몸이며, 표정이며 딱딱하게 얼어버렸다.

'효과 한번 빠르게 나타나는군.'

여기에도 하후의 입김이 작용하고 있다.

관도에서 싸움이 벌어진 지 불과 반나절밖에 지나지 않았다. 물론 많은 무인들이 참여한 싸움이니 소문이 날개 달린 듯 퍼져 나갔을 터이지만, 궁벽한 산골의 허름한 객잔에까지 퍼질 정도라면 누군가 고의적으로 소문을 흘렸음이 분명하다.

아무래도 남해검문의 구령각이 본격적으로 개입한 게 아닐까? 하후에게는 이만한 조직력이 없는데…… 절대 개입할 수 없다며 물러간 구령각이 다시 개입할 리도 없고…… 그것참.

"요기나 하자."

"무, 물론입죠."

점소이는 대답만 한 채 굳어진 몸을 풀지 못했다.

"안내하지 않을 거냐?"

"하, 합니다. 합니다요."

점소이가 창가 경관 좋은 곳으로 쪼르륵 달려갔다.

궁벽한 산골에 위치한 객잔이이지만 길이 외길이라 오가는 길손들은 끊이지 않는 객잔이다.

객잔은 길손들로 꽉 차서 빈자리가 없었다.

점소이가 달려간 창가 자리에도 일남일녀가 푸짐한 식사를 하고 있었다.

옷차림이나 탁자 위에 검이 놓여 있는 것으로 보아서 무인이다. 탁자 위에 놓인 검은 무척 화려하면서도 깔끔하다는 느낌을 준다. 쉽게 볼 수 없는 보검이다. 명문가의 무인쯤 되는가.

점소이는 정중하게 합석을 요청했다.

여섯 명이 앉을 수 있는 자리에 두 명만 앉아 있으니 합석을 한다고 해도 거치적거리지는 않을 성싶었다. 그런데도 점소이는 차마 못할 말을 꺼낸다는 듯 조심스럽기 이를 데 없었다.

여인이 미간을 찌푸렸다. 못마땅하다는 뜻이 확연했다.

상당한 미인. 궁벽한 산골에서는 백 년이 지나도 한 번 볼까 말까 한 미모다. 흠이라면 손에 물 한 방울 묻히지 않고 고귀하게 자란 듯 도도함이 넘쳐 난다는 것 정도인데, 그런 점이 오히려 그녀의 미모를 한층 돋보이게 만들고 있으니.

등을 보이고 앉아 있는 사내의 입에서는 더욱 냉혹한 소리가 흘러나왔다.

"식사 중이다. 시끄럽게 하지 마."

금하명은 뚜벅뚜벅 걸어가 사내 옆에 털썩 앉았다.

여인은 눈길조차 주지 않았다. 이런 일쯤은 자신이 말을 섞을 필요도 없다는 투였다.

"국수. 국물은 뜨겁게."

사내의 시선이 비수처럼 틀어박혔다.

무시했다. 이들에게 아량을 구하기에는 지켜보는 눈길이 너무 많다.

객잔에 앉아 있는 사람들은 스무 명에 육박하고, 그들의 시선은 한결같이 자신을 좇고 있다.

그들도 점소이처럼 혈살괴마를 알아본 것 같다.

챙 넓은 죽립으로 얼굴을 가리고, 혈흔이 잔뜩 묻은 것같이 검은색에 붉은빛이 감도는 묵철봉을 들고 있는 사람이라면 현 무림에 혈살괴마밖에 더 있는가.

혈살괴마답게 행동해야 한다. 혈살괴마 같은 마인이 누군가에게 양해를 구하고 자리에 앉는다면 말이 되지 않는다.

소문이란 으레 과장되기 마련, 혈살괴마가 난다 긴다 하는 무인들을 처참하게 도륙해 버렸다는 소문이 파다하게 퍼져 있을 즈음이다.

일부는 호기심에서 혈살괴마를 주목했다. 일부는 겁에 질려서, 혹여 불똥이 자신들에게 튀지 않을까 염려되는지 슬금슬금 자리를 뜨는 사람도 보였다.

"무례한 자군. 빈자리가 꽤 나온 듯싶은데, 옮기지 그래."

금하명은 가타부타 대답하지 않았다. 대신 일섬단혼이 그러는 것처럼 암기(暗氣)를 쏘아냈다.

상대가 느낄 수 있다면 암기가 아니다. 아무런 느낌도 없는 가운데 한줄기 섬광만 흐르는 것이 암기다.

무형의 암기로는 상대를 해하지 못한다. 무형을 유형으로 바꾸는 경지에 이르면 심즉살(心卽殺)도 가능하나, 아직은 요원한 이야기고.

자신이 그랬던 것처럼 암기가 흐르는 것을 눈치챌 수도 있다. 내공이 극경(極境)에 이른 사람이라면 누구나 가능하다.

누구나? 어려운 말이다. 일섬단혼은 평생을 제이봉에 은거했고, 그를 누르고자 찾아온 무인도 많았지만, 그가 뿜어낸 암기를 눈치챈 사람은 금하명이 최초였다.

　남해십이문의 문주들 정도? 그들과 버금가는 장로들 정도?

　해남무림에서도 암기가 흐르는 것을 눈치챌 만큼 막강한 내공을 소유한 사람은 손을 꼽았다.

　역시 사내는 눈치채지 못했다. 금방이라도 검을 뽑을 듯이 사나운 눈길로 노려본다.

　사내는 적수가 안 된다.

　암기는 상대의 무공을 저울질하는 좋은 수단이 된다. 암기를 감지하면 긴장할 상대가 되지만, 감지조차 못한다면 신경 쓸 필요조차 없다.

　'밥 좀 편히 먹자. 망동하지 마.'

　사내는 묵묵부답을 도전으로 받아들인 듯 눈살을 좁혔다.

　"마인이라도 눈깔은 제대로 박혔어야지."

　'제길! 꼭 일을 벌인단 말야.'

　"네놈이 혈살괴마든 아니든 상관하지 않겠다. 이 자리에서만 꺼져."

　'휴우! 이 친구야, 말 좀 가려 해라.'

　금하명은 불안해졌다.

　사내가 마인의 심기를 거슬리는 말이라도 내뱉는 날에는…… 혈살괴마가 된 입장에서 징치하지 않을 수 없다. 그리고 징치는 또 한 사람의 애꿎은 죽음으로 이어질 게다.

　선수를 쓰는 것이 죽음을 방지하는 길이다.

　스윽! 쒜엑!

　생각이 곧 행동이다.

　왼손이 들려진다 싶은 순간 묵봉은 오른쪽 겨드랑이 밑으로 삐져나와 사내의 이마를 가격했다.

따악!

사내의 머리가 뒤로 출렁거렸다. 아니다. 뒤통수로 창문을 부숴 버린 후 썩은 고목처럼 무너지며 음식 더미 속에 파묻혔다.

깨진 사내의 머리에서 붉은 피가 주르륵 흘러내렸다.

죽지는 않았다. 혼절할 정도로만 강약을 조절해서 쳐냈기 때문에 한두 시진쯤 지나면 스스로 깨어날 게다.

그제야 여인의 시선이 금하명에게 꽂혔다.

눈을 내리깔고 있을 때는 도도함만 풍겼는데, 봉목을 크게 떠 흑요석처럼 반짝이는 눈동자를 드러내니 세상이 환해지는 것 같다.

하후나 빙후와 견주어봐도 전혀 손색없는 미색이다.

"굉장히 빠르군요."

"쉿!"

"……?"

"입 다물고 밥이나 먹지. 여자를 죽이는 건 체질에 맞지 않으니까."

여자는 봉목을 반짝였다.

대화는 더 이상 지속되지 않았다. 금하명은 점소이가 내온 국수를 묵묵히 먹었고, 여자는 식욕을 잃었는지 저금을 놓고 금하명만 쳐다보았다.

금하명은 국물까지 다 들이켠 후 잠시 망설였다.

국수 값을 지불해야 하나, 말아야 하나.

남의 것을 먹었으니 지불해야 하는 게 당연하지만…… 혈살괴마라면 어떻게 했을까.

'남의 인생을 사는 것도 쉽지 않군.'

묵봉을 들고 일어섰다.

괴사전천리(壞事傳千里) 173

뚜벅뚜벅 걸어 회계대를 지나쳤어도 셈을 하라는 소리는 들리지 않았다. 점소이, 객잔 주인은 물론이고 객잔 안에 있는 사람들 모두가 꿀먹은 벙어리처럼 입을 다물었다.

바늘 떨어지는 소리도 들릴 만큼 조용한 가운데 그의 발걸음 소리만이 묵직하게 퍼져 나갔다.

"휴우! 숨 막혀 죽는 줄 알았네."

"숨 막힌 게 뭐야. 난 하마터면 오줌 지릴 뻔했다니까."

"봤지! 눈 깜빡할 사이에 우지끈뚝딱 해치우는 것."

"쉿!"

사람들은 한꺼번에 말문이 열린 듯 웅성거리다가 급히 입을 다물었다. 검을 든 여검사, 아직 식탁에서 일어서지 않고 있는 여인에게 신경이 돌아간 것이다.

"재밌는 사람이야."

여인이 중얼거렸다.

'재밌다고? 그대야말로.'

여인의 중얼거림은 금하명의 청각을 벗어나지 못했다. 객잔 문을 밀치고 나와 관도 한복판으로 나섰지만 십여 장 밖에서 낙엽 떨어지는 소리까지 들을 수 있는 두 귀가 모든 소리를 잡아냈다. 사람들의 웅성거림은 물론, 여인의 중얼거림까지.

"빌어먹을! 이거 아무래도 일이 잘못되는 것 같은데. 조용히 끝날 일이 아니겠어."

거구의 사내가 입술을 잘끈 깨물며 중얼거렸다.

"잘못된 걸 이제 알았냐? 저렇게 무지막지한 놈 뒤를 봐줄 때부터 일이 잘못된 거라고. 아무래도 총타주인지 뭔지 하는 애송이가 판을 잘못 짠 것 같지 않아?"

"총타주님! 한 번만 더 애송이 운운했다가는 아가릴 확 찢어놓을 줄 알아!"

"지랄하고 자빠졌네. 이 미련 곰퉁이야, 그런 말 할 시간이 있거든 빨리 전서나 보내는 게 어때? 저 계집애가 하필 이 시간에 왜 여기에 있었는지는 몰라도 혈살괴마하고 충돌이 있었다면 개방이 발칵 뒤집힐 일 아냐?"

"으음……!"

거구의 사내는 침음을 흘렸다.

"저 계집애…… 화부용(火芙蓉) 당운미(唐暈美) 맞지?"

"눈탱이까지 곰탱이가 되었냐? 검을 봤으면서 뭘 물어."

"빌어먹을, 투박은……. 혹시 잘못 봤나 해서 물어본 걸 가지고."

사내는 급히 지필묵을 꺼내 몇 자 적어 내려갔다.

만개의 꽃이 활짝 핀 듯 빼어난 미모, 사내의 심혼을 빨아들이는 아름다움이라고 해서 부용이다. 하지만 아름다움 속에 감춰진 성질을 잘못 건드리면 불벼락을 맞는다고 해서 화부용이다.

화부용(花芙蓉)이라는 별호를 지닌 여인은 몇몇 있지만 화부용(火芙蓉)이라는 별호는 그녀밖에 없다.

사천당문(四川唐門) 사절(四絶) 중 독절(毒絶) 당운미(唐暈美).

그녀를 알아보는 방법은 두 가지다. 하나는 세상 사내들을 단숨에 상사병으로 이끌어가는 절대미이며, 또 하나는 세상에서 가장 아름다운 검인 천독검(千毒劍)이다.

천독검에는 백여 가지의 맹독이 숨겨져 있다고 한다.

세간에 알려진 것만도 십여 가지는 넘는다.

검집에 박혀 있는 홍옥(紅玉)은 단신으로 수십 명을 상대할 수 있는 독탄(毒彈)이다. 푸른빛이 감도는 실선은 닿는 즉시 심장이 마비된다는 청갈(靑蝎)의 독을 굳힌 것이다.

온갖 보옥으로 치장된 듯한, 아름답기 이를 데 없는 보검 속에 수십 명의 생명을 좌지우지할 수 있는 맹독이 숨겨 있다.

그녀에게 천독검은 사람을 살상하는 병기가 아니라 독을 지니고 다니는 독낭(毒囊)인 셈이다.

참으로 욕심나는 검이지 않은가.

하지만 아무나 손댈 수는 없다. 독인들이 바글거린다는 당문에서도 천독검에 손댈 수 있는 사람은 손에 꼽을 정도란다. 사용하는 것이 아니라 단지 휴대하는 것만도 말이다.

그러나 천독검보다도 더욱 무서운 것은 그녀의 매서운 성정이다.

적이 된 자는 하늘 끝까지라도 쫓아가서 죽이고 만다. 곱게 죽지도 못한다. 세상에서 겪을 수 있는 온갖 처절함을 맛본 후에야 죽을 수 있다.

황산칠웅(黃山七雄)이 실수로 당문도 한 명을 죽였다가 육신이 갈가리 찢겨 죽었다. 사파의 거두였던 분채염왕(粉彩閻王) 역시 신경이 가닥가닥 끊어지는 고통을 받으며 죽었다.

오죽하면 그녀의 적이 되느니 자진하는 편이 낫다는 말까지 떠돌까.

혈살괴마가 그런 화부용의 지인을 건드렸다.

수많은 청년 협사들 중에서 고르고 골라 곁에 둔 검사다. 사문(師門)이 청성파(靑城派)이니 배경은 볼 것도 없고, 본인의 무공 또한 상당한 경지에 이르러 굳이 사문의 힘을 빌리지 않아도 강호를 독보할 정도는 된다.

 연배가 짧아서 절정고수 반열에는 이르지 못하고 있지만 세월이 해결해 줄 것을 믿지 않는 사람은 없다.
 다른 점은 차치하고 화부용 당운미가 곁에 머무는 것을 허락했다는 사실만으로도 장래 가능성을 충분히 엿볼 수 있다.
 단옥검(丹玉劍) 황균(黃鈞)이 당한 일은 결코 작은 일이 아니다.
 사천무림이 복건무림에 개입할 수 있도록 근거를 만들어준 사건이다. 청성파가 황균의 일을 빌미로 복건무림을 휘젓고 다닌다면 누가 뭐라 할 텐가.
 화부용 당운미 앞에서 무력을 사용한 것도 문제 된다.
 당운미가 즉각 반격하지 않은 이유는 뻔하지 않나. 사천당문 역시 혈살괴마를 빌미로 복건무림에 들어서려는 것이 아니고 무엇인가.
 구파일방, 오대세가의 이목은 중원 전역에 퍼져 있다. 어떤 곳에서는 실질적인 영향력을 행사하고, 어떤 곳에서는 단지 관망만 하고 있지만 이목은 강물 속에 숨어 있는 물고기까지 지켜보고 있다.
 복건무림에도 많은 무인들이 들어와 있다.
 사찰에, 도관에, 혹은 유람이라는 핑계로 복건무림을 살핀다.
 복건무림은 구파일방, 오대세가 중 어느 문파도 영향력을 행사할 수 없는 유일한 곳이다.
 복건무림은 복건무인들이 키워야 한다는 대의명분 앞에서는 어느 문파도 자유로울 수 없다.
 어느 한 문파가 과도하게 개입한다면 즉시 다른 문파의 성토를 받을 게 자명하다.
 그런 면에서 개방은 과도하게 개입하고 있다. 혈살괴마의 뒤를 봐준다는 자체가 복건무림의 질서를 뒤흔드는 일이니까.
 개방은 살얼음판을 걷듯 가슴 졸이며 조그만 이득을 취하려고 하는데…… 청성파나 사천당문은 코도 풀지 않고 복건무림에 개입할 수 있는 여지를 얻었지 않은가.
 사내는 혈살괴마와 화부용의 모습이 보이지 않을 때까지 지켜보다가 전서구를 날렸다.

 삑! 삐익……!
 풀피리 소리처럼 가늘고 날카로운 소리가 허공을 울렸다.
 숨을 다섯 번 정도 참고, 한 번 내쉬는 것처럼 간헐적으로 새어 나와 허공에 번진다.
 잠시 후, 허공에서 푸드덕거리는 소리가 들리더니 회색 비둘기가 나무 위로 날아와 앉았다.
 삐익! 삑……!
 풀피리 소리는 동요하지 않았다. 비둘기가 날아오기 전처럼 규칙적으로 반복되었다.
 구구! 구구구구……!
 비둘기는 날아갈 생각이 없는 듯 날개를 비비며 눈만 끔뻑끔뻑거렸다.
 그러나 그것도 잠시, 곧 술에라도 취한 것처럼 비틀거리더니 딱딱한 돌멩이가 되어 툭 떨어졌다.
 "개방, 이럴 줄 알았어."
 옥음의 주인공은 섬섬옥수를 뻗어내 전서를 꺼내 읽었다.
 전서를 읽어가던 여인의 눈동자가 점점 커졌다. 어지간한 일에는 놀라지 않을 것 같은 봉목이 더할 나위 없이 부릅떠졌다.

"개, 개방이! 혈살괴마 뒤에 개방이……?"

화부용 당운미다.

그녀는 전서의 내용을 이해할 수 없어서 두 번 세 번 고쳐 읽었다.

혈살괴마 같은 마인 뒤에 명문정파인 개방이 도사리고 있다면 믿을 수 있는가.

"혈살괴마와 개방은 양립할 수 없어. 그럼 둘 중에 하나가 거짓이군. 구퇴걸(臼槌乞) 양조무(楊朝武)가 거짓 전서를 보냈거나, 혈살괴마가 가짜이거나."

전서는 다시 전통 속으로 들어갔다.

그녀의 손은 신의 손인가. 옥수로 비둘기를 부드럽게 쓸어내리자 방금까지만 해도 죽은 듯이 꼼짝 않던 비둘기가 요란스럽게 날갯짓을 하며 날아올랐다.

"개방과 혈살괴마. 혈살괴마와 개방…… 무슨 수작들인지 천천히 알아보면 되겠지. 오랜만에 흥미있는 일이 생겼네. 호호호!"

당운미는 웃었다.

그녀의 웃음은 아름다웠다. 활짝 피어나는 꽃을 감상하며 밝게 웃는 모습과 다를 바 없었다.

날아가는 비둘기와 한 사내의 얼굴이 겹쳐 보였다.

단옥검 황균을 단 일 초에 제압할 수 있는 자. 더군다나 지극히 젊은 자다. 어쩌면 단옥검보다도 훨씬 나이가 적을지도 모른다.

사람들은 알까? 나이에 따라서 내뿜는 숨결의 냄새도 달라진다는 것을. 어린아이에게서는 단내가 나고, 나이가 들수록 탁한 기운이 배이다가 환갑을 넘기면 생선처럼 비린내가 풍겨난다는 사실을.

혈살괴마의 외양은 중년 사내다. 그 점이 그를 의심스럽게 했다.
분명히 젊은 사람인데 중년의 모습이라니.
그가 국수를 먹는 동안 유심히 관찰했다. 머리끝부터 발끝까지 살피지 않은 곳이 없다.
시체처럼 푸르뎅뎅한 피부.
햇볕이 들지 않는 곳에서 십 년 정도 살다 보면 그런 피부가 될 수도 있다. 또 다른 방법도 있다. 시균으로 살을 부패시키면 된다. 다른 것은 몰라도 독에 관해서만은 당문을 속이지 마라.
이마 정중앙을 그어 내린 상흔, 왼쪽 관자놀이에서부터 코 밑까지 그어진 검 자국에도 시균의 흔적이 묻어 있다.
인피면구다. 아주 정교하기 이를 데 없어서 당문에서조차 쉽게 만들 수 없는 인피면구다.
단 하나, 시균을 사용할 줄만 알았지 시균의 속성에 대해서 깊이 알지 못한다는 단점만 빼면 나무랄 데 없는 자의 솜씨다.
시균으로 피부를 변색시킬 때는 주름이나 상처 부분을 특히 유의해야 한다. 시균의 양이 조금이라도 많아지면 미세한 곰팡이가 생기고, 여간해서는 씻기거나 닦이지 않는다.
인피면구의 검혼에는 독인(毒人)들만이 판별할 수 있는 곰팡이가 피어 있었다.
그는 누구인가. 누구이기에 젊은 나이에 그토록 고강한 무공을 지녔는가. 또 누구이기에 인피면구를 쓰고 살인 행각을 벌이는가.
단옥검을 가격한 솜씨도 흥미롭다.
얼핏 보기에는 잔인한 공격처럼 보이지만, 실상은 사정이 담겨 있는 일격이다.

혈살괴마는 큰 실수를 저질렀다.

다른 사람들 앞에서는 허세가 통할지 몰라도 당문 사람들 앞에서는 진실로 죽였어야 한다. 설마 당문도가 죽은 것과 혼절한 것을 구분하지 못할까.

무공으로는 구분하지 못한다. 인정한다. 하지만 상처로는 구분할 수 있다. 머리뼈를 손상시키지 않는 강타와 뼈를 으스러뜨리는 일격 정도는 눈 감고도 구분할 수 있다.

하물며 당문 사절 중 일 인인 독절인 바에야.

살인마로 소문난 사람이 손속에 사정을 남긴다?

혈살괴마는 그녀의 호기심을 극도로 끌어당겼다. 어느 사람 같았으면 생각할 것도 없이 독술을 펼쳤겠지만 호기심이 그를 지켜보게 만들었다.

거기에 개방까지……

"매부리 코, 삐뚤어진 입. 보기 좋은 인상은 아니지만 한동안 봐야겠네. 호호호!"

그녀는 물 찬 제비가 되어 쏘아나갔다.

第四十章
호독불식자(虎毒不食子)

잔인한 호랑이도 자기 새끼는 안 먹는다

호독불식자(虎毒不食子)
…잔인한 호랑이도 자기 새끼는 안 먹는다

남양은 한낮임에도 불구하고 쥐 죽은 듯 조용했다.

사람이 없는 것은 아니다. 거리는 많은 사람들로 북적거렸고, 길가에는 각종 야채를 파는 사람들도 가득했다.

그들은 방금 전까지만 해도 자신들의 생활 속에 있었다. 하지만 혈살괴마가 나타나는 순간, 그들은 그들의 세계와는 전혀 다른 세계를 경험해야만 했다.

공포의 세계다.

"청양문으로 가려면?"

물음을 받은 자는 벌벌 떨리는 손으로 큰길을 가리켰다.

혈살괴마의 족적은 세인들의 최대 관심사였다.

청양칠검을 몰살시키고, 삼공삭검 진 대협을 비롯하여 십여 명이나 되는 무인을 단숨에 죽여 버린 살인귀. 진 대협에게 단 일 초의 기회도 주지 않은 절정마인.

그가 남양 청양문으로 향한다.

짙은 피비린내를 맡지 못하는 사람은 없었다.

청양칠검을 죽인 것은 둘째로 밀려났다.

적반하장도 유분수다. 사죄는 못할망정 살인귀 주제에 감히 자신에게 검을 들이댔냐며 따지러 오는 투이지 않은가.

혈살괴마는 생겨먹은 것이 못되게 생겼으니 그렇다 치자. 문도를 죽인 살인귀 하나 제대로 징치하지 못한대서야 어떻게 무림 문파로 행세할 수 있겠나.

청양문으로서는 문파의 존폐가 걸린 중대 사안이었다.

금하명은 큰길을 따라 걸었다.

이상하다. 사방에 적이 매복해 있는데 마음이 명경지수(明鏡止水)처럼 맑다. 두려움에 질려 흘깃흘깃 쳐다보는 사람들의 눈길도 담담하게 받아들일 수 있다.

살인귀의 껍데기를 뒤집어썼더니 정말 살인귀가 된 것일까?

'청양문에도 인재가 있군. 하기는…… 그러니 단시일 내에 치고 올라왔겠지. 청양문을 발족시키고 틀을 잡기까지 반년밖에 안 걸렸다니, 무공 여부를 떠나서 대단한 자임은 틀림없어.'

누군지 궁금하다.

일문을 일으키는 데는 몇 가지 전제 조건이 필요하다.

주변 무인들을 완전히 장악할 수 있는 절대무공을 지녔거나, 민심을 끌어들일 수 있는 막대한 재력이 있거나, 문파가 일어서고 발전하는 모습을 멀거니 지켜보게 만들 수 있는 계모(計謀)에 능하거나…….

어느 것 하나 완전하지 않은 상황이라면 주변 무인, 문파들의 양해를 구하는 사교술이 절대적으로 필요하다.

 문파를 일으킨 지 반년 만에 주변을 정리할 정도라면 무공, 돈, 계모 중 어느 것 하나는 완전하다는 말이 된다.

 쉽게 볼 자가 아닌 것만은 틀림없다.

 담 옆에, 지붕 위에, 상인을 가장해서…… 많은 무인들이 눈빛을 빛내고 있다.

 공격은 해오지 않는다.

 공격이 가능하게끔 허점을 열어줘도 민초를 가장한 채 꼼짝하지 않는다.

 청양문주에게 어떤 명을 하달받았으리라.

 그러나저러나 금하명은 청양문도 수에 놀라고 있었다.

 지금까지 지나쳐 온 자만도 백여 명은 넘는다. 앞에서 대기하고 있는 자들도 그만한 수는 훌쩍 넘어선다. 청양문 안에는 더 많은 무인들이 대기하고 있으리라.

 어림잡아 오백은 넘어선다.

 청화장이 정점에 섰을 때, 문도 수는 백팔십 명에 불과했다.

 양적인 팽창을 생각했다면 천여 명도 받아들일 수 있었지만 대삼검 검공을 제대로 수련할 만한 기재인가와 심성이 올바른가를 저울질한 후에야 입문을 허락했기 때문에 백팔십 명도 많은 편이었다.

 청양문은 문도 수만 오백을 넘어선다. 무공이 빈약하다면 웃어넘길 수 있지만 하나같이 청양칠검 수준은 되는 것 같다.

 강성한 문파다. 이 정도라면 백납도가 일으킨 삼명 백가와 견주어도 전혀 빠지지 않는다. 삼명 백가의 문도들은 거의가 옛 청화장 문도들이라고 들었다. 그렇다면 오히려 청양문이 더 강하지 않을까?

그런데 묘한 점은 삼명 백가는 복건무림을 휘어잡고 있는데, 청양문은 신흥 문파에서 벗어나지 못하고 있다는 점이다. 백납도는 널리 알려져 있는데 청양문주는 제대로 아는 사람조차도 없다.

대도읍과 작은 도읍의 차이인가? 백납도에게는 능완아 같은 모사가 있고, 청양문주에게는 없기 때문일까? 삼명 백가에 연줄을 대고 있는 대부호는 많지만 청양문에 기부를 하는 부호는 손꼽을 정도라는, 억지로 갖다 붙인 이유 때문인가?

무엇인가 냄새가 난다.

일을 워낙 신중하게 처리하는 하후의 영향을 받았기 때문일 수 있지만 청양문은 평범한 문파가 아니라는 생각이 굳어진다.

"청양문이 어딘가?"

가마니를 깔고 앉아 있는 복자(卜者)에게 물었다.

장님처럼 행세하고 있지만 장님이 아니다. 손에 들고 있는 지팡이는 언제든지 검으로 변할 수 있고, 오른손에 들린 산통(算筒) 역시 금방이라도 암기로 변할 것만 같다.

"음성을 듣자 하니 나이가 어린 놈인데, 대뜸 반말지거리라는 건가. 길을 묻는 예의가 아니지. 쯧! 집구석에서 뭘 배웠는지…… 하여간 요즘 젊은 놈들이란……."

"반말지거리는 말로 하지만 살인은 손으로 하지. 뭐라고 했더라? 아! 혈흔창. 청양칠검인가 뭔가 하는 작자들이 내 창에다가 혈흔창이라는 병명(兵名)을 붙였더군. 이 혈흔창, 지금이라도 머릴 떼어놓을 수 있는데."

금하명은 말을 하면서 예기를 쏟아냈다.

파천신공의 패도적인 진기가 모공을 통해 스멀스멀 흘러 나갔다.

복자는 몸을 부르르 떨었다. 귀밑은 소름으로 뒤덮였고, 이마에서는 식은땀이 방울 졌다.

강함이 극에 이르면 패(覇)가 된다. 거역이나 반발은 무자비하게 짓밟아 버린다. 똑바로 마주 보고 서 있는 것조차 용납하지 않는, 만인 위에 홀로 우뚝 서고자 하는 힘이다.

복자에게는 태산만한 철벽이 전신을 짓누르는 압박감으로 느껴졌으리라.

"마지막으로 묻는다. 청양문은?"

복자가 손을 들어 길모퉁이에 있는 커다란 장원을 가리켰다.

주변 집들이 단층인 데 반해서 삼 층 전각이 우뚝 솟아 있어서 한눈에 들어온다.

금하명도 청양문이 아닐까 하고 지레짐작하던 곳이다.

"혈흔창을 시험해 볼 생각은 없나?"

금하명은 씩 웃었다.

악마의 입김에 새어 나오는 비웃음이다. 무인이라면 감당하기 힘든 모욕이 섞여 있다.

그래도 복자는 공격할 생각을 하지 못했다.

"운이 좋군. 살기를 일으켰다면 아픔을 맛봤을 거야."

금하명은 끝까지 조소를 던진 후, 휘적휘적 걸어갔다.

"악…… 마……."

등 뒤에서 희미한 신음이 새어 나왔다.

대문은 활짝 열려 있고, 수문 무인들은 보이지 않는다. 하다못해 고양이 한 마리 보이지 않는다.

죽은 집처럼 적막하다.

금하명은 거침없이 들어섰다.

정문을 들어서자마자 곧바로 연무장이 나오고, 전각들이 반원 형태로 둘러서 있는 특이한 구조다. 복자가 손으로 가리켰던, 멀리서도 확연하게 보였던 삼 층 전각은 한가운데 위치했다.

삼 층 전각을 향해 발길을 옮겼다.

혈살괴마가 복건무림에 등장하기 위해서 첫 번째 제물로 선택된 청양문.

그러나 길을 오는 동안 본의 아니게 진강 사가가 첫 번째 제물이 되어버렸다. 하후에 의해서.

그렇다. 이 모든 게 그의 뜻이 아니다.

신흥 문파로 급작스럽게 등장한 청양문에 호기심이 치밀기는 했지만, 청양문을 제물로 삼겠다느니 비무를 해야겠다느니 하는 생각은 애당초 없었다. 적어도 해남도를 떠날 때까지만 해도.

혈살괴마라는 존재가 등장하고 제물이 불가불 필요하게 되었을 때 망설임없이 청양문을 선택할 수 있었던 것도 청양문과는 안면이 없기 때문일 뿐, 다른 이유는 없었다.

과연 잘하는 짓인지.

복건무림의 주춧돌을 무너뜨리는 짓은 아닌지.

전각으로 들어서기 위해서는 먼저 계단을 밟아 올라가야 한다.

모두 아홉 계단. 각 계단의 넓이가 일 장가량 되어서 한 걸음 올라선 후에는 두어 걸음 떼어놓아야 다음 계단을 밟을 수 있다. 계단 양쪽에는 장군상들이 한 계단에 두 개씩, 좌우로 서른여섯 개가 서 있다.

계단은 한 뼘쯤 되는 작은 돌들을 네모반듯하게 깎아서 덧이어놓았으며, 사이사이는 석회로 메웠다.

'암기 폭풍이란 건가. 전각에 들어서지도 못하고 고슴도치가 되는 것 아냐?'

쇠와 돌 같은 무생물에도 기(氣)는 존재한다. 또한 형태와 상황에 따라서 내뿜는 기운도 달리한다.

고유의 기가 변하는 것이다.

쇠를 녹여 검을 만들면 섬뜩한 기운을 내뿜는다. 그러나 검을 녹여 그릇을 만들면 섬뜩함과는 정반대인 안온함이 풍겨난다.

무생물은 만들어진 형상, 놓인 환경에 따라서 수천 가지의 기운을 뿜어낸다.

돌을 다듬어 만든 계단에서는 음침한 냄새가 풍긴다. 비 오는 날, 눅눅한 방 안에서 맡는 곰팡내라고나 할까? 웅장한 전각, 넓은 연무장과는 전혀 다른 이질적인 기운이다. 사람을 살상할 수 있는 흉포한 것이 숨겨져 있기 때문이다.

슥!

첫발을 내디뎠다. 그러나 첫 번째 계단은 그의 생각과는 전혀 다르게 아무런 움직임도 일으키지 않았다.

두 번째, 세 번째, 네 번째 계단⋯⋯.

금하명은 다섯 번째 계단을 밟기 전에 다시 한 번 계단을 면밀히 살폈다.

이제 시작이다. 다섯 번째 계단을 밟는 순간 구궁(九宮)이 틀어막히며 수백 종의 암기가 소나기 퍼붓듯 쏟아지리라.

각 계단의 넓이는 일 장, 아홉 계단이니 구 장. 계단의 폭도 상당히 넓어서 어림짐작으로 구 장 정도는 되어 보인다.

'말로만 듣던 사면합궁진(四面合宮陣)이군. 두더지도, 나는 새도 빠

져나가지 못한다고 했던가. 좋은 기회가 찾아왔군.'
 묵철창을 꽉 움켜잡았다.
 변장을 하며 고요의 시간을 보내는 동안 머리 속으로만 터득했던 여섯 개의 곤법을 시험해 볼 절호의 기회다.
 함정으로 생각하지 않고 수련으로 생각하면 오히려 고마워진다.
 멀고 먼 무인의 길을 가는 것 또한 이런 마음이면 한결 수월하지 않을까? 살아가면서 복수, 증오, 원한 등등의 일이 생길 수도 있겠지만, 한 번 뒤집어 생각하여 수련의 장이 넓어졌다고 여기면 고단함을 느끼지 않을 것 같다.
 철컹! 쑤욱!
 첫 번째 공격은 발밑에서 시작되었다. 돌과 돌의 틈바귀, 석회가 갈라지며 쇠로 만든 창이 불쑥 솟구쳤다. 또한 거의 동시에 두 번째 공격도 시작되었다. 장군상의 입에서 가운데 손가락만한 강침들이 벌 떼처럼 쏟아져 나왔다.
 비학등천(飛鶴騰天), 양팔을 좌우로 쫙 벌리고 학이 창공으로 솟구치듯 훌쩍 날아올랐다. 밀밀곤막(密密棍幕), 아버님의 무공인 만상환무(萬象幻舞)에서 변화를 따와 창안한 환무곤(幻舞棍)으로 전신을 곤막으로 뒤덮었다.
 까앙! 깡깡깡! 까앙……!
 강침들이 철벽에 가로막힌 듯 우수수 떨어져 내렸다. 환무곤의 변화 가운데 하나는 발밑에서 솟구친 창대를 후려쳤다.
 묵철창은 철 중에 제왕인 현철로 만들었으며, 왕 노인이 손수 다듬은 것. 묵철창에 실린 진기는 음양과 강유가 조화를 이룬 태극오행진기.
 철창들이 수수깡처럼 부러져 나갔다.

쒜엑! 까가가깡……!

크게 휘두른 횡소천군(橫掃千軍), 창날까지 활짝 펴 일 장 오 척에 이르는 장병은 발밑에서 솟구친 철창들을 썩은 무처럼 베어버리며 길을 뚫었다.

파파파팟……!

세 번째 공격은 장군상 정수리에서 펼쳐졌다. 투구 한가운데가 쩍 갈라지더니, 허공을 향해 작은 불화살들이 연이어 솟구쳤다.

'응?'

금하명은 불화살보다도 신발을 적시고 흘러가는 검은 진액을 유의했다.

'기름? 불화살. 아예 불고기를…… 화약!'

작은 화살들, 불덩이 밑에 매달려 있는 작은 덩어리들은 화약이 틀림없다.

솟을 만큼 솟아오른 불화살은 힘을 잃고 아래로 떨어지기 시작했다. 피할 곳이 없다.

발밑에서 솟구친 철창은 아직도 베어낸 것보다 베어내지 않은 것이 더 많다. 위에서 흘러내린 검은 기름은 연무장과 맞닿은 곳까지 넓게 퍼졌고, 화약을 매단 불덩이들은 계단 안쪽으로 집중된 채 쏟아져 내린다.

'죽음밖에 없겠군. 그럼 나도 상응하는 절초를 펼쳐야 되겠지. 무변(無變)이 백팔십변(百八十變)으로 이어지니 환무(幻舞). 심신일체(心身一體) 정기일전(精氣一轉) 티끌조차 담기지 않은 기운이니 무허(無虛). 무허가 빛이 되어 쏘아지니 광전(光電). 광전에 태산을 담으니 압악(壓岳). 좋아! 마지막 육식(六式) 대환(大桓)이다!'

호독불식자(虎毒不食子) 193

태극오행진기를 전신 모공으로 도인한 후 일시에 쏟아냈다.

눈에 보이지 않는 진기들이 실처럼 줄기줄기 뻗어나가 전신을 에워쌌다. 마음은 태극, 천둥 번개가 육신을 강타해도 꼼짝하지 않을 부동심(不動心)이 움직이고자 하는 마음을 굳게 다잡았다.

쒜에에엑!

작은 화살을 사르는 불덩이들이 머리 위로 떨어져 내린다.

'지금!'

파앗!

금하명의 신형은 광전이 되어 쏘아졌다. 묵철창은 끊임없이 이어지는 물결처럼 너울거렸고, 현란하게 움직이는 창의 물결은 전신진기가 집약된 남명(濫溟)의 효용으로 닿는 족족 가루로 만들었다.

콰앙! 콰콰쾅! 콰앙!

한두 개 작은 폭발이 먼저 일어났다. 곧이어 구 층 계단 전체가 폭발했고, 이글거리는 불길이 바로 뒤따라 일어났다.

계단을 휩쓴 화염은 수북이 떨어진 강침이며 철창들을 엿가락처럼 녹여 버렸다.

구 층 계단을 올라온 후, 다시 전각 입구까지 십여 장이나 물러섰는데도 이글거리는 열기가 살을 태울 듯 달려들었다.

사면합궁진은 폭발부터 시작된다고 해도 과언이 아니었다.

화약의 폭발은 계단을 뒤흔들었고, 극렬한 흔들림은 석상에 장치된 마지막 기관을 작용시켰다.

석상의 파괴.

폭발과 불길을 새까맣게 뒤덮은 각종 암기.

진퇴는 계단에서 솟구친 창날 때문에 자유롭지 못하고, 허공은 암기에 제압당했으며, 쇠를 빨간 쇳물로 녹여 버리는 화염이 전신을 휘감아 온다.

전후좌우 상하…… 눈을 씻고 찾아봐도 탈출로가 보이지 않는 죽음의 함정이다.

묵창은 강력한 회전을 일으켰고, 바람은 불길을 밀어냈다. 굳센 방패가 된 묵창은 바닥에서 솟구친 철창을 가닥가닥 끊어냈다. 사방에서 날아온 암기들도 물 한 방울 스며들지 못하는 방패막이 거둬냈다.

무위보법은 그를 빛살처럼 빠르게 만들어주었다.

대환처럼 천지간의 조화가 응축된 무공이 없었다면 새카만 재가 되어 타 죽었으리라.

그럼에도 불구하고 그의 의복에는 불에 그슬린 자국이 뚜렷했다. 화약이 폭발하며 만들어낸 파편도 군데군데 박혀서 붉은 피를 흘려냈다.

얼마 살지는 않았지만, 지금까지 살아오면서 최대 위기라고 할 수 있는 일들을 몇 차례 겪었다. 귀사칠검의 마성에 지배당할 때가 그랬고, 전엽초의 독성에 중독되었을 때도 최대 위기였다. 그 밖에도 크고 작은 싸움들 모두가 위기였다.

또 한 번 위기를 지나왔다.

청양문 계단에서 마주친 함정은 위기라고 기억되기에 충분했다.

'보자…… 밑천이 또 있는지.'

전각문을 힘차게 밀쳤다.

❷

전각 일층은 삼십여 명이 일렬로 늘어서도 될 만큼 큰 대청이다.

평소 연무장으로 사용한 듯 곳곳에 검흔이 가득하다. 아름드리 기둥에 새겨진 검흔만 봐도 최소 삼사 년 전에 새겨진 흔적인 것으로 짐작된다.

중간에 용도가 바뀐 것이 아니라 전각을 건립할 당시부터 연무장으로 건축된 곳이다.

스쳐 지나가는 눈길로 잠깐 훑어본 것뿐이니 정확하지는 않지만.

금하명은 대청의 규모나 용도 따위에 관심을 쏟고 있을 수 없었다.

대청 가장 안쪽에 호화스러운 호피 의자에 비스듬히 누워 있는 깡마른 사내에게 눈길이 고정되었다.

낯선 자다. 복건무림을 횡행한 적은 없지만 많은 무인들을 보고 자랐는데, 단연코 이 같은 자는 본 기억이 없다.

'얼추 백납도와 비견할 만한 자군.'

백납도의 무공이 어느 정도인지 기억나지 않는다.

백납도의 무공에 관해서는 사형이 비무 형식을 빌린 결전을 벌였을 때 본 것이 전부다.

먼발치서 순식간에 스쳐 지나가는 검광만 보고서는 무공 수준을 정확하게 판별해 낼 수 없다. 더군다나 당시 자신은 타인의 무공을 저울질할 만한 수준이 아니었다.

단지 느낌만은 뚜렷한데…… 터무니없이 강해서 복수란 영원히 요원할 것 같다는 절망감에 그냥 주저앉고 싶던 느낌…….

깡마른 사내는 그런 느낌을 주는 자였다. 귀사칠검을 몰랐던 시절이라면, 농도에서 수련한 후 곧바로 이런 자와 부딪쳤다면 또다시 절망이라는 늪에 빠져 허우적거렸으리라.

짝! 짝! 짝!

깡마른 사내가 천천히 박수를 쳤다.

"원래는 말이야. 그 사면합궁진…… 당문주를 겨냥해서 만들어졌다고 하더군. 암기의 종주(宗主), 독술의 무봉(無峰)인 당문주를 잡으려고. 꽤나 귀가 솔깃했는데…… 헛소문이었군. 강호초출조차 잡지 못한 진으로 누굴 잡겠다고. 아니지. 이런 생각이 들어. 이름난 고인이 무명소졸 행세를 하는 게 아닌가 하는."

사내는 비스듬히 누운 채 일어설 생각을 하지 않았다.

그에게서는 절대패자만이 뿜어낼 수 있는 자신감이 용솟음쳤다. 기반이 모두 무너져도 자신만 존재한다면 다시 일어서는 것은 시간문제라는 투의 자신감이었다.

'이런 자를 배출한 사문이 어딜까?'

문득 치민 생각이다.

아버님이 최선을 다해 가르쳤다는 청화이걸조차도 백납도에게는 어린아이에 불과했다.

깡마른 사내의 나이는 대사형과 엇비슷해 보인다.

강호에서 보면 사부가 이제 조금 안심할 수 있는 나이 정도밖에 되지 않는다. 그런 자가 일문을 세웠고, 가공할 기도를 뿜어낸다?

어떤 사문이 이토록 강한 자를 길러냈을까? 어느 문파가……

"작심하고 날 노린 것 같지는 않고…… 모르지. 워낙 죽인 자들이 많아서 편히 발 뻗고 잘 처지는 아니니까. 이봐, 혈살마. 나한테 온 목적이 뭐야?"

"그냥…… 발길 닿는 대로."

"발길 닿는 대로. 한마디로 내가 똥 밟았다는 소리군. 하필이면 그대 발길 닿는 곳에 있었으니. 믿지. 믿어주지. 그대에게선 외로운 늑대 냄새가 나니까. 그대 같은 자는 무리 지어 다니질 못해."

"칭찬으로 받아들이지."

"칭찬이야. 강하다는. 그래, 진강 사가를 초토화시키고, 진 대협을 죽이고. 청양문까지 멸문시킨다면 무림 공적이 될 텐데? 이래 뵈도 청양문이 정도(正道)라는 껍데기를 뒤집어쓰고 있거든. 괜찮아?"

금하명은 웃었다.

깡마른 사내의 말은 위협이 되지 않는다. 그는 복건무림 전체를 해남무림보다 약하게 보고 있으니까. 무림 공적? 얼마 전까지만 해도 해남무림의 공적이었지 않은가.

금하명의 웃음을 본 사내가 눈빛을 반짝였다.

"호오! 공적 따위는 대수롭지 않다? 그건 다시 말해서 복건무림 전체를 상대할 수 있다는 자신감인데…… 만용인가, 용기인가?"

사내의 말을 귓전으로 흘려들으며 묵창을 가볍게 휘저어봤다.

탁 트인 야지에서는 절대적으로 창이 유리하다. 하지만 아름드리 기둥이 곳곳에 박혀 있는 대청이라면 오히려 검이 유리할 수도 있다.

유리한 정도란 절대 고수 간에는 삶과 죽음을 가르는 경계.

좌측으로, 우측으로 창을 힘껏 뻗어낼 수 있는 한계를 파악했다. 그 정도는 눈짐작으로도 충분했지만, 실제 창을 휘둘러 봄으로써 거리 감각을 더욱 확실히 했다.

상대는 그만큼 강했다.

한낱 촌구석에서 떠오르는 신흥 문파의 문주답지 않게 거목 같은 냄새를 풍겼다.

일섬단혼, 벽파해왕과 겨뤄도 충분할 듯싶다.

마음만 먹으면 복건무림의 거두로, 아니, 태산으로 군림할 수 있는 자로 보인다.
그런 자가 청양문 같은 문파나 이끌고 있다니 이해되지 않는다.
불길한 예감도 든다. 어쩌면 하후의 짐작이 옳은지도 모르겠다는.
그녀의 복안에 대해서 세세히 캐물어본 적은 없지만, 백납도의 뒤에 누군가가 있다고 추측하는 듯하다.
말도 안 되는 소리라고 생각하면서도 구령각 무인들이 감쪽같이 피살된 사건이 있어서 군소리없이 따랐건만…… 깡마른 사내를 보니 정말 무언가가 있는 것 같다.
평화로운 복건무림에 짙게 드리워진 먹구름.
복건무림인조차, 아니, 세상 사람들 모두가 보지 못하고 있는 암운(暗雲). 피바람의 예고.
사내가 똑바로 앉으며 팔짱을 꼈다.
잠시 눈길과 눈길이 허공에서 부딪쳤다.
깡마른 사내의 눈길은 패기로 일렁거렸다. 반면에 금하명의 눈길은 철저한 무심(無心)으로 일관했다.
"과연…… 복건무림을 혼자 상대할 수 있다는 자신감을 가질 만해. 강해. 나도 자신없어. 사실은 사면합궁진을 깨는 순간부터 재수없게도 오늘이 내 기일이 된 셈이지."
사내는 말과는 다르게 자신만만한 행동으로 검을 잡았다.
푸른 청광이 눈 시리게 뿜어 나오는 명검이다. 사람을 베어도 피나 기름이 묻지 않을 보검. 단단한 뼛조각도 베는 느낌조차 주지 않고 단숨에 갈라 버릴 날카로움.
"또 한 가지. 사면합궁진이 깨지는 순간 명확하게 드러난 사실이 있지. 바로 그대가 복건무림의 공적이 되었다는 것. 이제 그대도 발 뻗고 편히 자기는 틀렸어. 아! 무공 자랑은 하지 마. 무공 강한 자가 무림을 지배했다면 무림은 벌써 몇 사람 손에 들어갔겠지. 무림이란 그런 곳이 아냐."

"차차 알게 되겠지."

찰각!

묵봉에서 반 장 길이의 창날이 튀어나왔다.

"좋은 창이군. 중원에서 그만한 창을 만들 사람은 몇 사람 안 되는데. 복건에서는 단 한 사람, 왕개, 왕 노인뿐인데. 왕 노인 솜씬가?"

금하명은 고개를 끄덕였다.

"푸하하핫!"

사내는 신이 난다는 듯 허리를 움켜잡으며 대소를 터뜨렸다.

"크흐흐! 하하하! 킥킥! 그 주정뱅이가 해도 해도 안 되니까 이제는 별 짓을 다 하는군. 무공이 반한한 놈들에게 죄다 병기를 쥐어주면 그 중에 한 놈쯤은 정상을 밟을 것 같은 모양이지? 하하하!"

한참을 웃던 사내가 정색을 하며 검을 쳐들었다.

"이 검 역시 주정뱅이 작품이야. 검명은 벽정검(碧晶劍). 정상을 밟지 못하면 뼈를 추리겠다고 온갖 공갈 협박을 다 하더군. 왕 노인이 만든 병기 중에 최초로 꺾인 것은 정하검(情霞劍). 청화신군이란 작자에게 주었지. 그런 자가 정상을 밟을 것이라고 생각했다니."

금하명은 무심했다. 사내의 입에서 아버님을 모욕하는 말이 튀어나와도 흔들리지 않았다. 왜? 싸움은 이미 시작되고 있으니까. 말을 많이 하는 쪽이, 조금이라도 흔들리는 쪽이 심기를 손상당하게 되니까.

사내가 태연히 걸어오며 말했다.

"오늘 또 하나의 병기가 꺾이겠군. 검이든 창이든. 창명이 혈흔창이라고 들었는데…… 주정뱅이가 그런 삭막한 창명을 지을 리는 없고…… 뒤에 얻은 창명이겠군. 원명은 뭐지?"

"이름 따위가 중요한 건 아니지."

금하명은 한 손으로 창을 들어 사내를 겨누며 천천히 움직였다.

한 걸음씩, 한 걸음씩…… 사내와 금하명의 발걸음이 보조를 같이 하며 원을 그렸다. 그러다,

쉬익!

사내의 신형이 섬광처럼 빨라지며 일직선으로 짓쳐들었다.

차앙! 깡!

창과 검이 부딪치며 노란 불똥을 튕겨냈다.

금하명이 전개한 창법은 아버님의 무공인 비쾌섬광파(飛快閃光波)를 응용한 섬광곤. 과거 그의 곤법 중 가장 빨랐던 일섬곤보다도 훨씬 빠른 창법이다. 일섬곤은 적과 나 사이에 가장 빠른 길을 일직선으로 연결하지만 섬광곤은 육신과 창이 한 점 빛으로 변하니 길을 찾을 필요조차도 없다.

사내는 섬광파를 막아냈다. 창과 검이 부딪쳤으니 틀림없이 막았다. 하지만 물러선 그의 얼굴에는 놀라움이 가득했다.

"놀…… 라운 창술이군. 창으로 검과 같은 속도를 내다니. 장병(長兵)의 묘용 때문에 물러섰다면 불복하겠지만 이건 꼼짝없이 승복해야 할 처진데?"

놀랍기는 금하명도 마찬가지다.

섬광곤을 완성한 이후, 섬광곤을 받아낼 자가 없다고 자신했다. 일섬단혼, 벽파해왕, 천소사굉이 검을 들어도 전처럼 고전하지 않을 자신

이 있었다. 또한 복건무림에서는 단 두 번밖에 싸우지 않았지만 섬광곤을 막아낸 자는 아무도 없었다.
 사내가 먼저 공격해 왔으니 검도 그가 먼저 쳐냈다. 자신은 검이 날아오는 것을 보고 뒤늦게 반격했다. 엄밀히 말하면 사내보다 섬광곤이 조금 빠르다. 하나, 그 정도로는 승패에 영향을 미치지 못한다.
 굳이 두 사람의 속도를 논한다면 평수(平手).
 놀라지 않을 수 없다.
 "사문을 물어도 대답하지 않겠지?"
 "한 번 더!"
 쒜엑!
 이번에는 금하명이 먼저 선공을 취했다.
 무위보법이 사내의 몸과 혈혼창과의 거리를 단숨에 빼앗았다. 창날은 번쩍 하는 순간에 사내의 육신을 저며갔다.
 까앙!
 언제 휘둘렀는지 식별조차 안 된다.
 사내와 금하명은 다시 원을 그리며 돌았다.
 "사문은?"
 금하명이 물었다.
 "그런 게 있으면 이런 촌구석에 처박혀 있겠어? 없어."
 사내가 예상했던 답을 내놨다.
 "사문은?"
 "대답은 알고 있잖아!"
 쉬익! 쒜엑!
 두 사람이 동시에 움직였다.

까앙!

이번에도 날카로운 쇳소리만 울려 퍼졌다.

두 사람 모두 병기의 길이는 문제 되지 않았다. 병기를 젖히고 들어서야 하는데, 그럴 만한 틈을 주지 않는 것이 문제였다.

무리를 한다면 어떻게든 승패야 갈라지겠지만 무리를 한 쪽에 위험 부담이 많은 것은 사실이고, 두 사람 모두 감수할 수 없는 위험 부담이었다.

금하명은 창의 중단을 잡고 바람개비 돌리듯 빙글빙글 돌렸다.

"난 밑천 다 내놨는데, 더 내놓을 밑천이 있나?"

사내가 물어왔다.

"이제 시작이야."

"그럼 내가 죽겠군."

"틀림없이."

싸움은 무의미해졌다.

세 번의 격돌로 사내의 무공을 간파해 냈다. 육안으로 식별하려는 순간 몸을 저며 버리는 쾌검. 이것이 사내의 전부다.

빠름? 금하명에게는 섬광곤보다 한 걸음 더 나아간 쾌공이 있다. 불길을 뚫고 나오며 펼쳤던 대환(大桓).

사내는 상대를 잘못 만났다. 대환검을 참오하기 전이라면 평수로 끝날 수도 있었겠지만 지금 금하명은 해남도를 떠나올 때보다 한 걸음 더 진보한 상태다.

쉬이익!

소리없이 창이 날았다. 묵직한 쇠붙이가 공기를 가르는 소리도, 진기를 주입한 흔적도 보이지 않는 가볍고 느린 공격이다.

사내가 불길한 예감을 느꼈는지 잠시 움찔거렸다. 그러나 느린 공격에는 허점이 보이기 마련, 활짝 열려진 가슴팍을 향해 바람처럼 스며들었다.

파앗!

느릿느릿 움직이던 창법이 돌변했다. 수천 개의 화살이 덮치는 듯 변화가 난무하여 어디를 어떻게 막아야 좋을지 모를 창법이다.

사내는 쇠의 느낌을 감지하고 양손으로 검을 움켜잡은 후 옆으로 갈라냈다.

쉬익! 퍼억!

승부는 결정지어졌다.

사내의 검은 허공을 베고 지나갔다. 금하명의 창이 수직으로 베어온다 싶어서 옆으로 베었건만, 아주 큰 착각이었다.

금하명의 창은 옆으로 갈라져 들어왔다. 사내의 검과는 간발의 차이로 스쳐 갔고, 몸통을 직격(直擊)했다.

검 대 검이라면 상잔(相殘)했을 수도 있다. 하지만 일 장 오 척에 이르는 장병은 검이 닿지 않을 거리에서 휘둘러졌다.

쾌검의 전설이라고 일컬어지는 십자검법. 그의 십자곤법.

"이, 이건…… 십…… 자검……."

사내도 십자곤을 알아봤다.

"기…… 기가 막히군. 원…… 은 없어. 쾌검의 전…… 설에 당했으니."

사내의 상반신이 기우뚱하더니 왼쪽으로 기울어졌다. 동시에 갈라진 오른쪽 허리에서 내장과 핏물이 둑 터진 제방처럼 쏟아져 나왔다.

'이런 빠름이라면 모든 무공을 제압할 수 있지. 초식을 펼칠 겨를조

차도 주지 않는 빠름이니까.'

사내를 베었건만 기분은 착잡했다.

복건무림의 공적이 되었다고 해서가 아니다. 그런 점은 염두에도 두지 않고 있다.

사내의 검공…… 본 적이 있다.

백납도의 무공과 흡사하다. 백납도의 무공 역시 초식이라고 할 수 있는 것이 없었다. 초식을 펼칠 필요가 없어서였을까? 간단하게 휘저은 손길에 팔이 떨어져 나가고 육신이 베어졌으니까.

또 있다.

능 총관을 죽인 백포인도 이런 종류의 검법을 구사했다.

부광쇄두라는 마명까지 얻은 능 총관이 손도 써보지 못하고 당할 만큼 빠른 자였다.

초식에 당했다면 파해법이라도 강구해 보련만 가장 기본적이고 근본인 빠름에 당한 것이라면 대응책이 있을 리 없다. 유일한 대응책이라면 그만큼 자신도 빨라지는 것인데, 쾌검을 익힌다는 것이 말처럼 쉬운가.

금하명 자신이 수련한 무공도 이와 같은 종류다.

오죽하면 육 초식을 초식이라고 하지 않고 여섯 가지의 무공이라고 할까.

같은 종류의 무공이기 때문에 판별이 쉽게 된다. 남들보다 쉽게 알아본다. 다른 사람들은 빠름 속에 특별한 초식이 숨겨져 있을 것이라고 생각하지만, 잘못된 생각이다. 검을 탄황(彈簧), 후나(蝭挪), 남명(濫溟)처럼 병기를 사용하는 특기(特技)는 가미될망정 초식은 들어 있지 않다.

호독불식자(虎毒不食子) 205

청양문주, 백납도, 백포인…… 모두 같은 종류의 무공을 구사한다.
과연 이게 우연일까?
굳이 청양문주를 죽여야 할 이유는 없었다. 그가 죽어야 할 만큼 잘못을 저지르지도 않았다. 단지 혈살괴마의 앞길에는 죽음만이 존재한다는 하후의 조언을 충실히 따랐을 뿐이다.
그런데 죽여야 할 자를 죽인 것처럼 마음에 부담이 없다.
백납도, 백포인과 같은 종류의 무공을 사용했기 때문인지…… 이제 슬슬 혈살괴마의 혈성(血性)에 익숙해져 가고 있는 것인지…….
'생각했던 것보다 더 큰일이 벌어지고 있는지도 모르겠군. 무림은 이런 게 싫어. 그림처럼 무림도 무공만 수련하는 곳이라면 좋을 텐데. 무공 하나만도 제대로 수련하기가 벅찬 판에 온갖 음모라니.'
전각을 빠져나왔다.
앞을 가로막는 사람은 없었다. 넓디넓은 청양문에 사람이라고는 그림자조차 비치지 않았다.
공동묘지에 들어선 듯한 적막함.
금하명은 이해했다.
청양문주는 멋있는 사내다.
자신이 청양문주의 입장이라고 해도 문도들을 물리쳤을 게다.
현재 청양문도들의 무공은 무시해도 좋을 정도다. 청양문주가 실성하여 문도들을 도륙한다면 단신으로도 얼마든지 베어낼 수 있다.
자신이 베어낼 수 있는데 하물며 자신을 베어낸 자야.
문도들은 상대가 안 된다는 점을 알고 있었던 게다.
객잔에서의 싸움, 그리고 관도에서의 싸움. 이 두 번의 싸움으로 혈살괴마의 무공 정도를 어림짐작했고, 문도들을 물리쳤다면 지혜 또한 뛰어난 자였다.

아까운 사람을 베었는지도.

정문을 나서 관도로 들어서며 제일 먼저 복자가 앉아 있던 자리에 눈길을 주었다.

복자는 없다.

그뿐만이 아니다. 그물처럼 곳곳에 깔려 있던 살기들이 씻은 듯이 사라졌다.

이는 사전 약조에 따라 일제히 철수했다고 봐도 무방하다.

문주를 잃은 청양문도가 갈 곳이 있는가? 청화장 식솔은 갈 곳이 없어서 우왕좌왕했는데, 이들은 그래도 갈 곳이나마 있었던 겐가?

'이제는 어디로 간다…… 삼명, 삼명으로 가야겠지.'

복잡한 일을 미뤄둘 필요가 없다. 백납도를 지척에 두고 주위만 뱅뱅 돌다 보니 애꿎은 의심까지 든다. 청양문주와 백납도는 아무런 상관이 없었을 수도 있는데, 서로 연결 지어서 생각한 것부터가 의심이다.

금하명은 무조건 동북 방향으로 발길을 옮겼다.

"청양문주까지……. 생각은 했지만 괴물이야, 괴물."

언제나 금하명을 밀착 미행하는 사내, 구퇴걸 양조무가 청양문주의 시신을 살펴보며 말했다.

"손속이 너무 잔인해. 이렇게 베어서는 화타(華佗)나 편작(扁鵲)이 살아난다 해도 살려볼 엄두가 나지 않잖아. 그놈을 만나면 둘 중 하나야. 살든가 죽든가. 이놈, 평범한 놈은 아니고…… 정말 어디서 나타났는지 말 안 할래!"

호독불식자(虎毒不食子) 207

"이번만은 참아줘. 물어뜯어도 말 못하니까."
"이놈아, 네놈하고 잠자리한 게 십 년이야. 그런데 이까짓 것도 말 안 해준단 말이야?"
"미안. 빨리 움직여야겠어. 청양문도가 어디로 움직였는지만 파악하면…… 이건 큰 건이야."
"그놈들에게는 벌써 거지새끼들이 달라붙었잖아."
"불안해서 그래. 너무 큰 건이라. 같이 가줄 거지?"
"좋아. 한 가지만 확실하게 하고. 속에 있는 말, 언제 다 해줄 건데?"
"음……! 열흘. 열흘만 기다려."
양조무와 객잔 여주인은 티격태격하면서도 벌써 신형을 날려 멀리 사라져 갔다.

버마제비는 매미를 잡으려 하나 뒤에 참새가 노리는 줄 모르고, 참새는 앞에 있는 버마제비를 잡으려 하나 뒤에 있는 포수를 알지 못한다고 했다.
양조무와 객잔 여주인은 금하명의 뒤만 미행할 줄 알았지 자신들의 뒤에 독절 화부용 당운미가 따라붙는 줄은 알지 못했다.
'구퇴걸 양조무와 황보세가(皇甫世家)의 구미호란 말이지.'
당운미가 멀어져 가는 남녀를 쳐다보며 옅은 웃음을 지었다.
구퇴걸 양조무의 신분은 매우 낮다. 개방에 갓 입문한 백의개(白衣丐)보다 겨우 한 배분 높은 일결(一結)에 불과하다. 하지만 분타주들조차도 구퇴걸을 어려워한다. 그의 사형제가 모두 사결(四結)이기 때문이다.
사제들조차 사결제자인데 일결에서 멈춘 사람.
한마디로 구퇴걸은 개방의 문제아다.

그는 개방도라면 당연히 떠올리게 만드는 타구봉(打狗棒)조차 사용하지 않는다. 대신 구퇴라는 큰 망치를 사용한다. 걸개들과 어울리지도 않고 홀로 움직이며, 구걸 대신 협박과 사기로 배를 불린다.

그럼에도 파문되지 않고 일결로나마 개방 제자로 버틸 수 있는 것도 장로들 중에 누군가가 뒤를 봐주고 있기 때문이라는데, 남의 문파 사정을 알 수가 있나.

황보세가의 구미호도 내놓은 자식이나 진배없다.

한때는 천왕태보(天王太步)와 뇌진검법(雷震劍法)으로 명성을 날리기도 했지만 구퇴걸을 만난 이후부터는 사기 협잡꾼으로 돌아서서 온갖 파렴치한 행동을 서슴지 않는다.

그녀 역시 당연히 파문되었어야 하나, 현 황보세가주의 질녀라는 이유로 파문만은 모면하고 있다.

두 사람이 같이 움직이는 것은 이상하지 않다. 하지만 간섭을 받는 걸 극도로 싫어하는 두 사람이 누군가의 명을 받든다는 것은 예사로 볼 수 없다. 구퇴걸은 개방도지만 독불장군처럼 혼자 움직이기를 좋아하는 사람이고, 황보세가의 구미호는 개방의 명을 좇을 이유가 없지 않은가.

'열흘 후라고 했어. 그럼 열흘 안에 무언가 사단이 일어난다는 건데. 호호호! 큰 건을 물은 건 내가 아닐지 몰라.'

당운미는 두 사람에게서 시선을 거둬 청양문주를 봤다.

아미가 저절로 찌푸려졌다.

죽은 사람을 한두 번 본 것도 아니고, 자신 역시 많은 사람을 죽였지만, 시신이란 언제 봐도 끔찍하다.

'창날인데…… 살이 전혀 물러지지 않았어. 느낄 새도 없이 베고 지나갔어. 꿩…… 장한 쾌공이야.'

호독불식자(虎毒不食子) 209

그녀는 구퇴걸과 황보세가 구미호가 보지 못한 것을 봤다.

그들보다 시간적인 여유가 많았기 때문이기도 하지만 독술을 전개하는 데 절대적으로 필요한 섬세한 감각이 작용한 탓이다.

'혈살괴마와 적이 된다면…… 싸움을 벌이면 승산이 없어. 벌이기 전에 하독(下毒)해야 돼. 그리고 재빨리 물러서야지. 이 정도 쾌공이라면 내공도 상당할 터. 웬만한 독쯤은 참아낼 거야. 무형지독(無形之毒)밖에 없어.'

살갗에 소름이 돋았다.

싸워보지도 않고 상대에게 주눅 들어보기는 이번이 처음이었다.

❸

"떡이군. 술도 넣었나?"

"네? 네네. 넣었습니다요."

"크네. 하나만 먹어도 배부르겠어. 하나 줘."

노상에서 떡을 팔던 중년인이 황급히 아무런 고물도 묻히지 않은 밋밋한 떡을 꺼냈다.

광목을 들추기 무섭게 독한 술 냄새가 훅 하니 풍겨났다.

복건 사람들은 음식에 술을 사용하곤 한다. 날씨가 무더운 지방인지라 음식이 쉬이 상하는 것을 방지하기 위한 조처다.

그런데 그게 또한 별미다. 쌀가루에 술을 섞어서 쪄낸 떡도 별미의 일종이다. 한입 가득 베어 물면 시큼하면서도 톡 쏘는 듯한 맛이 우러나 식욕이 절로 일어난다.

해남에 있으면서 종종 생각이 나 군침이 돌게 하던 음식.

"얼만가?"

떡을 한입 베어 물며 물었다.

"돼, 됐습니다요."

"……?"

"떠, 떡 값은…… 돼, 됐습니다요."

떡 장사의 눈에는 공포가 어렸다.

'혈살괴마가 공포의 대상이 된 건가.'

이런 사람에게는 돈을 줘서는 안 된다. 돈을 꺼내놓으면 받지 않을 수 없겠지만, 혹여 무슨 봉변이라도 당할까 싶어서 전전긍긍하리라.

차라리 이대로 떠나주는 것이 떡 장사를 돕는 길이다.

금하명은 오물오물 떡을 씹으며 자리를 떴다.

"요, 용정차(龍井茶)입니다."

"난 주문하지 않았는데?"

"저, 저희 다루에서 가장 귀한 차입죠."

"그래서?"

"더 좋은 건 맹세코 없습죠."

곤혹스럽다. 도대체 소문이 얼마나 잔인하게 났기에 만나는 사람마다 쩔쩔맨단 말인가.

들어설 때는 발 디딜 틈도 없을 만큼 손님들이 북적거렸다. 하지만 그가 들어선 지 채 반 각도 지나지 않아서 개미새끼 한 마리 남지 않고 사라졌다.

'여기도 빨리 마시고 나가주는 게 도와주는 길이겠군. 어쩌다 이 모

양이 됐는지.'
 뜨거운 용정차를 냉수 마시듯 단숨에 들이켰다.
 다도(茶道)란 게 있을 리 없다. 차 맛을 음미할 틈도 없다. 귀한 차인데 다향은 물론이고 입 안에 감도는 여운까지 느낄 겨를이 없다.
 "차 값은?"
 "차 값이라뇨! 차 값은 걱정 마시고……."
 '빨리 나가달라? 그래, 나간다, 나가.'

 해가 서녘 하늘에 걸려 사위를 황혼으로 물들일 즈음, 금하명은 천석지기쯤 되는 부호의 저택으로 다가섰다.
 "어, 어쩐……."
 금하명을 흘깃 쳐다본 문지기는 사색이 되어 말도 제대로 잇지 못했다.
 "쉬어가야겠다."
 "자, 잠깐만 기다려 주실 수…… 아, 아니, 그게 제 마음대로 결정할 수…… 저, 전 한낱 문지기라서……."
 "……."
 금하명이 말이 없자 문지기는 더욱 쩔쩔맸다.
 "아이구! 전 집에 처자식이…… 자, 잠깐만…… 노여움을 푸시고 잠시만 기다……."
 문지기는 안으로 치달려 들어갔다. 그러면서도 혹여 금하명이 뒤쫓아올 것이라고 생각했는지 연신 뒤돌아봤다.
 채 일 다경도 지나지 않아서 장원 주인인 듯한 사내가 황급히 달려나왔다.

"기다리시게 해서…… 들어가시지요."

금하명은 비단 금침이 깔린 넓은 방으로 안내되었다.

벌써 조처를 취해놨는지 방 안에는 주안상이 준비되어 있었고, 발을 씻겨줄 시녀까지 대기하고 있었다.

"술은 됐고…… 목욕이나 하지."

"곧 준비하겠습니다. 또 필요하신 건……."

"……."

"아, 예. 알겠습니다. 그럼 편히 쉬십시오."

황제가 이런 대접을 받을까? 낯모르는 사람, 아무 인연도 없는 곳인데 숙식 걱정 따위는 필요없다. 아예 주인인 듯 행세해도 뭐라고 할 사람이 누가 있을까.

저녁 식사는 잔칫날에나 먹을 수 있는 귀한 음식을 대접받았다. 그 후에도 술이며 과일이며 끊임없이 들어왔다.

공통된 점이 있다면 발을 씻길 때도, 목욕 수발을 들 때도, 음식을 접대할 때도…… 주인 부부는 물론이고 시녀들까지 보는 사람이 딱할 만큼 벌벌 떤다는 점이다.

잠을 청하기 위해 침상에 몸을 뉠 때는 더욱 난처한 일이 벌어졌다.

속이 환히 비치는 나삼을 입은 여인이 예의 벌벌 떠는 모습으로 들어섰다.

"뭐냐?"

"바, 밤 시중을……."

여인의 자태는 고왔다. 손도 허드렛일을 하는 사람으로는 보지 못할 만큼 부드러웠다.

"기녀냐?"

"아, 아니옵니다."

여인은 손도 대지 않았는데 파랗게 질려서 벌벌 떨었다. 한겨울에 알몸으로 밖에 서 있는 사람이라면 이해할 수 있을 정도로 안쓰럽게 떨어댔다.

"험한 일을 하는 여자 같지는 않은데?"

"따, 딸이오…… 옵니다."

"딸? 못된 인간이군. 아비가 딸을 밤 시중 자리에 밀어 넣다니."

"흑! 죄, 죄송합니다. 아무도 하지 않겠다고 해서…… 죄, 죄송합니다. 이런 말씀을 드려서요. 저는 기꺼이 나섰습니다. 어른 같으신 분을 모시는 건 평생의 영광이옵기에……."

거짓말이다. 사시나무처럼 떨어대는 어깨와 파랗게 질려 버린 살결이 거짓임을 말해 준다.

밤 시중을 들 여자는 필요한데, 아무도 나서는 사람이 없으니 대를 위해 자신을 희생한 것이리라.

'마인이 되면 여자까지 안을 수 있다는 건가. 마인도 이만하면 괜찮군. 황상도 부럽지 않은 생활이야.'

마인들이 정도로 돌아서지 못하는 이유가 이런 사소한 일상사에 있다면 믿을 수 있을까?

금하명은 몸소 겪어보면서 마인들이 주는 폐해를 절감했다.

"가라. 난 풋내기는 안지 않아. 목석을 껴안는 것처럼 고역은 없지. 가. 대신…… 내일 아침까지 나에 대한 소문을 한 자도 빠짐없이 적어와. 한 자라도 누락되었을 시는…… 후후후!"

음침한 괴소를 들은 여자는 아예 기절하다시피 했다.

"아, 알겠습니다. 다 적어오겠습니다. 한 자도 빠짐없이. 모두모두 적어오겠…….”
 "가봐."

 복건무림은 두 가지 소문으로 무성했다.
 첫 번째 소문은 두말할 나위 없이 혈살괴마에 대한 것이다.
 진강 사가의 몰살, 청양칠검, 진 대협을 위시하여 군웅의 죽음, 그리고 청양문주의 죽음.
 모두 손속이 잔인했던 것은 사실이다.
 한데 세간에 퍼진 소문은 실상과는 너무 거리가 멀었다.
 어깨를 나란히 하고 걸었다는 핑계로 어린아이의 목을 부러뜨려 죽였다. 몸을 주지 않는다고 여인의 사지를 잘라 버렸다. 잠잘 곳을 주지 않는다고 한 마을 전체를 몰살시켜 버렸다.
 남녀노소를 가리지 않았고, 무인과 범인의 구분을 두지 않는 살인마. 하루라도 여자 없이는 자지 못하는 색마. 심심하다고 사람을 죽이는 악마.
 혈살괴마에 대한 소문은 금하명조차도 어리둥절할 정도로 지저분했고, 처참했다.
 어쩐지 사람들이 보는 것만으로도 질려서 벌벌 떨더라니.
 또 한 가지 소문은 혈살괴마처럼 느닷없이 나타난 일단의 무리에 대한 것이다.
 오색찬란하게 치장된 가마 두 개가 복건무림에 나타났다.
 가마를 탄 사람은 여인인 듯한데 무공 깊이가 추측 불가이며, 무림인의 접근을 철저하게 거부한다.
 막고자 한다면 가지 않으면 그만인데 무림인의 속성이 어디 그런가.

가마에 접근하고자 하는 무인들이 속속 모습을 드러냈고, 그들은 모두 싸늘한 주검이 되어 대지에 몸을 뉘었다.
가마에 접근하기 위해서는 은신술에 능한 자들을 뚫어야 한다. 그 다음에는 호위인 듯, 시종인 듯 싶은 세 노인을 이겨내야 한다. 그러고도 초강자로 짐작되는 여인의 검을 꺾어야 한다.
그들의 무공은 상상을 불허하는 수준이라고 한다.
일명 쌍미천향교(雙美天香轎)다.
쌍미라는 말은 가마 안의 여인들이 천하절색이라는 점에서 비롯되었다. 가마에서 내리는 여인을 먼발치에서 본 사람이 있는데 세상에서 한 번도 본 적이 없는 미인들이었단다.
절대고수에 천하절색.
무인들의 흥미를 끌어당기는 말이 아닐 수 없다.
쌍미천향교는 혈살괴마만큼이나 세인들의 이목을 끌어당겼다.
'청홍마차! 해남도에 청홍마차가 있었지. 사람들의 이목을 잡아끄는 데는 청홍마차처럼 확실한 것도 없었어. 후후! 청홍마차 흉내를 내고 있다는 건데…… 하후, 도대체 무슨 생각을 하는 거야.'
어련히 알아서 잘할까. 빙후와 해남제일의 배분을 지닌 세 노인이 건재하고, 음살검과 양광검의 은신술만 해도 타의 추종을 불허하는데.
그들이 흩어진다면 모를까 뭉쳐 있다면…… 당금 무림에서 그들을 쉽게 요리할 수 있는 무인은 손에 꼽을 게다.
금하명은 그들에 대한 생각을 접고 자신의 문제에 골몰했다.
악평이 나도 단단히 났으니 앞으로 어떻게 처신해야 할지 분간이 서지 않았다.
'괴롭더라도 삼명까지는 어쩔 수 없겠지. 이대로 가는 수밖에.'

혈살괴마의 특징은 마의를 입고, 얼굴을 가리는 큰 방갓을 썼다는 점이다.

그가 등장한 이후로 복건성에는 마의를 입는 사람이 사라졌다. 날씨가 아무리 더워도 방갓을 쓰는 사람이 없다. 자칫 혈살괴마로 오인받을까 염려되기 때문이다.

그러나 뭐니 뭐니 해도 혈살괴마의 가장 큰 특징은 피가 묻어 있는 듯한 철창, 혈흔창이다.

창날을 접어도 길이가 일 장에 이르고, 무게가 여든 근이나 나가니 누구나 한눈에 알아볼 수 있다.

마의, 방갓, 혈흔창은 혈살괴마의 독문 표식이나 진배없었다.

그런 점은 그에게 가장 맛있는 음식과 편안한 잠자리를 제공해 주었지만, 반대로 생각하면 쌍미천향교만큼이나 종적이 빤히 드러난다.

그를 찾고자 하는 사람이 있으면 누구에게 물어볼 필요도 없다. 시중에 흘러 다니는 소문을 몇 개만 주워들으면 혈살괴마가 어디에 있는지, 어제는 무슨 일이 있었는지까지 알 수 있다.

부딪치면 피와 죽음밖에 없는 혈살괴마를 찾을 사람도 없겠지만.

아니다, 있다!

금하명은 길을 막아선 일남일녀를 보는 순간 어깨를 움찔거렸다.

세상의 풍파란 풍파는 모두 겪어본 듯 초췌한 모습, 하지만 골수까지 실전으로 다져진 낭인들. 황야에 홀로 버려진 늑대처럼 이글거리는 눈빛, 피를 갈망하는 몸짓.

무엇보다 금하명은 이들을 안다.

죽는 순간까지 결단코 잊을 수 없는 사람들이다.

"혈살괴마, 천하무적이라며? 시험해 보고자 왔어."

여인이 말했다. 음성 속에는 목숨 따위에는 미련을 두지 않는다는 달관이 스며 있었다. 그렇다. 비장함을 넘어서서 달관에 이르렀다.

"내가 먼저. 찬물에도 위아래가 있는 법이니까."

사내가 검을 지팡이 삼아 짚고 일어섰다.

시중에서 흔히 볼 수 있는 삼척장검이다. 검집은 버렸는지 보이지 않고, 칼날에도 이가 뭉텅뭉텅 빠져 있다.

검을 손질할 줄 아는 사람들인데…… 검이 이 지경이 되었다면 벤 사람은 얼마나 많을 것인가.

여인은 일어서지 않았다. 아마도 일 대 일의 비무를 고집해 온 듯 합공은 생각도 하지 않고 있다.

"내 창은…… 죽음밖에 모른다. 삶에 조금이라도 미련이 있거든……."

"그따위 것은 몰라. 오래전에 죽은 목숨이니. 한 가지만 분명히 하지. 네가 마인이라서 도전하는 게 아니다. 마도니 정도니 하는 말은 개나 먹으라고 하고. 네 창이 일절이라기에 겨뤄보고 싶은 것뿐이다."

"그뿐이라면 목숨을 걸기에는 아깝지 않나."

"후후후! 듣던 것과는 다르군. 혈살괴마도 아량이라는 것을 아나?"

검첨(劍尖)이 지면을 향했다.

'특이한 검법. 실전을 통해 깨달음을 얻었군.'

금하명도 창을 들었다.

찰칵! 하는 소리와 함께 창날이 튀어나왔다.

조용한 대치가 이뤄졌다.

사내는 눈을 지그시 반개(半開)하고 요지부동, 눈썹 한 올 움직이지 않았다.

 '흠! 생사를 도외시한 일격. 오직 죽음밖에 없는 검이군. 창으로 몸통을 꿰뚫으면, 꿰뚫리면서 다가와 목을 쳐낼 거야. 이런 식으로 살아왔군. 이런 식으로······.'

 잊지 못할 사람들.

 조자부(趙子夫), 조가벽(趙家璧) 오누이.

 조자부는 비쾌섬광파에 가장 능했다. 비쾌섬광파로만 본다면 청화장 제자들 중 가장 탁월했다.

 이들은 스스로 파문을 요청했다.

 무너져 가는 청화장에 더 이상 몸을 담고 있을 이유가 없다고 잔인한 일갈을 내지르며 떠나간 사람들이다.

 또한 원완마두를 죽인 사람들이기도 하다. 당시로서는 상대가 안 되는 원완마두에게 과감히 검을 뽑아 들었다. 그래서 능 총관이 원완마두에게 주었던 대삼검 검급을 회수했다.

 금하명만은 안다, 이들이 진심으로 청화장을 떠난 게 아니란 것을.

 "후후후! 생사검벽(生死劍壁). 청화장 비전비초(秘傳秘招)가 아닌가. 청화장 떨거지들인가?"

 조자부는 반응이 없었다. 조가벽 역시 눈썹을 찡그렸을 뿐 별다른 반응을 보이지 않았다.

 "집중이란 좋은 거지. 오로지 한 가지에만 몰두한다는 점에서. 그런데 인간은 그렇지 않아. 목숨을 건 싸움에서도 최선을 다하지 않아. 문제가 뭔가? 자신을 보호하는 것. 본능적으로 살고자 하는 것. 이런 욕심이 공격에만 집중할 검을 수비로 분산시키지."

 조자부의 어깨가 미미하게 흔들렸다. 조가벽은 고개를 돌리지는 않앉지만 눈을 부릅뜬 모습이 역력했다.

"수비를 도외시하면 공격에만 집중할 수 있지. 허점…… 가리지 않고 드러낸다. 맞으면 맞는 것이고, 아니면 마는 거고. 대신 나는 수비에 기울어진 기력까지 모두 모아 공격에 집중한다. 비쾌섬광파를 능히 두 배는 빠르게 할걸?"

"누…… 구냐!"

조자부가 반개한 눈을 풀지 않은 채 입술만 달싹거리며 말했다.

"음성이 떨리는군. 쯧! 그래서야 생사검벽이 풀리지. 좀 더 냉정을 유지하라고. 누구냐고 물었나? 나, 혈살괴마."

조가부는 급격하게 냉정함을 회복했다.

눈 한 번 깜빡이는 순간에 언제 그랬냐 싶게 평정심을 되찾았다.

"좋아. 그래야 제격이지. 아! 또 하나 말하지 않은 게 있군. 생사검벽에는 치명적인 약점이 있어. 먼저 공격하지 못한다는 점이지. 들어오는 검을 받아치는 검이니까. 내가 공격하지 않는다면 어떻게 될까? 내력 싸움이 되나? 내력이라면 나도 자신있는데."

이번 격장지계(激將之計)는 무용지물(無用之物)이 되었다.

금하명의 말에 잘못된 부분은 없지만 조자부는 목숨을 하늘에 맡긴 듯 담담했다.

아마도 마음속으로는 패배를 느끼고 있을지 모른다. 자신의 무공에 대해서 손바닥 들여다보듯 말하고 있는데 불안하지 않을 사람이 어디 있을까.

그럼에도 겉으로는 일절 내색하지 않는다.

"하지만 기다리는 건 내 성격에도 맞지 않아. 공격해 주지. 원하는 대로. 허점을 드러냈으니 허점을 공격한다. 내 창을 피하지 못하면 네가 죽고, 창을 피해내면 내가 죽겠지. 잘해보자고."

너무도 태연한 말에 조가벽이 자리에서 일어서서 싸움을 지켜봤다.

'사형의 노고에 보답하는 의미로 최선을.'

쉬익!

미풍이 일렁인다 싶은 순간, 금하명의 신형이 순간 이동이라도 한 것처럼 바짝 다가섰다.

쒜엑!

그 순간, 지면을 향해 있던 조자부의 검은 어느새 하늘을 찌르고 있었다.

'눈부신 쾌검!'

조자부의 현재 무공은 해남무림에서도 통할 수 있을 정도다. 변화막측한 벽파해왕의 조검은 상대할 수 없지만 같은 쾌검인 일섬단혼이라면 한 번쯤 승부를 결해봐도 좋을 성싶다.

한 가지만은 확언한다. 조자부가 있기에 복건무림의 무공이 한 걸음 더 나아갔다는 것을. 조자부 같은 무인이 한 명에서 두 명으로 늘고, 열 명이 백 명으로 늘면 복건무림에도 구파일방에 버금가는 문파가 존재하게 될 것이다.

한데 조자부는 한 가지 실수를 했다.

금하명이 쳐갔던 창법은 실초 같은 허초, 조자부의 쾌검을 끌어내기 위한 눈속임이었다는 점을 파악하지 못한 것.

쓰으윽!

몸 옆으로 흘러갔던 창날이 툭 꺾이며 조자부의 뒷목을 감쌌다. 마치 낫에 뒷목이 걸린 사람처럼.

고의적으로 허점을 유도해 낸 다음 쳐나가는 허간곤법이다.

호독불식자(虎毒不食子) 221

조자부의 뒷목에서 가는 핏줄기가 흘러내렸다.
"졌다."
조자부는 순순히 패배를 시인했다. 아무런 동요도 없이.
찰칵! 쉬익!
금하명은 조자부의 말을 듣고 있지 않았다. 창날을 곧게 편 후, 곧장 조가벽을 향해 짓쳐 나갔다.
조가벽은 침착하게 대응했다. 급작스런 공세에도 전혀 당황한 기색을 비치지 않고 마치 이미 준비하고 있었다는 듯 태연하게 검을 늘어뜨렸다.
조자부와 같은 생사검벽이다.
슈욱!
일 장 반의 장창은 몸통을 꿰뚫을 듯 일직선으로 쏘아졌다.
조가벽은 즉시 검을 추켜올렸고, 삼척장검은 정확히 장창을 쳐냈다. 순간,
따앙!
묵중한 울림이 터져 나왔다.
곧게 찔러오는 창을 쳐낸 것은 조가벽이다. 한데 울림이 있고 난 후, 오히려 밀린 쪽도 조가벽이다.
내공에서 현격한 차이가 난다. 금하명이 파괴력으로는 단연 으뜸으로 여기는 건곤곤법을 전개한 영향도 있지만.
조자벽이 검을 든 손은 항복이라도 하듯이 하늘을 향해 올려졌다. 그리고 활짝 열린 가슴 한복판에 장창의 날카로운 주둥이가 들이밀어졌다.
"상대가 안 되네. 이 정도로 강할 줄은…… 죽여."

조자부나 조가벽이나 생명에 미련을 두지 않았다. 언제 어디서든 몸을 뉘면 죽는다는 심정으로 살아온 사람들이니 당연한 노릇이다. 햇수가 얼마인가. 벌써 오 년이 훌쩍 넘었지 않은가.

"난 죽음밖에 모른다. 친구의 친구가 아니었다면 너희는 벌써 죽었어. 앞으로 너희 목숨은 내가 보관한다."

"그게…… 무슨 말이냐!"

패배를 당했던 모습 그대로 등을 보이며 서 있던 조자부가 홱 돌아서며 물었다.

"금하명이라는 친구를 아나?"

"장주? 살아 있나?"

조자부의 얼굴에 희미하게나마 화색이 감돌았다.

"나와 오백 초를 겨뤘지만 승부를 내지 못했지."

'이거야 원 낯간지러워서.'

혈살괴마의 탈을 뒤집어쓴 채 금하명임을 밝힐 수는 없다. 만약 그런다면 이들에게는 사형 선고가 될 테니까. 명문정파의 후인이 마인이 되어 떠돈다면 그보다 더한 절망감이 어디 있을까. 이들이 낭인이 되어 떠도는 것도 오로지 사부의 복수를 하기 위함인데.

"며칠 후에 만나서 승부를 결하기로 했으니, 그때까지 그대들 목숨을 맡아두지."

"며칠 후? 정말이냐!"

조가벽의 음성이 날카로워졌다. 한편으로는 홍조도 띠었다.

'응? 가벽이? 에이, 설마…….'

여인을 알게 된 금하명은 조가벽의 표정에서 심상치 않은 변화를 감지했다. 금하명을 말할 때, 그녀의 눈빛은 유독 반짝였다. 퇴폐적인 표정이 일시에 가시고 발랄한 생기로 가득해졌다.
 이런 현상이 의미하는 것은…… 설마.
 "따라와. 난 야숙은 질색이니까."
 금하명이 앞장서서 휘적휘적 걸었다.
 "장주께서 사부를 모신 건 아니지? 그렇지?"
 "장주께서 기연이라도 만난 건가? 그렇지 않고서야……."
 "장주 이야기 좀 해봐. 지금쯤 앳된 모습을 벗고 헌앙한 청년이 되셨을 텐데……."
 조가벽은 종달새마냥 연신 종알거렸다.

第四十一章
흘연불흘경(吃軟不吃硬)

연한 것은 먹지만
딱딱한 것은 먹지 않는다

흘연불흘경(吃軟不吃硬)
…연한 것은 먹지만 딱딱한 것은 먹지 않는다

우연이 겹치면 필연이 된다. 두 번의 우연이란 결코 있을 수 없으며, 설혹 있다손 치더라도 한 번쯤은 의심을 해봐야 한다.

청화장 몰락 시 죄송하다는 서신 한 장만 덩그러니 남겨놓은 채 사라져 버렸던 성금방(成錦芳) 사형이 길을 가로막았을 때, 금하명은 차곡차곡 일을 진행시키고 있는 하후를 떠올렸다.

하후는 백납도와의 겨룸은 반드시 청화장 문도들이 주시하는 앞에서 치르라고 당부했다. 청화장 문도들에게 삶의 희망을 안겨줘야 한다면서.

당시는 그 말뜻을 정확하게 이해하지 못했는데, 성금방을 대면하고 보니 확실하게 이해된다.

조자부, 조가벽 오누이도 그랬지만 성금방도 거지 중에 상거지였다. 평생 비럭질을 업으로 삼는 개방도들조차도 조씨 오누이나 성금방에

비하면 깔끔한 편이라고 할 수 있었다.

이들은 살아도 산 것이 아니다. 다른 사람들은 청화장을 잊었을지 몰라도 이들만은 한(恨)으로 걸머지고 산다. 아마도 백납도를 꺼꾸러 뜨리는 날까지 이런 모양새로 살아갈 게다.

다른 사람이 꺼꾸러뜨리는 것은 의미가 없다. 반드시 청화장 문도들 중에서 초강자가 등장하여 검을 들어야 한다. 그렇지 않으면 이들은 과거의 속박에서 영원히 벗어나지 못한다.

"사제……."

조자부가 짤막한 말로 수많은 감회를 대신했다.

"사형? 사매? 이게 얼마 만…… 지금 혈살괴마와 동행하는 겁니까?"

성금방의 음성은 반가움에서 분노로 바뀌어갔다.

"장주가 살아 있대요."

조가벽의 한마디는 성금방을 꽁꽁 얼어붙게 만들었다.

"그 말이 사실입니까?"

조자부에게 물었다.

조자부는 고개를 끄덕였다.

"후후! 살아 있을 줄 알았지. 어디선가 힘차게 붓을 놀리고 있겠구만. 장주의 그림은 정말 좋았는데. 한번 보고 싶군."

"아뇨. 무공을 수련했대요. 그것도 혈살괴마와 오백 초를 겨룬 끝에 승부를 다음으로 미뤘고요."

성금방이 믿지 못하겠다는 듯 눈만 끔뻑거렸다.

"장주의 자질은 누구보다도 뛰어났지. 무공에 전념하지 않아서 그렇지. 붓을 버리고 검을 들었다면 일취월장(日就月將)했을 거야."

"그럼…… 지금 사매의 말이 사실이란 말입니까?"

성금방도 혈살괴마의 무공 깊이를 짐작했다.

상대를 보고 느낌을 갖지 못한다면 무인이라고 할 수 있나. 강한 자인 줄은 알고 찾았지만 병기를 들기도 전에 숨이 막히게 하는 고수라고는 생각하지 못했다.

소문에는 그의 무공이 무적이라고 한다.

세상에 무적이 어디 있나 싶었는데, 정말 있는 것 같다.

그런데 장주가 그런 자와 오백 초를 겨뤘고, 평수를 이뤘다니 이보다 기쁜 일이 어디 있을까.

조가벽이 성금방의 마음을 헤아리며 말했다.

"며칠 후에 승부를 낸대요. 그래서 장주를 만나보기 위해서⋯⋯ 이자가 말해 주지 않으니 이렇게 따라다닐 밖에요."

"사매⋯⋯ 사형, 제대로 알지도 못하고 역정부터 내서⋯⋯ 질책은 나중에 듣죠. 그전에 할 일이 있어요."

성금방은 혈살괴마를 노려봤다.

그 역시 조씨 오누이와 같은 심정으로 혈살괴마를 찾았다. 그를 죽이기 위함이 아니라 무공을 견주어보기 위함이다. 상대가 흉신악살이니 패배는 곧 죽음으로 이어지겠지만 무공을 발전시키기 위해서라면 죽음도 불사할 용의가 있다.

"사제, 최선을 다해봐. 나와 가벽이는 이자의 일초도 견뎌내지 못했다. 장주와 겨뤄본 경험 때문인지 대삼검에 대해서는 소상히 알고 있고. 참고로 해."

조자부와 조가벽은 성금방의 도세(刀勢)를 본 후, 조용히 한쪽으로 비켜섰다.

오누이의 판단으로는 성금방의 패배가 확실하다.

흘연불흘경(吃軟不吃硬) 229

성금방 역시 자신들과 마찬가지로 손발이 헤어지는 줄도 모르고 병기를 휘둘렀겠지만 그들이 몸으로 경험한 혈살괴마의 무공은 차원을 달리한다.

사부이신 청화신군이 생존해 계신다 해도 승부를 장담할 수 없는, 정말 백납도만큼이나 두려운 상대다.

하나 관전하는 입장에서 불길함은 느껴지지 않는다.

혈살괴마와 금하명이 어떤 관계인지는 모른다. 짐작할 수 있는 것은 혈살괴마의 말투로 미뤄 악의를 품고 있지 않다는 것. 그 덕분인지 천하의 흉마인 혈살괴마가 청화장 식솔들에게만은 살수를 휘두르지 않는 기행을 벌이고 있으니 안심하고 지켜봐도 된다.

금하명은 조자부, 조가벽 남매가 물러선 자리로 들어섰다.

조씨 오누이의 무공은 눈부실 만큼 발전했다. 그럼 성금방 사형은 어떤가.

"흠! 병기를 도(刀)로 바꿨군. 알 만해. 아마 대삼검 마지막 삼초가 패력을 추구하는 검이지? 패력하면 검보다는 도가 낫지. 그렇다고 검을 버리고 도를 택한 건 잘못이야."

성금방은 도를 겨눈 채 금하명이 창을 들기만 기다렸다.

그의 도는 일반적인 대도(大刀)보다도 폭이 넓고 무게가 한층 더 나갈 것 같았다.

대삼검의 패력을 구사하기는 더없이 좋다. 하지만 대삼검은 도의 호선(弧線)을 고려하지 않은 검초다. 단순히 내려치는 법도도 검과 도는 다르다.

검으로 최적화시킨 대삼검을 도로 펼치면 무리가 따른다. 차라리 대삼검을 참고로 하여 자신만의 무공을 창안해 냈다면 모를까.

성금방은 어떤 무공을 연성하였나.

'금방 알게 되겠지.'

"검을 버리고 도를 택한 게 얼마나 큰 착오였는지 한 수 가르쳐 주지. 아! 걱정 마라. 옛 친구를 생각해서 목숨만은 보전시켜 줄 테니까."

"후후! 그래. 무시할 자격이 있지. 혈살괴마가 무적이란 소문은 귀가 따갑게 들었으니까. 좋아, 당신 같은 사람을 상대로 도를 휘두를 수 있으니 영광으로 여기지."

금하명은 도의 꿈틀거림을 보았다.

도첨(刀尖)이 우상방(右上方)으로 약간 쳐들린 채 기울어져 있다.

도의 호선을 살리기 위해 대삼검을 변형시킨 결과이리라. 대삼검을 벗어나 자신만의 무공을 창안해 냈거나 창안해 가는 과정 속에 있으리라 짐작된다.

'성 사형, 멋있네. 역시 우리 청화장 형제들은 멋있는 사람들이라니까. 모두 똑똑한 사람들투성이잖아.'

성금방의 판단은 옳았다고도, 틀렸다고도 할 수 없다. 검에 맞춘 검초를 도로 펼치는 것은 잘못된 것이고, 검초를 도에 맞춰 변형시킨 것은 옳다.

꿩 잡는 게 매라던가.

어느 쪽을 추구했던 강해지면 그만이다.

검으로 대삼검을 수련했을 때 오를 수 있는 최고 경지와 도초로 변형시킨 무공이 어느 정도까지 발전할 수 있는지를 살펴보면 잘잘못이 가려진다.

그 판단은 금하명만이 내릴 수 있다.

대삼검을 최고 경지까지 끌어올렸고, 대삼검의 정화인 대환까지도 완성시켰으니까.

결전을 벌이되 도움이 될 수 있는 방향으로 벌여야 한다.

조자부는 무공에 대한 자신감이 지나쳐 보였다. 수많은 실전을 통해 체득한 경험이 밑바탕에 깔려 있다는 점은 알지만…… 무공이란 아무리 강해도 더 강한 자가 있기 마련이거늘.

그래서 허간곤법을 펼쳐 단 일 초에 승부를 결정지었다. 그의 검도 빗나갈 때가 있다는 점을 일깨워 주기 위해서.

조가벽도 허간곤법을 봤을 테니, 그녀까지 공격할 이유는 없었다.

한데 하얀 천으로 검을 손에 둘둘 감아 맨 모습이 눈에 띄었다.

죽는 순간까지도 검만은 손에서 놓지 않겠다는 집착이다. 이 또한 경험에서 우러난 조처일 테고, 누군가와 겨루다가 검을 놓친 적이 있는 것으로 생각된다.

검을 손에 단단히 동여매는 행위는 마지막 기력을 다할 때까지 검을 휘둘러야 할 때만 통용된다. 일 대 일의 비무에서는 오히려 방해가 될 때가 있다. 차라리 검을 놓쳐야 할 때는 놓아버리고 적수공권(赤手空拳)으로 반격하는 게 나을 때도 있다.

그 점을 일깨워 주기 위해서 창을 뻗어냈다. 파괴력이 강한 건곤곤법을 사용했다. 검을 놓지 않으려는 행동이 오히려 치명적인 위험을 초래할 수 있다는 점을 창으로 알려주었다.

성금방의 패도에는 진력이 깃들어 있다.

잘못이다. 싸움이 시작되지도 않았는데 내력을 소진시키고 있다.

대삼검 삼초는 검이 목표에 닿을 찰나, 일시에 진기를 폭발시켜 막강한 파괴력을 토해냄으로써 절정에 이른다.

금하명 자신이 여기에 착안하여 남명이란 묘용을 덧붙일 수 있었지 않은가.

　다른 것은 모두 버리더라도 남명만은 버리지 말아야 한다. 전신의 진기를 일점에 집중시켜 폭발시킨다면 자신보다 내공이 강한 상대와도 얼마든지 겨룰 수 있으니까.

　'남명을 보여줘야겠군.'

　나비가 너울너울 날갯짓을 하듯 가볍게 창을 움직였다.

　팔십 근 묵창이 너무 무거워서 제대로 들지도 못하겠다는 듯 무기력하기 짝이 없는 모습으로 휘청휘청 창을 뻗어냈다.

　"놀라나!"

　성금방이 버럭 고함을 지르며 냅다 일도를 쳐왔다.

　'쯧! 성질은 여전하군. 앞뒤 재지 않고 달려드는 성질머리 하고는.'

　대도는 창대를 잘라 버릴 듯 후려쳤다. 순간,

　터엉!

　쇠로 만든 묵창이 버들가지처럼 휘어지더니 되튕겨졌다.

　"헛!"

　성금방이 다급히 헛바람을 내지르며 뒤로 물러섰다.

　그는 멍청한 표정으로 대도를 쳐다봤다.

　대도는 강한 충격을 받아 금이 가 있었다. 그의 손아귀에서 흘러내린 피가 손잡이를 지나쳐 땅으로 떨어져 내린다.

　"후후! 피라미 같으니라고. 이건 금하명이 내게 쓴 수법인데, 약간 흉내를 내봤지. 대삼검 삼초에 일점집중의 묘가 있다던데 내 내공으로 응용해 봐도 되더군. 내공은 훌륭했어. 하지만 열에 칠팔 밖에 쓰지 못한대서야 열을 키운 보람이 없지. 후후후! 이런 이치를 깨닫지 못하는 한 넌 영원히 피라미야."

성금방은 모욕적인 언사는 듣지 않았다. 그의 말속에서 도움이 될 말만 골라냈고, 즉시 도법에 응용했다. 도에 깃든 진력이 사라지고 쇠붙이만의 독특한 질감만 남아 있는 것으로 보아서 벌써 응용할 단계에 이른 것 같다.

하기는…… 청화장 문도들이라면 대삼검과 함께 아침을 시작해서 저녁을 맞이했으니까.

조자부, 조가벽, 성금방은 오랜만에 만난 회포를 술로 풀었다.
그들 모두 혈살괴마에게 패했지만 패배는 벌써 머리 속에서 지워진 지 오래인 듯 활짝 웃는 얼굴로 지나온 이야기들을 나눴다.
금하명도 그들 틈에 섞이고 싶었다.
하나 혈살괴마의 용모, 핏기 잃은 피부로는 어울릴 수 없다.
이럴 때는 완벽한 변장이 원망스러운 것을.
혈살괴마에 대한 잔혹한 소문이야 대화로 오해를 푼다 해도 십여 일 동안 단약을 복용해야만 풀어지는 혈살괴마의 껍데기는 어쩔 수 없지 않은가.
그런 모습으로는 아무리 대화를 나눠도 오해만 깊어질 뿐이다. 자칫 금하명을 죽이고 대삼검을 빼앗았다는 오해를. 그러잖아도 그런 이야기들이 오고 가는 눈치인데.
"혹시 장주를 죽이고 대삼검을 빼앗은 것 아닐까?"
"그럼 우릴 왜 살려줬겠어."
"그게 이해되지 않는다니까. 일초지적에 불과한 자를 살려둬서 쓸 데도 없을 테고. 따라다니는 것도 강제하지 않잖아. 따라오고 싶으면 따라오고 가고 싶으면 가라는 투 아냐."

"전 오히려 혈살괴마에게 고마워해야 할 판이에요. 덕분에 치명적인 약점 하나를 알게 되었으니까요."

"그건 나도 그래. 망각하고 있었던 묘리를 깨닫는 계기가 되었으니까. 저놈, 혈살괴마가 맞기는 한 거요? 영 소문과 달라서 헷갈리네. 무공만 빼고는."

"며칠 있으면 장주와 만난다니까 지켜보면 알겠지. 나쁜 짐작이 맞는다면 원수가 한 명 더 느는 것뿐이고."

금하명은 쓰게 웃으며 일어섰다.

사형, 사매는 그의 청력이 동물과 비견될 정도로 발달되었음을 알지 못한다. 그들과 자신과는 흙벽으로 가로막혀 있지만 지척에서 떠드는 것처럼 또렷하게 들린다.

같이 어울려 웃고 떠드는 것은 할 수 없지만 섭섭한 마음은 한편으로 밀쳐 놓을 수 있다.

얼굴을 본 것만으로, 살아 있다는 것을 확인한 것만으로도 만족한다. 아직 청화장을 잊지 않고 있으며, 삶과 죽음의 갈림길을 아무렇지도 않게 오가고 있는 모습을 보니 가슴이 뿌듯하게 벅차오른다.

지옥이 무엇인지를 아는 사람들이 되었다.

청화장 식구들이 뿔뿔이 흩어져 있지만 이들 삼 인이 곁에 있어주는 것만 해도 천군만마를 얻은 기분이다.

이들이 청화장 시절로 돌아가지 않을 수도 있다. 지금까지의 길을 고집하며 낭인의 길을 걸을 수도 있다.

이래도 괜찮고 저래도 괜찮다. 청화장 문도가 죽지 않고 무인의 길을 가겠다면 어떤 방법이든 인륜을 저버린 방법만 아니라면 환영한다.

창문을 열고 슬그머니 몸을 빼냈다.

방을 두 개씩이나 내준 집주인도 여느 사람들처럼 방 안에 틀어박혀 나올 생각을 하지 못했다.

구퇴걸 양조무는 모닥불을 피우고 토끼를 구우며 연신 투덜거렸다.
"어떤 놈은 푹신한 침상에서 두 발 쭉 뻗고 편히 자는데, 이게 뭐야 이게. 핏덩이가 덕지덕지 눌러 붙은 토끼나 구워대고 있으니. 생각을 잘못했어. 다른 놈들처럼 여우 같은 마누라나 얻어가지고 엉덩이 토닥거리고 있을걸."
"푼수 같은 소리 하고 있네. 엉덩이를 내맡기는 것도 맡길 만해야 맡기는 거지. 평생 하는 짓거리라는 것이 남의 등이나 처먹는 놈한테 뭘 맡기나."
"이봐, 이제라도 마음 돌리고 내 품으로 기어드는 게 어때?"
"지랄하고 자빠졌네. 꼭 욕을 얻어먹어야 속이 풀리냐? 말해 준다는 건 언제 말해 줄 거야?"
"기다리라고 했잖아."
"쯧! 줏대없는 작자 같으니. 총타주인가 뭐가 하는 어린 놈 말 한마디에 우왕좌왕하는 꼴이라니. 쯧쯧! 개방이 혈살과마 뒤를 봐주는 것은 명확해진 거고. 대가가 뭐야? 뭘 바라고 이 짓거릴 하는 거야?"
"흐흐흐! 이봐, 낮말은 새가 듣고 밤 말은 쥐가 듣는다고 했어. 이상하게도 네게 말한 건 꼭 황보세가에 들어간단 말이지. 그러니 조심할 밖에."
"미친놈. 알 것 다 알면서 숨길 건 뭐 있어. 숨기려고 작정했다면 아예 떼놓고 다녔어야……."
비스듬히 누워서 말을 하던 황보세가의 구미호가 갑자기 말을 끊고 벌떡 일어나 앉았다.

"왜……?"

"쉿!"

구미호의 행동에 구퇴걸은 조심스럽게 흙을 긁어모아 모닥불을 끄며 주위를 살폈다.

두 다리가 절단된 사람과 장님이 만나, 한 사람은 눈 역할을 해주고 한 사람은 다리 역할을 해주면 험난한 세상을 무난히 살 수 있다.

두 사람의 관계가 그랬다. 딱히 어느 부분이 낫다 못하다고 꼬집어 말할 수는 없지만 자신에게 없는 부분을 상대가 채워준다는 느낌을 받곤 했다.

두 사람은 같이 있으면 완벽한 무인이 되었다. 다리가 절단된 사람과 장님이 만났을 때처럼.

구미호가 왼쪽을 손가락질하자 구퇴걸은 신속하게 왼쪽을 수색해 나갔다. 구미호도 구퇴걸이 움직이기 무섭게 오른쪽을 수색했다.

잠시 후, 그들은 다시 모닥불 있는 곳으로 돌아왔다.

"아무것도 없는데?"

"있었어."

"이야기를 어디까지 들은 거야?"

"몰라."

"빌어먹을! 이놈의 주둥이가 늘 문제라니까."

구퇴걸은 급히 지필묵을 꺼내 글을 써 내려갔다.

개방이 혈살괴마의 뒤를 봐주고 있다는 사실이 무림에 흘러들어 간다면 그야말로 벌집을 쑤셔놓은 듯 발칵 뒤집히고 만다. 미지의 인물이 누구든 간에 밖으로 새어나가서는 안 될 말을 본인 스스로 내뱉은

흘연불흘경(吃軟不吃硬)

꼴이 되고 말았다.

　구미호는 복건무림에서 일어나는 대소사를 빠짐없이 황보세가에 보고한다. 하지만 이번 일만은 일의 중대함을 감안해서 보고하지 않았다. 정확한 사실을 모른 채 보고할 수 없는 민감한 사안이었다. 자칫 오해가 오해를 낳아 무림 대전란으로 발전할 수도 있는 문제다.

　구퇴걸도 구미호에게 그런 정도의 양식은 있다는 걸 안다. 그렇기에 같이 다니고 있다.

　그런데 이 무슨 마른하늘에 날벼락이란 말인가.

　전서구를 날리는 구퇴걸의 안색은 어두웠다.

　'개방인가…… 개방이 청화장 식구들을 한데 모아주고 있는 건가. 개방이 맨입으로 아무 연고도 없는 날 도와줄 리는 없고. 하후, 도대체 능력이 어디까지 닿은 거야. 무림에는 눈길도 주지 않던 여자가 무인들을 수족처럼 부리고 있으니.'

　금하명은 심란했다.

　청화장 식구들을 모아준다는 점은 불감청고소원(不敢請固所願)이다. 그런데 여기에는 개방이라는 외인들이 개입해 있다.

　무림이 어떤 곳인가. 칼날 위에 발을 딛고 곡예를 하며 사는 사람들이 모인 곳이다. 어느 누구도 내일을 장담하지 못하는 곳이다.

　무인이 움직일 때는 반드시 합당한 이유가 있다.

　개방 같은 대문파가 움직일 때는 더욱 뚜렷한 대가가 있어야 한다.

　하후는 줄 것이 없다. 빙후도 현재 위치에서는 줄 것이 없다. 음양쌍검도 마찬가지고…… 줄 것이 있는 사람은 일섬단혼, 벽파해왕, 천소사굉.

일섬단혼은 곁에서 떨어진 적이 없지만, 벽파해왕과 천소사굉은 잠시 어디를 다녀왔다. 그리고 그 후부터 하후의 계획이 일사천리로 진행되었다.

그 두 사람이 개방에 준 것이 무엇인가.

'아무것도 준 것이 없는데 큰 은혜를 입었어. 빌어먹을, 이놈의 세상은…… 어떻게 된 게 뭘 시작하기도 전에 짐부터 지우나. 늙은이들이 노후를 의탁하려고 안간힘을 쓰네. 제길!'

개방에 준 것이 무엇인지는 알 수 없지만 고마움만은 뼛속 깊이 파고들었다.

그는 일어섰다.

애초 계획은 뒤를 밟는 이들에게 따끔한 경고를 할 생각이었지만 가만히 내버려 두는 것이 고마움에 보답하는 길이란 걸 알았다.

그러나…… 한 가지 할 일이 아직 남아 있다.

또 한 사람.

❷

독술의 대가가 되기 위해서는 사람의 심리를 읽을 줄 알아야 한다. 대충 짐작하는 정도가 아니라 손짓 하나, 움직임 하나에서 현재의 상황이나 마음을 정확히 읽어낼 수 있어야 한다.

그런 독심술(讀心術)은 곧바로 하독술과 직결된다.

하독할 시기와 독의 종류도 독심술로 얻어진 판단에 근거하여 결정된다.

독절 당운미는 그런 면에서 탁월했다.

그녀가 기라성 같은 문인들을 젖히고 당문 사절 중 독절로 자리매김할 수 있었던 것도 동물적이라고까지 불릴 수 있는 타고난 감각 때문이었다.

그녀가 최근에 본 혈살괴마의 움직임은 상식을 벗어난 행동이었다.

오로지 피와 죽음밖에 모르는 인간이 자신에게 병기를 들이댄 사람을 살려두다니 말이 되는가. 그것도 모자라서 일행처럼 끌고 다니고 있으니 황당할 노릇 아닌가.

청양문주의 죽음을 목도하지 않았다면 소문이 잘못되었다고 예단했을 게다.

당황하지는 않았다. 인간의 행동에는 반드시 원인이 있는 법이고, 혈살괴마의 경우에는 그의 과거와 연관이 있을 것이다. 그가 누군지만 밝혀내면 기이한 그의 행동도 이해되리라.

그가 살려준 사람이 과거 청화장 문도들이었다는 점도 흥미있다.

다른 사람은 가차없이 죽이는데 오직 청화장 문도만 살려준다?

이렇게 뚜렷한 행적을 만들어놓고도 관심이 쏠리지 않기를 바란다면 그야말로 도둑 심보를 가진 자다. 아니면 멍청하기 이를 데 없거나.

혈살괴마가 누군지 알아낼 수 있는 명확한 단서를 잡았다.

앞으로도 조용히 뒤따르기만 하면 된다.

이렇게 멀찍이서 지켜보는 것만으로도 정보가 굴러 들어오는데 발에 땀이 배이도록 뛰어다닐 필요가 뭐 있는가.

그런데 그게 아니었다.

어느 틈엔가 보이지 않는 그림자가 그녀를 에워쌌고, 그녀는 그림자에서 벗어나기 위해 치달리고 또 치달려야만 했다.

'숲! 뛰어들지 않고는 쫓아올 수 없지.'

날렵한 신법으로 숲을 가로지르며 탕백산(蕩魄散)을 뿌렸다.

일곱 가지 독을 혼합해 만든 절독으로 호흡을 통해 중독된다. 해약은 없다. 중독 즉시 폐를 녹여 버리는 절독인지라 사용하지 않으면 모를까, 중독되면 배를 가르고 폐를 끄집어내지 않는 한 구제할 방법이 없다. 그래도 살 수 있다면.

하지만 당운미는 탕백산을 뿌린 후에도 안심하지 못했다. 아니, 불안했다.

세상에는 왕왕 상식을 벗어난 인물들이 있다.

그림자가 그런 부류다.

한 방울이면 백 명을 즉사시킬 수 있는 고룡액(暠矓液)이 아무런 힘을 발휘하지 못했다. 누구도 중독을 피할 수 없는 혈독무(血毒霧)가 한낱 안개에 지나지 않았다.

지금까지 그녀가 뿌려댄 절독들만 해도 능히 오천 명 이상을 즉사시킬 수 있는 분량이다.

중독되지 않는 자, 만독불침지신(萬毒不侵之身).

그야말로 독절에게는 최악의 상대를 만난 셈이다.

개울을 건너뛰어 산봉으로 치달렸다.

전신에서는 땀이 비 오듯 흘러내리고, 입에서는 단내까지 물씬 풍겼다. 신법을 전개하는 게 힘들거나 내공이 부족해서는 아니다. 예상외의 일이 그녀의 마음을 조급하게 만든 탓이다.

'괴물 같은 작자! 탕백산도 벗어났어.'

이제는 확실하다. 상대는 만독불침지신이다. 그녀가 가진 어떤 독도 상대를 중독시키지 못한다.

또 한 가지 확실해진 게 있다. 그녀의 무공으로는 그림자를 떼어놓을 수 없다는 것.

그림자는 일정한 간격을 유지한 채 쫓아온다. 아무런 느낌도 주지 않는다면 쫓는다는 사실조차도 모를 텐데, 상승고수만이 감지할 수 있는 미미한 기척을 흘린다.

고의적이다. 도망갈 수 있으면 도망가 보라는 놀림이다.

독심술의 달인인 그녀가 상대의 의도를 읽지 못한대서야 말이 안 된다.

배부른 고양이가 쥐를 놀리듯 가지고 놀고 있다.

난생처음으로 무공에 전념하지 않았던 자신을 자책했다.

그녀는 다섯 살 때부터 지금까지 단 한 번도 자신의 무공에 대해 회의를 느껴본 적이 없다. 무공을 펼칠 기회도 많지 않았다. 기껏해야 신법만 사용했을 뿐, 권각술이나 병기술, 그리고 당문의 성명절기인 암기술은 사용할 기회조차 없었다.

아직까지는 그녀가 전개한 독을 뚫고 그녀의 영역으로 들어선 자가 없었으니까.

절정초식을 수련하느니 절정독을 연구하는 편이 낫다.

천하제일이라는 자리도 그렇다. 무공을 수련하여 천하제일 소리를 들으려면 한평생을 수련에만 몰두해야 한다. 그렇게 해서 되기만 한다면 얼마든지 하겠는데, 된다는 보장도 없다. 아니, 거의 불가능하다.

하나 독으로는 가능하다. 길게 잡을 필요도 없다. 몇 년, 몇십 년이면 천하제일도 가능하다.

그녀 나이 스물이 넘었을 때 독절이라는 칭호를 받았다.

마흔이면 천하제일이 될 수 있다. 자신있다.

무림 사상 최초의 천하제일이 등장하는 것이다. 그것도 남자도 아닌 여자의 몸으로.

한 가지 마음에 들지 않는 점은 있다. 그녀를 아는 사람이라면 피아를 불문하고 가능하면 멀찍이 떨어지려고 노력한다. 아니면 무례하다 싶을 만큼 바짝 다가선다.

그녀의 독은 늘 위협 거리다.

'만독불침지신이라니! 독절인 내가……'

당운미는 신법을 멈췄다.

빠져나갈 수 없다면 정정당당하게 맞서는 것도 괜찮다. 무림을 횡행했지만 자신이 당할 수 있다는 생각은 단 한 번도 해보지 않았다. 자신은 늘 위협하는 쪽이었고, 위협당하는 입장은 아니었다.

"나와!"

휘이잉……!

부드러운 바람이 양 볼을 스치며 지나갔다.

"시간 많아? 할 일이 없는가 보지? 나도 그래. 남아돌아가는 게 시간이야. 나올 테면 나오고 말 테면 마."

당운미는 어딘지도 모를 곳에 털썩 주저앉아 숨을 골랐다.

상대는 나오게 되어 있다. 죽일 생각이었으면 진작 죽였다. 이렇게 멀리까지 쫓아올 필요가 없다. 또한 용건이 없다면 쫓아오지도 않았다. 용건이 있으니 쫓아왔다.

저벅! 저벅……!

어둠 속에서 묵직한 발걸음 소리가 들려왔다.

'그럼 그렇지.'

그러나 나타난 사람이 누구인지를 알게 되자, 당운미는 더 이상 앉아 있을 수 없었다.

그녀는 벌떡 일어나며 소리쳤다.

"혈살괴마!"

자신도 모르게 안색이 파랗게 질렸다. 등줄기에 찬바람이 일어나며 몸에 소름이 돋았다.

하필이면 혈살괴마가 쫓아왔단 말인가. 그럼 뒤를 밟고 있었다는 사실도 알고 있을 테고…… 죽었다. 검을 들이대는 자는 청화장의 몇몇 인물들 빼고는 모두 죽임을 당했는데.

혈살괴마에게는 깨끗한 죽음도 바라지 못한다. 온갖 악행이란 악행은 모두 저지른 인물이지 않은가. 여자로서는 치욕인 겁살(劫煞)을 당한다면 죽어서도 당문에 안주하지 못한다.

한 가지 위안 거리로 삼을 수 있는 것이라면 자신이 뒤쫓는 동안에는 능욕하는 광경을 보지 못한 것.

"이름."

"당운미."

"사승(師承)."

"당문."

당운미는 순순히 대답했다.

그녀가 보는 안목으로 혈살괴마의 물음을 판단한다면, 지금 질문은 단순한 호기심에 지나지 않는다. 대답을 해도 그만이고, 안 해도 그냥 지나갈 질문. 이런 질문에는 답을 해주는 것이 좋다.

한편으로는 부지런히 손가락을 움직였다.

폐맥산(廢脈散), 산공독(散功毒), 울혈분(鬱血粉)…….

온갖 독이 손가락을 통해 혈살괴마에게 집중되었다.

그 결과는 처참했다.

'비공(鼻孔)이나 모공(毛孔)을 통한 방법은 안 돼.'

절독들이 통하지 않는다는 점을 알았지만…… 그래도 충안산(蟲眼散)을 살포했을 때는 여간 당혹스럽지 않았다.

충안산은 중독을 시키는 독분이 아니다. 눈동자의 점액질을 자극하여 일시적으로 눈을 멀게 하는 효용이 있다.

혈살괴마는 충안산에도 꿈쩍하지 않았다.

"사천당문이 내게 무슨 볼일인가?"

"볼일이 있는 건 아냐. 당금 무림에서 혈살괴마라는 사람에게 흥미를 느끼지 않는 사람은 없지. 나도 그중에 하나일 뿐."

"독은 그만 사용해. 만들기도 힘들었을 텐데."

"그럴 생각이야. 대신 이건 어때?"

말과 동시에 옥수가 활짝 펼쳐졌다.

쒜에엑……!

우모침(牛毛針)은 종류가 많다. 하지만 그녀가 사용하는 우모침은 당문 사절 중 암절(暗絶)이 만든 것으로 대낮에도 육안으로 식별할 수 없는 작은 침이다. 하물며 사위가 캄캄한 야밤에야.

'퍼퍼퍽……!'

소리는 들리지 않았으나 당운미는 격중 사실을 직감했다.

혈살괴마는 한 걸음도 움직이지 않았다. 움직인다고 해도 피하기에는 서로 간의 거리가 너무 가깝다.

'손가락을 움직일 힘도 없겠지. 몸을 움직이고 싶지만 꼼짝도 하지 않을 거야. 제일 먼저 내공을 흩뜨리고, 그 다음 몸을 마비시키니까. 자, 혈살괴마. 이제 주객이 전도된 건가?'

당운미는 혈살괴마를 향해 움직이려고 했다. 그때 혈살괴마가 손을 올려 몸을 툭툭 털어냈다.
"귀한 걸 귀한 줄 모르는 여자군."
'세상에!'
당운미는 다음 공격 수단을 생각했다.
아무것도 떠오르지 않는다. 머리 속이 새하얗게 비어 아무것도 적혀 있지 않은 백지가 되었다.
독이 통하지 않고, 암기가 통하지 않는다면 당문은 무림에서 사라져야 한다. 사라지고 싶지 않아도 그럴 수밖에 없는 입장이 되고 만다.
마지막 방법이 있기는 하다. 당문 비장의 수법, 최후의 수법으로 폭멸독(爆滅毒)이 있다. 이는 자신의 안위까지도 죽음 속으로 밀어 넣는 동귀어진 수법이다.
폭멸독이 혈살괴마에게 통할지 통하지 않을지는 모른다. 알 수 있는 방법도 없다. 폭멸독을 전개하면 혈살괴마가 죽기 전에 자신이 먼저 죽을 테니까.
'독인(毒人)이라면……'
만독불침지신에 만독을 자유자재로 사용할 수 있는 독인의 경지로 들어서면 입김에까지도 독이 서려 있다고 한다. 독인이 내뱉는 침은 어떤 독보다 강렬하단다.
독인이라면 모를까 혈살괴마를 상대할 방도가 떠오르지 않는다.
혈살괴마의 싸늘한 일갈이 그녀의 생각을 끊었다.
"넌 최선을 다했다. 아직도 남은 게 있나?"
고개를 살래살래 흔들었다. 독절의 독이 통하지 않는 사람인데 무엇으로 싸워보랴.

"능력의 한계를 모르는 것 같아서 일깨워 주었다. 여기까지 오는 동안 네가 사용한 독은 모두 예순두 가지. 암기가 한 가지. 네 무공의 한계를 절감해라."

"그런 말 하지 않아도 절감하는 중이야."

혈살괴마가 곧바로 말을 받았다.

"따라오지 마라. 궁금해하지도 말고. 목숨을 구할 수 있는 것도 한 번뿐이다."

'뭐야?'

당운미는 어처구니가 없어 말도 나오지 않았다.

이게 끝인가? 눈앞에 있는 자가 정말 혈살괴마인가? 혈살괴마가 몇 마디 말만 하고 돌아선단 말인가? 이런 말도 안 되는 일이!

목숨을 구했으니 감지덕지해도 모자랄 판이지만 당운미에게는 정말 뜻밖이었다.

혈살괴마는 이미 몸을 돌려 걸어가는 중.

"잠깐! 잠깐만!"

당운미는 다급히 혈살괴마를 불러 세웠다.

진정한 악인은 지금과 같은 상황에서 절대 그냥 돌아가지 않는다. 온갖 독에 암기 세례까지 받았는데 따라오지 마라는 말 한마디만 남기고 떠나는 법은 없다.

어중간한 악인도, 이제 막 악에 물들기 시작한 자도 이런 짓은 하지 않는다.

'정인군자 흉내를 내는 거라면 가능하지. 하지만…… 이상해.'

그동안 지켜본 혈살괴마는 결코 정인군자 흉내를 내지 않는다. 창을 들면 반드시 피가 뿌려진다. 그것도 차마 눈 뜨고 보기 힘들 정도로 잔인한 살육을 벌인다.

그것뿐인가……?

또 있다. 노점상들의 음식을 제 것처럼 집어 먹고, 차를 공짜로 마시고, 잠도…….

의식주! 아니다. 먹고 자는 것에만 국한되어 있다. 무인을 떠나 범상한 인간으로 봤을 때 그가 저지른 악행이라면 먹고 자는 것에 돈을 지불하지 않았다는 점뿐이다. 그것으로 인해 살인을 한 적은 단 한 번도 없다.

'확실히 이상해. 정인군자 흉내를 내는 게 아냐. 그렇다면 소문이 잘못됐단 말인데.'

"이야기 좀 해."

"더 이상 끼어들지 마."

혈살괴마는 등도 돌리지 않고 걸음을 떼어놓았다.

"곧 많은 사실을 알게 되겠지. 혈살괴마가 누구인지, 어떤 사승을 이었는지. 세상에 홀로 떨어져 나온 사람은 없어. 지금도 많이 알고 있는 편이지만 앞으로는 더 많은 것을 알게 될 거야. 많은 것을 알게 되면 당신과 연관된 사람들이 감자 뿌리처럼 줄줄이 캐어지지. 어떨까? 그들도 당신처럼 만독불침지신일까?"

혈살괴마의 발걸음이 뚝 멈췄다.

"죽여야겠군."

"그래야 될 거야."

당운미는 도박을 했다.

인간 심리를 살펴볼 때 가장 미련한 구석 중 하나가 위협을 받으면 즉각 반응한다는 점이다.

무력을 통한 협박 및 살인, 타협의 도구로 이용되는 회유.

방법은 달라도 반응은 한다.

단, 위협이 진정한 위협이 될 수 있느냐 없느냐 하는 문제는 남는다. 반응은 진정한 위협이 되었을 경우를 가정해서 말한 것이다.

아끼는 사람들을 위협하는 것은 가장 확실한 반응을 끌어낸다.

하지만 불행히도 당운미는 혈살괴마가 아끼는 사람들을 알지 못한다. 처자식이라도 있다면 당장 들먹거렸을 텐데, 아는 것이 전무한 상태다.

이런 경우, 두루뭉술하게 주변 인물들을 말하면 두 가지 반응이 나온다. 정인군자를 표방한 악인이라면 살인멸구(殺人滅口), 혹은 살인멸구에 가까운 타격을 가하리라. 악인이 아니라면 타협을 요구해 온다. 왜? 자신이 당문 사람이고, 당문은 이유없이 사람을 죽이는 문파가 아니다. 납득할 만한 이유를 대면 수긍해 주는 문파다.

혈살괴마가 정인군자를 표방한 악인이라면 자신은 죽는다.

치 떨리도록 냉혹한 음성이 귓전을 두들겼다.

"공격하겠다."

"해. 얼마든지 죽일 수 있잖아."

"단 일 초만 전개한다. 무사히 피해낸다면 네가 하는 일에 상관하지 않겠다. 하지만 피해내지 못한다면 물러서라. 애초부터 간여하지 않았던 사람처럼 깨끗하게. 약속할 수 있나."

'타협이야!'

당운미는 눈빛을 빛냈다.

혈살괴마는 소문처럼 악한이 아니다.

개방이 혈살괴마 같은 악한의 뒤를 봐줄 때부터 무엇인가 찜찜한 것이 있었는데…… 지금은 더 찜찜하다. 확실히 캐봐야 직성이 풀리겠다. 그것이 무엇이 되었든 간에.

단옥검 황균이 단 일격에 당할 때부터 심상치 않은 사람인 것은 직감했지만, 생각보다도 훨씬 더 깊은 무엇인가가 있다.

그녀는 고개를 살래살래 흔들었다.

"싫어. 청양문주가 죽은 모습을 봤어. 단 일 검. 참혹했지만 깨끗한 솜씨. 청양문주는 무시하지 못할 쾌검수였는데 속절없이 당했다면 난 상대도 안 돼. 그냥 죽여."

"귀찮은 여자군."

'이자…… 악인이 아냐. 가만…… 매부리 코, 삐뚤어진 입…… 모두 역용이야. 쉰 듯 갈라진 음성도 본성(本聲)이 아니고. 나보고 물러서라고? 오히려 끌어당기고 있잖아.'

당운미는 속마음을 내색하지 않고 말했다.

"조금은."

혈살괴마는 차분했다.

"그럼 나도 같은 말을 하지. 한 번만 더 내 뒤를 밟는다면 당문을 적으로 간주한다. 너를 죽임은 물론이고 사천당문까지 적으로 돌린다. 살아 있는 생물은 고양이 한 마리까지 존재할 수 없을 터. 판단은 네가 해라."

혈살괴마가 등을 돌려 떠나갔다.

당운미는 얼음이 되어 꼼짝하지 못했다.

'진심이야! 이, 이건 사천당문에 대한 선전 포고. 맙소사! 사천당문을 적으로 돌리는 미친 인간도 있다니. 하지만 저자라면…… 능히 그러고도 남을 인간이야.'

당운미가 터득하고 있는 인심수람술(人心收攬術)로 봤을 때 혈살괴마는 가장 무모한 인간 측에 속했다. 앞을 향해 나아가기만 할 뿐, 곁이나 뒤를 돌아보지 않는 인간이다.

저런 자는 정말 당문뿐만이 아니라 구파일방 전부라고 해도 적으로 돌릴 인간이다.

이건 대담한 게 아니다. 호협한 것도 아니다. 용기가 충만한 것은 더더욱 아니다. 오직 한 가지 대답, 무모한 거다. 그리고 당운미는 이토록 무모한 인간을 본 적이 없다.

'네가 나를 끌어당겼어. 네가 자초한 일이야.'

혈살괴마는 어둠 속으로 스며들어 보이지 않는다. 벌써 뒤쫓을 수 없는 거리로 사라져 버렸다.

혈살괴마를 뒤쫓을 필요는 없다. 그녀가 가장 자신있는 부분인 신법조차도 뒤지는 입장에서 뒤쫓아봤자 닭 쫓던 개처럼 허망한 꼴만 당한다. 또한 그토록 미련하지도 않다.

'당신 같은 사람은 곁에 둔 사람을 버릴 위인이 못 되지. 그게 당신 약점이야.'

청화장 문도들이 밤을 지새우고 있는 곳, 그곳으로 가면 되는 것을.

그녀는 곧바로 신형을 띄웠다.

❸

그들은 안대로 눈을 가린 채 마차를 네 번이나 갈아탔다.
식사를 여덟 번 했고, 잠은 두 번을 잤다.

그들 곁에는 한 사람당 한 명씩 시녀가 따라붙어 시중을 들어주었다. 밥을 떠먹여 주는 것은 물론이고 대소변을 받아내는 일까지, 그들이 필요한 일은 무엇이든 해주었다.

배가 출출하여 아홉 번째 식사를 고대할 즈음, 무섭게 질주하던 마차가 멈췄다.

덜컹!

마차 문이 열리며 싱그러운 바람이 밀려왔다.

"제 손을 잡고 따라오세요. 말을 해서도 안 되고 안대를 벗으려고 해도 안 돼요. 제 말을 무시하시면 큰일 나요. 믿지 못하시겠지만 여기는 소협을 죽일 수 있는 사람들이 아주 많아요."

시녀가 달콤한 음성으로 속삭이며 손을 잡아 이끌었다.

그들은 마차에서 빠져나와 시녀가 이끄는 대로 걸어갔다.

잠시 후 덜컹 하는 소리가 들렸고, 몇 걸음 더 옮기자 싱그러운 바람이 말끔하게 사라졌다.

실내로 들어선 듯하다.

"한 사람만 말할 기회가 있어요. 대표가 되시는 분은 고개를 끄떡여 보세요."

그들 중 한 명이 고개를 끄덕였다.

"좋아요. 다행히 한 분만 고개를 끄떡이셨네요. 만약 두 분 이상이 고개를 끄떡였다면 한 분만 제외하고 다른 분들은 죽임을 당하셨을 거예요."

여전히 음성은 달콤했지만 내용은 삭막하기 이를 데 없었다.

참기 힘든 정적이 흘렀다.

시녀의 말을 끝으로 반 각이 넘어서도록 실내에는 바늘 떨어지는 소리조차 들리지 않았다.

급기야 배에서 꼬르륵 하는 소리가 새어 나왔다. 주위가 너무 적막해서 천둥 소리처럼 크게 울렸다.

그러나 아무도 말을 걸어오지 않았다. 그들도 입을 열지 못했다.

반 각이라는 시간이 한나절이나 된 듯 지루하게 흘렀을 즈음, 덜컹거리는 소리가 또 들려왔다.

쪼르륵……!

물 떨어지는 소리가 아주 맑다.

차를 따르는 소리, 주담자에서 찻물이 흘러내리는 소리.

마차에서 시중을 받아봤기에 귀에 익다.

차를 두어 모금 마셨을 시간이 지난 후, 시녀가 정감이 가득 배인 음성으로 말했다.

"말해 보세요."

그들 중 대표는 마른침을 꿀꺽 삼킨 후 입을 열었다.

"쌍미천향교를 압니다."

반응을 기다렸다.

"계속해 보세요."

그는 다시 한 번 마른침을 삼키며 말했다.

"가마 안에 타고 있는 두 여자부터 말씀드리면, 한 명은 해남파 제이장로의 여식인 남해옥봉 빙사음이옵고."

"제이장로라면 남해검문주를 말씀하시는 건가요?"

"아! 해남파를 아시는군요. 중원무림에는 제이장로로 알려져 있어서. 맞습니다. 남해검문주의 여식입니다."

"또 한 명은요?"

흘연불흘경(吃軟不吃硬) 253

"해순도 의원인 하 부인이라고…… 본명은 하효홍입니다. 과부였지만 미친놈에게 겁탈을 당한 후, 그놈의 부인 행세를 하고 있습니다."

"그놈이 누구죠?"

"청화신군의 자식인 금하명입니다."

"뭐요? 화공 금하명 말인가요?"

"화공이라뇨?"

그가 오히려 어리둥절해서 반문했다.

"아! 청화신군의 자식인 건 맞나요?"

"틀림없습니다."

시녀는 곧바로 움직였다. 그녀가 사박사박 소리를 내며 삼 장 건너를 다녀오는 동안 무거운 침묵이 어깨를 짓눌렀다.

"금하명이 쌍미천향교에 있나요?"

"그렇게 알고 있습니다."

"확실하진 않군요."

"모두 아는 사람들이라서……."

"그래요. 아는 사람들이 있으면 나서기 곤란하죠. 이해해요. 쌍미천향교를 따르는 사람은 누구죠?"

"전임 해남파 장문인이었던 천소사굉, 호법 벽파해왕, 그리고 일섬단혼. 남해검문에서 딸려 보낸 음양쌍검도 있고, 나머지 두 명은 시녀입니다. 노노는 제 몸 하나 지킬 무공이 있고, 설아는 전혀 모릅니다."

"혹시 혈살괴마에 대해서 알아요?"

"혈살괴마? 그놈이 바로 금하명인데요? 어떻게 혈살괴마를? 금하명이 해남무림을 휘저을 때 사용하던 별호가 혈살괴마였습니다."

시녀가 다시 사박거리는 소리를 냈다.

돌아오기까지는 시간이 조금 오래 걸렸다. 누군가와 이야기를 주고받는 듯 간혹 되묻는 소리도 들려왔다. 너무 작은 소리라서 무슨 내용인지는 알아듣지 못했지만.

시녀가 돌아와 말했다.

"혈살괴마에 대해서 처음부터 말해 봐요. 우선 혈살괴마가 어떻게 해남도까지 흘러들어 갔는지부터 말하면 되겠네요."

그는 기억을 더듬어 그가 알고 있는 내용들을 말하기 시작했다.

남해옥봉과 금하명의 만홍도 만남에서부터.

한 시진에 걸쳐 장황한 이야기를 늘어놓는 동안 시녀는 물론이고 분명히 존재할 미지의 인물도 기침 소리 한 번 흘리지 않았다.

마치 텅 빈 허공에 대고 횡설수설 늘어놓는 기분이다.

그의 이야기가 끝나자 시녀가 말했다.

"뭘 원하나요?"

"혈살괴마의 죽음, 쌍미천향교와 관련된 모든 인간들의 죽음입니다."

그는 망설임없이 대답했다.

"해남파를 뒤흔들 사람은 손에 꼽죠. 지금 말 그대로라면 금하명이 그 일을 했다는 건데. 그럼 해남제일고수라고 봐도 무방하겠죠?"

"…맞습니다."

그는 하기 싫은 말을 하는 듯 인상을 찡그렸다.

"해남제일고수. 맞바꿀 건 뭔가요?"

"해남 십이장로. 아니, 남해십이문의 비전 검급 사본입니다."

"최후 절초까지 기재된 건가요?"

그는 더듬거렸다.

"그건……."

"미완성 검급으로 거래를 하자는 건가요?"

시녀의 음성이 싸늘해졌다.

그는 다급히 말했다.

"전부는 아닙니다. 일곱 권은 완성본입니다. 대신 저희 힘이 필요하실 때 한 번에 한해 무조건 응해 드리겠습니다."

시녀가 또 미지의 인물에게 걸어갔다가 무엇인가 지시를 받은 후 돌아왔다.

"조건을 수락하겠어요. 단! 한 가지 조건을 걸어야겠어요. 최단 시일에 남해십이문을 장악할 수 있는 방법을 모색해 보세요. 당신들이 문주가 된다면 더할 나위 없이 좋고요. 전폭적인 지원을 해드리죠. 당신들의 힘은 필요없어요. 해남파를 주세요. 무조건."

"조, 좋습니다."

그는 악마와 손을 잡았다.

第四十二章 타향우고지(他鄉遇故知)
타향에서 옛 지기를 만난다

타향우고지(他鄉遇故知)
…타향에서 옛 지기를 만난다

혈살괴마에 대한 평판이 너무 나쁘다. 악마, 살인마라는 말 정도는 우습게 들릴 정도다. 오죽하면 제 부모도 죽였을 놈이라는 말까지 나돌까. 그것도 고이 죽인 것이 아니라 찢어 죽였을 것이라는 끔찍한 말이 나돈다.

"여기서 더 이상은 안 됩니다."

"이제 그만 중단해야 합니다."

분타주들의 항의가 빗발쳤다.

"전서를 보시면 아시겠지만 이미 개방이 드러나기 시작했습니다. 더 이상은 무리입니다. 정 진행하시려면 방주님의 재가를 얻으십시오."

세상이 등을 돌려도 유일하게 믿고 따라주리라 생각했던 정주 분타주 소이걸까지도 강력한 제동을 걸었다.

환봉개 초지견은 고민했다.

개방이 유일하게 뚫지 못한 곳이 해남도다. 중원무림의 이목을 완벽하게 차단하고 있는 곳이다. 마치 딴 세상 사람들처럼.

해남도에 개방도를 들여보낼 수만 있다면, 개방은 명실 공히 전 중원을 한눈에 꿰뚫어 볼 수 있게 된다.

상당히 매혹적인 주문이다.

하지만 혈살괴마와 개방의 연관성이 드러난다면 개방의 앞날은 결코 밝다고 할 수 없다. 아니, 상당히 곤란해진다. 자신의 문제를 넘어서 개방 전체의 문제로 비화될 수도 있다.

총타주가 책임질 문제가 아니라 개방주가 책임질 문제가 된다.

'과유불급(過猶不及)인가. 정녕 지나침은 모자람만 못하다는 건가.'

초지견은 한 손으로는 턱을 괴고 다른 손으로는 무릎을 톡톡 두들겼다.

많은 사람들이 개방의 가장 큰 장점으로 광범위한 정보력을 꼽는다. 다양성, 정확성, 신속성에서 가장 뛰어나다는 평가를 달고 산다.

아니다. 잘못 알고 있다. 개방의 가장 큰 장점은 민심을 마음대로 이끌 수 있다는 점에 있다.

모두 간과하고 있지만 민심을 움직이는 힘이야말로 정보 수집, 취합, 분석보다 훨씬 강력한 힘이다.

개방도들이 한 마디씩만 해도 수만 마디가 된다. 하루에 열 번만 떠들어도 수십만 마디가 된다.

사람의 귀는 간사한 것이라서 절대 그럴 리 없다고 생각해도 두 번, 세 번 반복해서 듣다 보면 그럴 수도 있겠다 하는 쪽으로 기울어진다.

오죽하면 삼인성호(三人成虎)라는 말이 생겨났을까. 세 사람만 입을 맞추면 저잣거리에 호랑이가 나타났다고 해도 믿게 된다. 사람들의 귀란 진실과 거짓을 구분할 힘이 없다.

개방이 한 명을 지목하여 죽일 놈을 만들기로 작정하면 정말 죽일 놈이 된다. 치밀한 준비를 하면 소림 방장이 색계(色界)를 범했다고 해도 통하게 된다.

이것이 개방의 진짜 힘이다.

현재 복건 개방도는 작심하고 혈살괴마를 죽일 놈으로 만들었다.

그러니 그가 아무 짓을 하지 않아도 죽일 놈이 될 밖에. 하물며 무력을 사용하는 무인이고, 벌써 여러 사람을 상하게 한 이력이 있는 바에야 빠져나갈 구멍이 없을 수밖에.

그는 혈살괴마를 죽일 놈으로 만들어서 쌍미천향교가 무슨 이득을 얻게 되는지 알지 못했다. 혈살괴마와 쌍미천향교가 별개의 인물들이라면 원수지간이겠거니 하겠지만, 같은 배를 탄 인물들이니.

이 상태로 조금만 더 진행시킨다면 이제는 복건무림 전체가 들고일어나 혈살괴마를 죽이려 할 게다.

그나마 물러 터진 복건무림에서 일을 벌였으니 이만큼이라도 왔다.

만약 복건무림이 아니라 다른 곳이었다면 지금쯤 혈살괴마는 한시도 쉴 틈이 없이 피에 젖어 있었으리라. 밥 먹을 시간도, 잠잘 시간도 없이 몰아치는 무인들의 공격에 전전긍긍했으리라.

그리고 보면 복건무림은 정말 물러 터졌다.

명망이 높던 진강 사가가 몰살당했을 때, 의기있는 자들이라면 당장 검을 뽑았어야 한다. 젊은 검사들이 애꿎게 죽었을 때도 그냥 지나쳐서는 안 되는 일이었다.

서른 명 가까운 무인들이 길목을 막아서기는 했다.

하지만 그게 복건무인들의 뜻인가? 청양문에서 밥술을 얻어먹던 자들이 밥값이나 하자며 검을 뽑은 것에 지나지 않는다.

복건무림은 검을 뽑아야 할 때 침묵했다.

청양문주가 죽고 청양문이 와해되었다.

복건무림은 죽었는가.

혈살괴마가 저지른 일만 해도 공분을 사기에 충분하다. 더군다나 세간에 알려진 사실은 그보다 훨씬 지독하다. 아무 이유 없이 눈에 띄었다는 이유만으로 팔다리를 잘라내고, 눈을 파버리고, 목을 베어내는 잔인무도한 자로 알려졌다.

일이 이 정도까지 진행되면 그나마 세력이 강하다는 문파는 조그만 행동이라도 보였어야 하는데, 기분 나쁠 만큼 조용하다.

'뭔가가 있어. 행동을 억제하는 뭔가가. 쌍미천향교는 그 무엇인가가 움직이기를 바라는 거고…… 답답하군. 답답해. 아니, 화가 나.'

쌍미천향교는 그 무엇인가를 눈치챘다. 그렇기에 무엇인가를 향해서 차곡차곡 다가서고 있다.

그런데 천하에 이목이 깔려 있다는 개방은 어떤가. 벽파해왕이 제의를 해올 때만 해도 무엇인가의 존재에 대해서는 까마득히 모르고 있었지 않나.

혈살괴마를 뒤쫓는 과정에서 무엇의 존재를 눈치채기는 했지만, 이 세상에서 개방도 모르게 모종의 일이 벌어지고 있다는 건 자존심을 상하게 한다.

'이대로 물러설 수는 없는 일이야. 벽파해왕과의 약조도 구미가 당기지만 도대체 무슨 일이 벌어지고 있는지 알아야겠어.'

초지견은 애써 자신을 위로했다.

개방의 눈을 감쪽같이 속일 수 있는 힘. 일찍부터 복건무림을 잠식해 들어가 꽁꽁 틀어박혀 있는 힘.

실체에 접근하기가 힘들 건 분명하다.

'진실은 반드시 드러나는 법이지. 지금은 혈살괴마가 죽일 놈이지만 무엇인가가 나타나는 순간부터 상황이 바뀔 거야. 혈살괴마를 다시 정인(正人)으로 둔갑시켜 달라는 부탁을 해올지도 모르고.'

초지견의 생각은 앞으로도 계속 혈살괴마의 뒤를 봐주는 쪽으로 기울어졌다. 그러나 반대가 심한 분타주들을 아우를 뾰족한 방법이 없는 것도 사실이었다.

벽파해왕과의 약속, 그것은 몇몇 사람만 알아야 하는 극비 사항이었고, 혈살괴마가 벌이고 있는 일에 뜻이 있다는 사실을 함구해 달라는 것도 사전 약조 속에 포함된 일이었으니.

'방주님이 믿어주셔야 하는데.'

초지견은 결국 소이걸의 말대로 방주님의 힘을 빌리기로 작심했다. 방주께서 재가를 해주신다면 분타주들도 군말없이 따를 수밖에 없으리라. 반면에 재가가 떨어지지 않는다면 지금까지 혈살괴마, 쌍미천향교를 위해 해준 일들은 공염불이 되고 만다.

이는 자칫 총타주인 자신의 탄핵으로까지 이어질 수도 있는 사안이었다.

초지견은 붓을 들어 글을 써 내려갔다.

전서를 전달하는 방법은 사안의 중대성을 감안해 직송(直送)을 택해야 한다. 발걸음이 날렵하기 이를 데 없는 추운개(追雲丐) 정도가 적합할 것이고…… 그때,

"총타주님!"

움막 밖에서 다급한 소리가 들려왔다.
"총타주님! 좀 나와보셔야겠습니다."
초지견은 다급한 음성을 한 귀로 흘려듣고 서신을 마저 완성했다.
자신의 처지를 이해해 달라거나 판단을 믿어달라는 투의 비굴한 글귀는 단 한 자도 적지 않았다. 공정한 입장에서 현실을 객관적으로 냉철히 판단하여 적었다.
'됐어. 이제는 방주님 뜻만 남았어.'
그제야 몸을 일으켰다. 밖에서 들리는 음성은 일 년이 가도 듣지 못할 만큼 다급했다.
"총타주님! 빨리 나와보시라니까요!"

다리 밑 개천가에는 시신 일곱 구가 놓여 있었다.
얼마 전까지만 해도 같이 개를 잡아서 낄낄거리며 뜯어 먹던 개방도들이다.
초지견은 침착하게 시신들을 살폈다.
첫 번째로 마주친 시신은 잔재주가 많아서 늘 문도들을 웃겨주던 이결제자다. 무엇엔가 강력한 것에 얼굴을 격타당한 듯 안면 부위가 심하게 손상되어 있다.
"사인은?"
초지견의 음성이 얼음처럼 차가웠다.
"말발굽에 채였습니다는 게……."
정주 분타주 소이걸이 말끝을 흐렸다.
"말발굽에 채여?"
"많은 사람들이 지켜본 것이라 의심할 틈이 없습니다. 사인은 분명

말발굽에 채인 겁니다. 정확하게 안면을 격타당해 혼절한 상태에서 마구 짓밟힌 모양입니다."

"말이 괜히 발길질을 했을 리는 없잖아."

"그것이……."

"뭔지 말해 봐."

"이놈이 항문 속으로 손을 집어넣었답니다."

"뭐야?"

초지견은 고개를 내둘렀다.

공연히 그런 짓을 할 리가 없다. 무엇인가 발견했다. 그리고 그것은 적이 파놓은 함정이다.

두 번째 시신은 혈맥이란 혈맥은 모조리 파괴되어 살찐 돼지처럼 퉁퉁 부어올라 있었다.

"실족사입니다."

"실족사라니?"

"절벽을 기어올랐다가 떨어진 모양입니다."

"물론 증인도 있겠고."

"그렇죠. 약초를 캐던 사람들이 떨어지자마자 시신을 수습했으니까요. 그들이 시신을 발견했을 때는 이미 절명한 상태였답니다."

일곱 구 모두 과실사(過失死)다.

물에 빠져 죽은 자도 있다.

말이 되는가. 물질에 능한 복건 사람이, 그것도 무인이 물에 빠져 익사하다니.

지켜보던 자들은 뭘 했다던가.

멀거니 쳐다보기만 했나? 다리에 쥐가 나서 손쓸 사이도 없이 빠져 죽었다는 말을 곧이곧대로 믿으란 말인가? 바다에 빠져 죽은 것도 아니고 물살이 험한 강도 아니고 수고(水庫)에 빠져 죽어?

그것은 좀 낫다. 독사에 물려 죽다니. 세상에!

뱀이라면 사족을 못 쓰고 달려드는 사람들이 개방도다. 구워 먹으면 고소한 간식이 되고, 삶아 먹으면 좋은 영양식이 된다. 그렇기에 개방도는 땅꾼 못지않게 뱀을 잘 다룰 줄 안다.

이유도 이유 같아야 수긍을 해주지.

사인은 다양하지만 어느 죽음 하나도 의구심을 떨치기 어렵다. 그렇다고 피살로 보지도 못한다. 병기에 당했다거나 암산당한 흔적은 눈을 씻고 찾아봐도 보이지 않는다.

좋다. 모두 다 받아들인다고 해도…… 하면 청양문도의 이동을 쫓던 일곱 명이 거의 같은 시기에 한 명도 요행을 바라지 못하고 모두 과실사한 것은 어떻게 해석해야 하나.

"청양문도들이 이동한 곳은 파악했나?"

"뒤쫓던 애들이 모두 이 모양이 됐으니……."

"놓쳤군."

자존심이 완전히 땅바닥에 내동댕이쳐지는 날이다.

그따위 것은 아무래도 상관없다. 친형제처럼 지내던 문도들이 개죽음을 당해 싸늘한 시신으로 누워 있는 모습이 그를 분노케 한다.

이건 과실사가 아니라 피살이다.

"소이걸."

정주 분타주가 흠칫했다.

총타주가 그를 부를 때는 언제나 '정주 분타주'라는 말을 사용했다. 나이로 보면 아버지나 할아버지뻘이 되기 때문에 에우해 주는 차원이기도 했고, 실제로 존중해 주기도 했다.

"분타주들을 소집해. 나흘 후 정오까지. 단 한 명 열외 없이."

"총타주님!"

"빨리!"

소이걸은 초지견을 쳐다보았다.

분노한 초지견의 모습에서 복건무림 개방도들의 앞날을 읽을 수 있을 것 같다.

이건 아닌데, 이래서는 안 되는데.

죽은 제자들이 안타깝기는 총타주보다 자신이 더하다. 총타주에게는 단지 문도에 불과할지 몰라도 자신에게는 피붙이나 다름없는 아이들이다. 자신이 손수 거뒀고, 가르쳤으며, 희로애락(喜怒哀樂)을 함께 했으니.

그러나 안타까움은 마음속에만 묻어둬야 한다. 암흑으로 둘러싸인 무림에서 살아남으려면 잔인하다 싶을 정도로 냉정해져야 한다.

이번 일에 개입하려면 방주의 도움을 받아야 한다.

개방 총타의 지원을 받아야 한다.

그러나 너무도 확고하게 굳어져 버린 총타주의 결심을 뒤바꿔 놓을 자신이 없다.

소이걸은 남몰래 한숨을 몰아쉬며 총총히 사라져 갔다.

초지견은 방주에게 보내려던 전서를 꺼내 박박 찢었다.

'내 운명을, 무운(武運)을 이번 판에 건다.'

그는 평생 동안 한 번 부딪쳐 볼까 말까 한 큰 사건에 휘말렸음을 직감했다.

소이걸이 우려한 것처럼 충동적이었다면 결코 복건 총타주가 되지

타향우고지(他鄕遇故知) 267

못했을 게다. 젊은 나이에 총타주가 된 원인은 무공 때문이 아니라 오히려 질릴 정도로 냉정하기 때문이다.

일(一), 복건에서 일어나는 일은 복건에서 해결해야 한다.

이(二), 개방도가 죽은 일은 개방에 대한 정면 도전. 총타주이기에 앞서 무인으로 물러설 수 없다.

삼(三), 천소사굉을 믿는다. 혈살괴마는 마인이나 마인이 아니다. 결코 개방에 누가 되지는 않으리라.

두말할 것도 없다.

'해남무림에 개방도를 심는 일은 부수입으로 전락했어.'

❷

청화장 문도들을 바라보는 세인들의 시선은 곱지 않았다.

몇몇 청화장 문도들이 낭인이 되어 떠돌 때만 해도 안타까운 마음으로 그들의 건투를 빌어주던 사람들이다. 그러나 조자부, 조가벽, 성금방이 혈살괴마와 함께 움직이는 것이 목도되면서부터 인심은 청화장에 등을 돌렸다.

"하다 하다 안 되니까 이제는 살인마하고도 손을 잡네. 허!"

"청화신군이 제자들은 참 못나게 가르쳤어."

"우리가 청화신군에게 속은 거야. 몇 푼 얹어준 것? 돈만 있어봐. 나도 얼마든지 줄 수 있지. 펑펑 퍼줘도 끊임없이 들어오는데 아까울 게 뭐 있어. 인심이나 쓰자는 거였지."

"에이, 그래도 청화신군까지 뭐라고 하는 건 좀 너무했다. 어려울 때

참 많이 도와주신 분인데."

"하는 짓거리들 보면 알조 아냐. 그게 다 허울 좋은 껍데기였다고."

청화신군이 쌓아놨던 명망은 일순간에 무너져 내렸다.

'너무했네. 그래도 십 년은 생각해 줘야지.'

금하명은 떠도는 풍문을 전해 듣고는 피식 웃었다.

사형, 사매는 웃을 수 없는 모양이다. 자신들 때문에 사부까지 욕먹는다 생각하고 깊은 자책감에 빠졌는지 우울한 표정들이다.

'아무래도 분위기를 바꿔야겠군.'

묵창을 들고 조금 널찍한 공지를 찾았다.

'다른 무공은 능숙한데 대환만은 몸에 붙지 않았어. 완벽했다면 청양문에서 불길에 그슬리는 일조차 없었을 텐데. 후후! 돌고 돌아 왔건만 가장 뛰어난 무공이 아버님 무공이었네.'

대삼검의 총체인 대환을 느린 속도로 펼치기 시작했다.

초식이란 게 있을 수 없다. 대환은 단 일 초로 끝난다. 방어할 생각은 엄두도 내지 못하는 빠름과 강력함, 꿈속에 있는 듯한 현란함을 보여준다.

그러나 느린 속도로 전개하자 수많은 초식들이 드러났다.

좌에서 우로, 우에서 위로, 위에서 옆으로…… 긋고, 뻗고, 내려치고…… 열여덟 가지의 변화가 무려 반 각에 걸쳐 전개되었다.

청화장 문도라면 초식들을 한눈에 읽을 수 있다. 대삼검 중 만상환무와 흡사한 데 모를 리 없다.

초식을 조금 더 간결하게 정리한 것이다. 선은 짧으면서도 발경(發勁)은 강력해진다. 만상환무를 수련하지 않고 곧바로 대환의 변화를 수련하는 것도 가능하기는 하다.
　하지만 대환의 변화는 만상환무에 기본을 두고 있으므로 만상환무를 제대로 수련하여 근본 원리를 깨우친 다음에 수련하는 쪽이 훨씬 진전도 빠르고 높은 성취도 기대할 수 있다.
　차근차근 단계를 밟아나가다 최후 절초를 수련하듯이, 만상환무의 묘리를 깨우친 다음에야 대환의 변화를 수련하는 게 정통 수련이다.
　"만상환무!"
　조가벽이 눈을 동그랗게 뜨며 경악했다.
　"혈살괴마 저 자식이 감히 청화장 무공을!"
　성금방은 도를 움켜잡았다. 금방이라도 뛰쳐나와 일전을 벌일 기세였다.
　조자부는 퇴폐적인 눈길로 지켜보기만 했다.
　묵창은 반 각에 걸쳐 대환의 변화를 전개한 후, 잠시 숨을 골랐다.
　찰각!
　반 장 길이의 칼날이 불쑥 튀어나왔다.
　"타앗!"
　우렁찬 고함도 때를 같이 했다.
　금하명의 신형은 허공으로 솟구쳐 양 날개를 활짝 펼쳤다. 한 손으로는 허공을 잡고, 다른 한 손은 묵창을 움켜쥐고.
　주학비상(走鶴飛上)은 비응박토(飛鷹搏兎)로 이어졌다.
　두 다리를 잔뜩 움츠려 가슴에 모으고, 턱이 바짝 당겨져 두 무릎에 닿았다. 창날은 지면을 향했다.
　쒜엑!
　창날은 섬광으로 변해 지면을 훑었다.

눈을 깜빡였다면 창날이 움직였다는 것조차 알지 못할 만큼 쾌속한 창법이다.

"대, 대환!"

세상이 무너져도 놀라지 않을 것 같던 조자부가 버럭 고함을 내질렀다.

조가벽과 성금방도 벌떡 일어났다.

청화신군은 늘 대환을 수련했다. 지금처럼 순간적으로 스쳐 지나가는 창법은 아니었지만 감탄할 만큼 빨랐다. 검에서 쏟아져 나오는 눈꽃송이는 황홀할 만큼 아름다워서 검이 펼친 변화로는 보이지 않았다.

그러나 대환의 창안자인 청화신군도 혈살괴마보다는 못하다.

혈살괴마는 눈꽃송이까지 치워 버렸다. 십팔 초식을 단 한 초에 버무려 버렸다. 간략하게 축소시킨 것이 아니라 순식간에 십팔 초를 전개해 버렸다.

대환을 상대할 수 있는 자 누군가.

"후후! 역시 청화장 문도라 대환을 알아보는군."

철컥!

창날이 그제야 묵창 속으로 들어갔다.

"장주를 어찌했느냐!"

조가벽이 검을 뽑아 겨누며 말했다.

혈살괴마가 금하명을 핍박해서 대삼검 검결을 빼앗고는 죽여 버렸다고 생각하는 듯했다.

그럴 만도 하다. 금하명은 무공을 익혔다지만 능숙하지 않았고, 어디 나서서 싸움을 할 만한 수준도 아니었으니까. 그놈의 그림에만 미치지 않았아도 웬만큼 검을 휘두를 정도는 되었을 텐데.

"후후후! 그 검이 무서워서 죽이지 못하는 줄 아나? 치워. 한 번만 더 내게 겨누면…… 죽인다."

혈살괴마의 음성은 쉰 목소리처럼 갈라져 나와서 평상시에도 듣기 거북하다. 더군다나 지금은 단숨에 호기를 꺾어야 하기 때문에 흉기(凶氣)를 높였다.

사형, 사매에게는 정말 죽일지도 모른다는 위압감으로 작용했다.

"그 검초에 대해서 설명해 보지."

조자부가 독기를 띠며 말했다.

상대는 되지 않지만 설명 여하에 따라서는 죽기를 각오하고 검을 들겠다는 의지가 역력히 묻어난다.

"내 창법이 천우신기를 사용한 것처럼 보이나?"

사형, 사매는 입을 다물었다.

천우신기는 광명정대한 심법이다. 천우신기를 운용하는 사람은 흉기가 사라진다. 혈살괴마처럼 지독한 살기를 뿜어낼 리 만무하다. 세 사람이 낭인으로 떠돌며 목숨을 초개처럼 여겨왔지만 아직까지 광명한 숨결이 남아 있는 것도 천우신기를 운용하고 있기 때문이다.

아무리 봐도 천우신기를 운용하고 있지는 않다.

"나처럼 초강고수가 되면 말이지. 흐흐흐! 어느 초식이든 흉내는 낼 수 있는 법이야. 내 공격은 이 검초에 늘 막히곤 했어. 이 검초만 아니었더라도. 흐흐흐! 날 따라다니는 건 허락하겠지만 사사건건 시비를 걸어온다면 죽여 버리겠어. 내 행동에 절대 간여하지 마라. 알겠나."

일섬단혼이 한 가지 재주를 가르쳐 주었다.

내기를 뿜어내 상대의 기를 자극하는 방법이다.

일섬단혼은 그것으로 상대의 무공 정도를 측정했다. 그래서 기운을 감지해 내면 웃으며 싸웠고, 감지하지 못하면 제 능력도 모르는 놈이라며 죽였다.

금하명은 태극음양진기 중 음기만 실어서 쏘아 보냈다.

음기가 강한 여인은 더욱 음해져서 극지에 놓인 듯 추위를 느낄 것이고, 양기가 강한 사내는 느닷없는 음기의 급습에 소름이 바짝 돋을 것이다.

사형, 사매는 움찔거렸다.

'됐어. 많은 참고가 될 거야.'

두 번 시전해 줄 필요는 없다. 사형, 사매의 무공이 대환을 수련하기에는 아직 많이 부족하다. 대삼검 중 어느 하나에만 치우쳐서는 결단코 대환을 수련할 수 없다.

아버님도 늘 그런 말씀을 하셨다. 대삼검을 고르게 수련하라고. 어느 하나에만 치중하면 성취가 빠르고 고수처럼 보일 수도 있겠지만 진정한 고수는 되지 못한다고.

금하명이 보기에 사형과 사매는 진정한 고수라고 보기 어렵다.

진정한 고수를 가늠하는 질문은 간단하다.

절대최강자로 지칭되는 인물들과도 과감하게 일전을 벌일 수 있는가, 없는가.

소림 방장, 무당 장문인…… 무림 최고봉에 선 사람들과 손속을 섞을 자신이 있는가?

있다면 진정한 고수고, 없다면 더 수련해야 한다.

그럼에도 대환을 보여준 것은 희망을 심어주기 위해서다. 청화장 무공도 이렇게 발전할 수 있다는. 금하명이 이 정도의 무공을 수련했으니 혈살괴마는 물론이고 백납도까지 이길 수 있을 것이라는. 그래서 청화장을 다시 재건할 수 있다는.

청화장을 다시 일으킨다는 생각은 손톱만큼도 없었지만 사형들의 모습을 보고 나니 어떤 방법이든 써야 한다는 생각이 들었다.

두런거리던 소리가 사라졌다.

사형과 사매는 각기 떨어져 앉아 자신만의 생각에 몰두했다.

좋은 현상이다. 이렇게 무공을 되돌아보다 보면 무공의 길이 보일 것이다.

그것, 무공의 길만 보이면 된다. 희망은 알아서 살아날 테니.

문천계(文川溪)를 지날 무렵, 반가운 사람을 만났다.

마을에 돌림병이 돌았다며 청화장을 떠났던 담정영(儋晶英) 사형.

그동안 무슨 일이 있었는지 담 사형은 다리를 절룩거렸다.

"크흐흐! 소문이 맞군. 세상에 이런 일이 있을 수 있나. 청화장 밥을 먹은 작자들이 혈살괴마하고 손을 잡다니. 그러고도 사부님 영전에 향을 사를 생각을 한 건 아니겠지."

금하명은 불문곡직 창을 뻗어냈다.

"비열한!"

담정영 사형은 몸이 불편한 사람답지 않게 무척 날렵했다.

다람쥐처럼 풀쩍 뛰어 옆으로 빠져나간 다음, 재빨리 검을 쳐냈다. 그것이 실수인 줄도 모르고.

까앙!

불똥이 튀며 검 한 자루가 휠휠 허공을 날았다.

금하명에게는 강력한 회전을 일으킬 수 있는 음양전도(陰陽傳導)가 있다. 손바닥 두 혈에 음기와 양기를 교차시키면 중간에 끼어 있는 창대는 무서운 속도로 회전한다.

건곤곤법이다.

건곤곤은 무서운 살상력을 지닌다. 격중당하면 들어가는 구멍은 좁으나 나오는 구멍은 사발만해진다.

그것만 해도 담 사형을 상대하는 데는 충분하다. 아니, 넘친다. 본신진기인 태극음양진기만 사용해도 강력한 반탄력에 검을 놓쳤을 게다.

금하명은 건곤곤법에 대환을 응용했다. 쾌, 환, 중에 회전까지 가미시켰다.

순간적이지만 담 사형은 빠르게 돌아가는 물레방아에 검을 댄 심정이 되었으리라.

한 번, 두 번, 세 번…… 셀 수조차 없을 정도로 연속되는 타격을 감당하기에는 내력이나 초식 어느 쪽도 부족하다.

담 사형을 상대하면서 이토록 강력한 초식을 전개한 것은 담 사형이 밉기 때문은 아니다. 단지 대환을 완벽하게 소화시키기 위해서 알고 있는 무리를 섞었다.

하수와의 싸움 역시 싸움은 싸움이다.

한 번의 기회라도 허투루 흘려보낸다면 바보다.

"훙! 이제는 아예 청화장 무공을 제 것처럼 사용하네. 무인이라는 작자가 창피하지도 않나."

조가벽이 툭 쏘아붙였다.

담정영 사형은 충격에서 벗어나지 못했다. 죽을 고생을 하며 무공을 수련해 왔는데 단 일 초도 버티지 못한대서야.

금하명은 담정영 사형을 지나쳐 걸어갔다.

남은 일은 사형과 사매가 알아서 해줄 게다. 자신이 말한 것보다 백 배 설득력있게 말해 줄 게다.

과연 담정영은 절룩절룩 다리를 절며 일행을 따라나섰다.

'암산에 가까운 급공이었는데 막아내다니. 상당한 수준이었어.'

담정영 사형이 사형, 사매에게 하는 말을 엿들었다.

서금중(徐錦中) 사형이 죽었다는 사실을 처음으로 알았다. 집에서 잠을 자다가 불에 타 죽었단다. 어린아이들이 불꽃놀이를 하다가 튀겨 나온 불똥에 화재가 났다니.

주서민(朱瑞玟) 사형도 죽었다. 달려오는 마차를 피하지 못하고 깔려 죽었단다.

'주서민 사형이 마차를 피하지 못해? 아니야. 술에 취해 고주망태가 돼도 피할 수 있는 사람이야. 피살이군. 자연사를 가장한 피살. 언제 그런 일이 벌어졌지?'

금하명은 두 사형이 물어주기를 바랐다.

같이 모여 앉아서 대화를 나눴다면 당장 물었을 테지만 혈살과마가 끼어들 자리가 아니었다.

두 사형은 묻지 않았다.

살인이니 피살이니, 하다못해 무인이 달려오는 마차 따위를 피하지 못하겠냐는 말조차도 나오지 않았다.

침통한 표정만 지었다. 솟구치는 눈물을 꾹 눌러 참으며 죽은 형제들의 명복을 빌 뿐이다.

'설마 정말로 믿는 건 아니겠지? 바보야? 그건 피살당한 거야. 그렇게 머리가 안 돌아가?'

사형들은, 사매는 정말 머리가 안 돌아가는지 다른 대화로 주제를 넘겼다.

"노(盧) 사형 소식은 들었어?"

"기(奇) 사형하고 안사수고(安砂水庫)로 들어갔다는 소식은 들었는데 어디 있는지는 나도 몰라."

"안사수고. 지척에 계셨군. 안사수고는 생각도 못했는데."

"무공 수련하기는 최악의 장소지."

"후후! 노 사형다운 선택이야. 봉자명은 아직도 원구도(源口渡)에 있나?"

금하명은 귀를 쫑긋 세웠다.

참 우직한 사형. 있는 것, 없는 것 탈탈 털어주면서도 웃음을 짓던 사형. 원구도에 물건을 사러 간 사이에 배를 몰아 빠져나왔지만 문득문득 어떻게 지내고 있나 궁금하던 사형.

담 사형이 말했다.

"응. 장주께서 돌아오시면 가장 먼저 들를 거라며 꼼짝도 안 해. 자기라도 있어야 따뜻한 밥 한 술이라도 먹인다고."

"봉 사형도 참…… 마음만 좋아가지고는."

"그래도 봉 사형이 제일 낫네요. 무공에는 자질이 없지만 청화장을 생각하는 마음만은 제일 나아요."

조가벽이 가볍게 한숨을 내쉬며 말했다.

"장주가 삼명에서 저 작자와 만나기로 한 것 같은데, 봉 사형에게도 기별을 넣어야 되는 것 아니야?"

"여기서 원구도가 어디라고. 가는 사이에 장주와 만나겠다. 차라리 장주를 만난 다음에 차분히 기별을 넣는 게 나아."

"그래도 백납도와 싸우는 모습은 봐야 할 텐데."

"……."

모두 과거에서 벗어나지 못하고 있다. 복수를 다짐하며 이날까지 살아왔다.

정작 장주인 자신만 복수를 생각하지 않았다.

아버님의 죽음은 복수의 대상이 아니라고 생각했기 때문이다. 백납도는 비무를 해서 이기면 그만인데, 이들은 죽이라고 한다. 철저하게 청화장의 복수를 해달란다.

대화는 나누지 않았지만 사형사매의 행동거지에서 뜻을 분명하게 읽을 수 있다.

복건무림에 들어선 것도, 해남도에서 오다 보니 그렇게 된 것일 뿐이다. 백납도와의 싸움도 비무 차원이지 복수는 아니다. 무인의 길에 도움이 되지 않는다면 그와 싸우지 않을 수도 있다.

그런데 이제는 모두 엉켜 버렸다.

싸울 수밖에 없지 않은가.

'됐어. 언젠가는 싸워야 할 일…… 빨리 매듭짓는 것도 좋겠지.'

청화이걸, 노태약(盧太若) 사형과 기완(奇琓) 사형이 지척지간인 안산수고에 있다면 내일이나 모레쯤 만나게 될 것이다.

찾아갈 필요는 없다. 담정영 사형이 나타난 것처럼 청화이걸도 검을 들고 나타날 테니.

봉자명 사형도 지금쯤 부리나케 달려오고 있을 게다.

짐작이지만 아마도 삼명에 들어서기 전에 만날 수 있지 않을까?

개방…… 참 재미있는 사람들이다. 오래전에 멸문당해서 흔적조차 남지 않은 청화장을 꼼꼼히 살피고 있었다니.

이런저런 생각에 잠겨 있던 금하명은 문득 이상한 생각이 들어서 고개를 갸웃거렸다.

이상하다. 능완아에 대한 말이 한마디도 안 나온다.

백납도와 함께 복건무림을 좌지우지하고 있는 그녀이니 저주의 대상이 되고도 남을 텐데, 그녀에 대해서는 입도 벙긋거리지 않는다.

'이거 대놓고 물어볼 수도 없고…….'

순간 금하명은 묵창을 꽉 움켜잡았다.

누군가 지켜보고 있다. 나뭇가지 밟는 소리 정도는 들리지도 않을 만큼 멀리 떨어져 있지만 분명히 이쪽을 지켜본다. 개방은 아니다. 당문 여자도 아니다. 그들과는 냄새가 다르다.

허름한 객잔에 들었을 때처럼 퀴퀴하면서도 눅눅한 냄새.

'그자!'

금하명은 벌떡 일어섬과 동시에 태극음양진기를 최대한 이끌어내어 화살처럼 쏘아나갔다.

❸

금하명은 서둘지 않았다. 마음속에서는 분노가 불꽃이 되어 활활 타올랐지만 유유히 뒤를 쫓았다.

얼굴조차도 보지 못했으니 확실하다고 단정할 수는 없지만 느낌만으로는 능 총관을 죽인 백포인이 틀림없다.

그가 드디어 나타났다. 두 발로 찾아 나서도 모자랄 판에 제 발로 스스로 찾아왔다.
쫓기는 자도 서두는 기색은 없었다.
쫓김을 모른다고는 할 수 없다. 금하명이 신형을 날림과 동시에 그도 움직였다. 또한 금하명의 속도에 맞춰서 완급을 조정하며 일정한 간격을 유지했다.
'유인이라는 건가. 가봐. 어디까지 가나.'
방심은 금물이다.
백포인의 검공은 백납도만큼이나 빨랐다. 무공이 약했을 때 봤기 때문에 실력보다 훨씬 빠르게 봤을 가능성이 농후하지만, 능 총관조차도 손쓸 엄두를 내지 못했으니 빠르긴 빨랐다.
쫓기는 자는 산을 휘돌아 불빛 한 점 없는 험산으로 금하명을 이끌었다.
이윽고 미리 땅을 골라놓은 듯 사람의 손길이 닿아 있는 평지에 이르자 그가 우뚝 멈춰 섰다.
'역시……'
그의 앞에 내려선 금하명은 눈빛을 번뜩였다.
죽어서도 잊지 못할 백포인이 서 있다.
그때처럼 살이 드러나는 부분은 백포(白布)로 친친 감고, 머리에는 금하명처럼 방갓을 쓴 채 느긋이 뒷짐까지 지는 여유를 보였다.
금하명은 백포인의 눈을 주시했다.
자신을 쳐다보는 눈길, 잊을 수 없는 이 눈길.
"따라오느라 수고했다."
귀신의 호곡성과 견줄 만한 귀성(鬼聲)이다. 혈살괴마의 음성도 삭막하지만 백포인의 음성에 견줄 바가 아니다.
 '침착해야 돼.'
 "날 불러낸 이유는?"
 금하명은 분노를 한발 후퇴시켰다.
 원수를 만났으니 죽이는 거야 당연하다. 하지만 그전에 왜, 무엇 때문에 자신들을 죽이려 했는지 알아야 하지 않나.

 ―청화장 장주 금하명, 청화장 석두(石頭) 봉자명. 죽어야겠다.

 백포인의 음성이 귓전에 왱왱 맴돌았다.
 "죽을 놈이 알아서 뭐 해."
 그때와 똑같은 말이다. 그때도 백포인은 바로 이 말을 했다. 백포인은 기억하지 못할 수도 있겠지만 죽음의 압박 속에 놓였던 당사자들은 한마디 한마디가 또렷이 기억된다.
 금하명은 당시 했던 말을 떠올려 똑같이 말했다.
 "살 놈이기에 묻는 거지. 싸움이란 맞대봐야 아는 것, 네놈이 죽일 자신이 있다면 나도 살 자신이 있지."
 "후후후!"
 백포인은 비웃었다.
 '검을 뽑겠지? 검권까지 걸어오는 동안 가볍게 휘둘러 볼 거고.'
 차앙!
 백포인이 검을 뽑았다. 한 걸음, 두 걸음 발길을 떼어놓으며 검을 가볍게 휘둘렀다.
 '결코 대답하지 않을 자. 단창에 죽이고 싶지만 죽이지도 못하겠군.

무엇 때문에 죽이려 했는지 알아야겠어.'

금하명은 묵창을 들어 올렸다.

싸움이라면 그 누가 걸어와도 상대해 준다. 설사 상대가 소림 방장일지라도.

"후후후! 네놈은 항상 병기가 바뀌나?"

"……?"

"그때는 석부를 던져 대더니 이제는 창이야? 병기를 왜 바꾸는 거지, 금하명?"

금하명은 깜짝 놀랐지만 대꾸하지 않았다.

캐어 물으면 대답하지 않을 자이지만 침묵하면 스스로 말해 준다. 지금도 그렇다. 백포인은 혈살괴마로 변장한 자신을 알아보는 집단이 있다는 사실을 알려줬다.

"혈살괴마의 무공이 굉장하다던데, 헛소문이었나? 왜? 오래전 친구를 만나니 감회가 새로워?"

"후후후!"

이번에는 금하명이 비웃었다.

"숨어 있는 친구들을 믿고 큰소리치는 모양인데…… 나오라고 하지. 네놈 혼자서는 상대가 되지 않는다는 걸 알잖아. 청양문주의 죽음을 보지 못했나? 어때? 동료인지 사형제 간인지는 모르겠지만 지인이 죽은 모습을 보는 느낌도 괜찮지?"

처음 한 말은 사실이다. 평지에 내려서는 순간 숲 속에 최소한 다섯 명 이상의 무인이 숨어 있다는 사실을 감지했다.

나중 말은 짐작이다. 청양문주의 검법과 백포인의 검법이 너무도 흡사했기에 은근슬쩍 떠본 말이다.

"기연이라도 만나 건가? 몰라보게 강해졌군."

백포인이 손을 들어 올리며 말했다.

스윽! 슥……!

숲 속 곳곳에서 백포인들이 몸을 일으켰다.

눈앞에 있는 백포인과 똑같은 백포인들이다. 백포를 친친 감은 모습하며, 방갓을 눌러쓴 모습까지 쌍둥이처럼 똑같다.

'여섯. 이자까지 일곱. 쉬운 싸움으로 갈까, 어려운 싸움으로 갈까.'

전에는 싸움을 하는 방식이 백포인에게 쥐어져 있었다. 지금은 자신이 쥐고 있다.

싸움 방식은 강자의 고유 권한이다. 약자는 강자가 이끄는 방식대로 싸울 수밖에 없다.

쉬운 싸움이란 남해검문의 적엽은막공을 사용하는 방법이다. 백포인들 역시 은신술을 알고 있는지 모르지만 적엽은막공을 사용하면 두세 명쯤은 눈 깜짝할 순간에 죽일 수 있다.

한 명을 죽이든 두 명을 죽이든, 죽인 사람만큼 싸움은 쉬워진다.

어려운 싸움은 두말할 필요도 없이 본신 무공으로 싸우는 것.

무공에 대해서 자신을 잃어본 적은 없지만, 섬광보다도 빠른 쾌검수 일곱 명을 동시에 상대해 본 적도 없다.

"이제야 몸을 풀 흥미가 나는군. 그래, 날 상대하려면 적어도 이 정도는 되어야지. 흐흐흐! 마음에 들어. 날 즐겁게 해줬으니 나도 대가를 줘야겠지. 죽어서도 편히 눈 감을 수 있게 해주마. 크흐흐흐!"

금하명은 혈살괴마처럼 말했다.

"아직도 모르는군, 네놈이 여기서 죽는다는 사실을. 하긴…… 그런 걸 알 놈이면 따라오지도 않았겠지."

창!

검 여섯 자루가 일시에 뽑혔다. 한 사람이 검을 뽑은 듯 깨끗한 단음(短音)이다.

'합격술까지 익혔어? 오늘은 꽤나 힘들겠네.'

금하명은 본신 무공을 사용하기로 작심했다.

백포인 같은 쾌검수 일곱 명과 마주 서기는 쉽지 않다. 더군다나 합격술까지 익혔다면 그야말로 웬만한 문파의 문주보다는 훨씬 낫다.

대환을 완벽하게 몸에 붙일 좋은 기회다. 한 치만 삐끗하면 목숨이 달아날 위험천만한 상황이지만 그렇다고 무공 수련을 늦출 수는 없다.

여기서 꺾이면 무인의 길도 종료된다. 하나 이긴다면…… 이긴 후에는 무엇 하나라도 남는 게 있어야 할 것 아닌가. 힘든 싸움을 했으면 한 걸음이라도 더 전진해 있어야 맞지 않은가.

능 총관의 복수는 뇌리에서 지웠다.

원수와 병기를 맞대고 서 있는 상황에서 능 총관의 복수를 떠올린다는 건 아무 의미가 없다.

그런 생각은 싸움 전이나 싸움 후에 해도 충분하다.

지금은 오로지 무인의 길만 생각한다. 무공의 발전만 모색한다.

'좋아, 친구들. 처음부터 해보자.'

대환에 탄황도 실어볼 생각이다. 후나도 사용해 보고, 남명도 펼쳐 본다. 처음에는 궁합이 잘 맞지 않아서 위험에 처할 때도 있겠지만 한두 초 횟수를 거듭할수록 손에 익어가리라.

깨닫고 있는 모든 묘리를 대환에 담을 수 있도록 수련은 해놨는데, 실전에서도 펼칠 수 있을지.

백포인이 말했다.

"어디…… 그럼 귀사칠검 맛 좀 볼까."

'귀사칠검? 어떻게 귀사칠검을!'

쒜에엑!

한줄기 섬광이 허공을 갈랐다. 그러나 백포인은 미처 검세를 뻗어내기도 전에 훌쩍 물러서야만 했다.

그가 전진할 자리에 날 선 창날이 버티고 있다. 방금 전까지만 해도 중단을 겨냥하고 있었는데, 어느새 상단으로 올려져서 얼굴을 노린다. 순간적인 판단이 없었다면 얼굴이 꽈리처럼 터져 버렸으리라.

허간곤법.

상대의 몸속에 흐르는 기를 감지하여 허점을 파악한다. 허점이 없을 시는 유도해 낸다.

금하명은 백포인이 검을 전개하기 전에 어디를 어떻게 쳐올지 짐작하고 있었다.

이제는 굳이 진기를 관조할 필요도 없이 본능처럼 다가오는 직감이 되어버렸다.

"그새 검이 많이 녹슬었군. 그러기에 무공이란 하루를 쉬면 한 달을 후퇴한다고 하지 않던가."

"후후! 무공만 는 게 아니라 말솜씨까지 늘었군. 전에는 능광(陵光)이 죽을 때도 찍소리 못하더니만."

"그랬지. 그래서 오늘 그때 못한 말까지 하는 거야."

"변장이 훌륭한데 어디서 했나?"

쒜에엑!

검이 또 날아왔다.

'좌측 뒤!'

창을 쭉 잡아당겨 중단을 잡았다.

창이란 창날, 창대 할 것 없이 모두가 병기다. 창대로 후려치고, 창파(槍把)로 내지를 때는 바로 곤이 된다.

뒤에서 덮쳐 오는 검을 상대하기 위해서는 손목만 약간 비틀어 방향만 겨눠줘도 된다. 물러서면 처음으로 돌아가는 것이요, 파고들면 즉각 반격한다.

츄욱!

뒤에서 덮쳐 오던 검도 훌쩍 물러섰다. 앞으로 나갈 수도 없고, 옆으로 피할 수도 없으며 신형을 낮추어 파고들 수도 없다는 점을 간파한 것이다.

"아무렴 백포보다는 변장이 낫지. 뭘 내놓을 거야? 오는 게 있어야 입품도 살아나는 법이잖아."

뒤에 적을 물러서게 하며 한 말이다.

"분검(分劍)!"

착!

백포인은 고함을 내지르면서 자신 역시 손목을 약간 비틀었다.

검이 검선(劍先)부터 손을 보호하는 검격(劍挌), 검수(劍首)까지 자로 잰 듯 반듯하게 갈라지며 쌍검으로 변했다.

"하하! 나보고 병기를 바꾼다고 말할 처지가 아니군. 조금 있다가 쌍검이 무엇으로 변할지 궁금한데?"

쒜엑!

이번에는 금하명이 선공을 취했다.

그가 필요한 사람은 단 한 명, 나머지 여섯 명은 거치적거리기만 한다. 그가 익힌 창법 또한 하나같이 빠름이 번개 같으니 쓰레기를 치우는 데 오랜 시간은 필요치 않다.

하지만 이번에는 금하명이 오판을 했다.

창!

그가 내지른 창은 우측 백포인의 검을 밀치고 들어가 미간을 정확히 꿰뚫었다.

아버님의 무공인 비쾌섬광파보다 배는 빠른 섬광곤이 제대로 목표를 타격하는 순간이다. 그때,

촤악! 촤르륵……!

백포인은 혼을 빼앗겼으면서도 검을 놓지 않았다. 쌍검으로 나눠진 검은 연검으로 변해서 뱀이 나무를 칭칭 감듯 창대를 감아버렸다.

'웃!'

창이 꽁꽁 얽혀 빠지지 않는다. 꿰뚫린 미간이 족쇄 하나요, 양손에 잡고 있는 검이 족쇄 둘이다. 이 세 개의 족쇄가 삼각을 이루며 옥죄는 힘을 배가시킨다.

금하명이 미간을 찌른 것이 아니라 백포인이 미간을 내줬다고 봐도 무방한 상황이다.

쒜에엑!

일시에 검 여섯 개가 전신을 난자해 왔다.

'좋은 수법이었어.'

금하명은 손바닥에 진기를 주입하여 음양전도를 일으켰다.

페에엥!

창이 눈부신 속도로 회전하며 백포인의 머리를 잘 익은 수박이 산산조각나듯 으깨어놓았다.

창파를 잡고 팽그르! 머리 위에서 크게 원을 그렸다.

타타타탕!

검들은 일제히 연타를 당했다. 창으로 그려진 원형 방패를 뚫지도 못했을 뿐만 아니라 검 몇 개는 유리 조각처럼 깨져 버렸다.

건곤곤에 탄황을 실은 결과다.

금하명은 숨 돌릴 틈을 주지 않았다.

가장 가까이에 있던 백포인은 눈앞에서 번쩍 하는 섬광을 보았을 게다. 아닌가? 등을 내주며 반대쪽 백포인을 공격하고 있는데?

금하명은 대환을 연이어 네 번이나 펼쳤고, 정확히 네 명의 살과 뼈를 갈랐다.

쿵!

백포인 네 명은 검을 뽑을 때처럼 거의 동시에 쓰러졌다.

대환은 막대한 내력을 소모시킨다. 쾌에 환을 버무려 사용하는 것도 내공 소모가 극심한데, 천지를 양단하는 파괴력까지 가미했으니 큰 독에 있는 물을 바가지로 퍼내지 않고 아예 독째 쏟아버리는 격이다.

의념에 상관없이 운기되는 태극음양진기가 아니었다면 절대 불가능한 공격이다.

백포인들은 동료 네 명이 순식간에 명을 달리했는데도 당황하거나 놀라는 기색이 없었다.

"괜찮군."

백포인이 담담히 말했다. 하지만 그의 의지와는 상관없이 음성은 은연중에 가늘게 떨려 나왔다.

"괜찮아? 그럼 한 번 더 봐!"

쒜에엑!

백포인들은 삼재진(三才陣)의 형태로 자리를 잡는 중이었다.

창날이 허공을 벤다. 천둥이 터지는 듯 커다란 굉음이 쏟아진다. 순식간에 세상이 암흑으로 변한다.

콰콰콰쾅!

공격을 직격으로 받은 백포인은 제자리에 쓰러지지도 못하고 일 장이나 튕겨났다.

그의 육신은 처참했다. 상반신은 작은 고기 조각들로 변한 채 흩어져 있어서 형체를 찾을 수 없었다.

'이, 이것!'

공격을 한 금하명까지 깜짝 놀랐다.

전심전력으로 태극음양진기를 실었다. 초식은 역시 대환이었고, 건곤곳에 남명까지 보탰다. 격돌하는 순간에 무지막지한 내공이 배로 불어나 덮친 것이다.

'이건…… 함부로 사용해서는 안 되겠어. 아니, 가급적이면 절대 사용하지 말아야 해.'

목숨이 경각에 달린 상황이 아니라면 좋은 일을 하면서 사용해도 지탄을 받을 무공이다.

백포인들은 투지를 잃고 검을 축 늘어뜨렸다.

"아직도 괜찮나?"

피 속에서 피에 흠뻑 전 커다란 창을 들고 소름 끼치는 음성으로 묻는 말이 결코 평범할 수 없다. 금하명의 음성은 혈살괴마의 음성과 주변 분위기까지 합쳐져서 음산하기 이를 데 없었다.

백포인은 애써서 담담함을 가장했다.

"네가 지닌 최고의 무공 같군."
"그렇게 말해야겠지. 말했잖아. 죽어서도 편히 눈 감을 수는 있게 해주겠다고. 무인에게 이만한 죽음이면 편히 눈 감을 수 있지 않겠나?"
그때, 금하명이 전혀 예상하지 못했던 일이 벌어졌다.
"잘 봤어."
백포인은 간단하게 한마디를 던졌다. 그리고 즉시 검을 들어 자신의 심장에 꽂아 넣었다.
붉은 피가 주르륵 흘러내려 백포를 적셨다.
"엇!"
금하명은 한편으로는 깜짝 놀라면서 한편으로는 다른 백포인을 쳐다봤다.
다른 자 역시 자진한 백포인과 같은 모습.
백포인이 검을 심장에 틀어박는 순간에 그도 같은 행동을 취한 듯했다.
"이, 이런!"
금하명은 급히 달려가 백포인의 완맥을 움켜잡았다.
맥박이 조금만 뛰더라도…… 숨결이 조금만 붙어 있어도…….
무리한 기대다. 절정쾌검수가 검을 쓰는데 한 치의 오차가 있을 수 없다. 백포인은 즉사했다.
하 부인의 의원에서 읽었던 수많은 의서를 떠올려 봐도 이번과 같은 경우에 되살릴 처방은 전혀 없다.
'이런! 다시 원점으로 돌아간 건가. 누가 살인을 지시했는지, 어느 문파에서 그런 짓을 저질렀는지 알아냈어야 하는데. 경험이 없었어. 무림은 무공 삼, 경륜 칠이라더니 그 말이 맞아.'

완맥을 놓고 일어섰다.

아직도 해결할 일이 남아 있다.

'저 여잘 어떻게 해야 하지.'

어떻게 알았는지 은밀히 잠입하여 싸움을 지켜보고 있는 여자.

금하명은 여인이 숨어 있는 곳을 주시했다.

움직임이 없다. 숨소리조차 들리지 않는다. 그래도 주시했다. 뚫어지게 한 곳만 응시했다.

잠시 후, 도저히 견디지 못하겠는지 여인이 몸을 일으켰다.

"저, 저 사람…… 마, 말…… 몇 마디는…… 할 수 있게…… 마, 만들 수 있는데……."

독절 화부용 당운미는 말을 심하게 더듬거렸다.

'독도 약이 되며, 약도 독이 된다더니…….'

독이 약으로 변하는 과정은 금하명처럼 절절하게 체험해 본 사람도 드물 것이다.

귀사칠검의 마성에 전엽초의 독성.

다시 생각해도 소름이 끼치지만 독이 변해 기연을 안겨주었다. 귀사칠검 덕분에 해남무림을 종횡할 수 있었고, 전엽초 때문에 예전의 금하명보다 두 배는 강해지지 않았는가.

전화위복(轉禍爲福)도 이 정도까지 되면 타고난 행운이 된다.

당운미의 독술이 그 정도에 이른 듯하다. 그렇지 않고서야 완전히 생명이 끊긴 목숨을 되살려 놓을 수 있을까.

"몇 마디 못할 거야. 물어볼 게 있으면 빨리 물어봐."

독을 투여한 후 혈맥을 자극하던 당운미가 다급하게 말했다.

금하명도 백포인의 숨이 돌아오는 것을 목도했다.
"무슨 말이든 가기 전에 한마디만 해라. 죽은 사람을 생각해서."
백포인의 입술이 비틀렸다. 엷은 웃음을 짓는 것 같다.
"한마디…… 만…… 너도…… 죽어."
당운미가 투여한 독은 뇌의 혈맥을 극도로 팽창시켰다. 심장이 멎었어도 뇌가 살아 있다면 정신이 번쩍 들 고통이다.
"나…… 날…… 빨리…… 죽여……."
사내는 몹시 고통스러워했다. 그리고 죽여달라고 사정했다.
그럴 필요가 없었다. 그는 죽여달라는 말조차 채 끝내지 못하고 고개를 떨궜다. 그야말로 단 한 마디만 듣기 위해서 되살린 목숨이다.
"이 말뜻…… 나 알아."
"……?"
"말해 주면 뒤를 밟아도 돼?"
"죽이지 않는 것만도 다행으로 여겨야 되는 것 아닌가?"
"혈살괴마라면. 하지만 당신은 금하명이잖아. 청화신군의 아들. 청화장의 장주."
"다 들었군."
"인간 같지 않은 무공도 다 보았지. 지금 이 장소가 세인들에게 공개되면 이것만으로도 당신은 공적을 면치 못할걸? 사람을…… 이렇게 죽이는 법은 없어. 이런 짓은 나도 안 해."
"풋!"
금하명은 실소를 터뜨렸다.
독으로 중독시켜 죽이는 것이 얼마나 깨끗하다고.
"말해 봐. 무슨 뜻이지?"

"먼저 약속하면."

"약속하지."

"일구이언(一口二言)은 이부지자(二父之子). 약속 지켜."

"말해 봐."

"싸우는 동안 지켜보는 눈이 있었어."

금하명은 눈살을 찌푸렸다. 당운미가 나타나는 것은 감지했는데, 또 다른 눈이 있다는 것은 전혀 몰랐다. 자신의 내공에 잡히지 않는 자라니 얼마나 가공한 무인인가.

"그자는 오로지 네 무공을 관찰하는 게 목적인 듯싶었어. 마지막 절초까지 다 본 후에 사라졌으니까."

"확실해?"

"나는 장담 못해. 하지만 이놈은 확실히 알아."

당운미가 품에서 다람쥐를 꺼냈다. 털이란 털은 모두 까만색이어서 흑서(黑鼠)가 아닌가 하고 착각할 정도였다.

"흑송서(黑松鼠)!"

"어멋! 알아보네? 이놈을 알아보는 사람은 흔치 않은데. 의술도 상당히 깊나 봐?"

당운미의 눈가에 호기심이 일렁거렸다.

흑송서는 사람 냄새를 맡으면 코를 벌름거리는 버릇이 있다. 위협이 될 만한 살기가 진하면 발톱을 오므리기도 한다. 후각은 몹시 발달해서 삼십 장 안에 있는 냄새를 모두 맡을 수 있다.

한마디로 흑송서를 지니고 다니면 삼십 장까지는 이목이 열려 있는 것과 진배없다.

금하명은 묵창을 흩뿌려 창에 묻은 피를 털어낸 후, 창날을 접었다.

"이제 따라다녀도 되지?"

당운미가 조금은 긴장이 풀린 표정으로 말했다. 아직도 눈동자에는 공포가 어려 있지만.

『사자후』 7권에 계속…

청어람신무협판타지소설

2005년 고무판(WWW.GOMUFAN.COM) 「장르문학 대상」 최고의 영예, 대상(大賞) 수상작!

한칼에 세상이 갈라지고,
한걸음에 무림이 격동친다!

『좌검우도전』
(左劍右刀傳)

좌검우도전(左劍右刀傳) / 이령 지음

강한 자(强漢者)가 뿜어내는 거대한 힘과 강인한 매력에 빠져든다!

"너는 반드시 힘을 가져야 한다. 네 의지로… 세상을 뒤엎어 버려라."

"강자를 약자로 만들고, 명예를 똥칠하고, 돈을 빼앗아라.
협의도(俠義道)가, 마도(魔道)가 얼마나 더러운 것인지 알려주어라."

"오냐, 아무것에도 얽매이지 말고 네 마음대로 세상을 휘저어라.
너의 이름은 수강호(讐江湖)가 아니더냐? 강호를 향해 마음껏 복수하거라!
유오독존(唯吾獨尊)! 그것이 나의 소원이다."

유행이 아닌 자유추구 -
WWW.chungeoram.com

청어람 신무협 판타지소설

신비로운 세계관 속에 동방의 영물과
독창적인 무공의 절묘한 만남!

우리가 바라고 운명이 내린
소년 영웅의 가슴 벅찬 이야기!

『건곤지인』
(乾坤之人)

건곤지인(乾坤之人) / 지화풍 지음

신비로운 세계관 속에 동방의 영물과
독창적인 무공의 절묘한 만남!

정말… 미치게 하죠!
요즘은.. 정말 건곤지인 보는 맛으로 컴퓨터를 한답니다! ^_^
―검무혼

도가에서는 신선, 불가에서는 부처!
하지만 무인들은 건곤지인(乾坤之人)이라 부른다.

절대를 꿈꾸는 무인들의 위대한 도전기!!

- 유행이 아닌 자유추구 -
WWW.chungeoram.com